Né en), John Ronal s 1896. En 19 de la littérat action du *Se* qui ne paraît qu'en 1954-1955. Ces deux romans se déroulent dans le monde imaginé par Tolkien depuis les années 1916-1917, lorsqu'il entreprend la rédaction des *Contes perdus*. Il élabore toute une mythologie autour des langues qu'il invente, mais il n'achèvera jamais son *Silmarillion*. À sa mort, en 1973, il revient à son fils Christopher de publier l'essentiel de son œuvre : en quarante ans, Christopher Tolkien a publié des récits pour la jeunesse (*Roverandom*, *Lettres du Père Noël…*), des nouvelles (*Feuille de Niggle*, *Le Fermier Gilles de Ham…*), et surtout, *Le Silmarillion*, puis *Histoire de la Terre du Milieu* (12 volumes) et *Contes et Légendes inachevés* ; des *Lettres* ; des textes sur la littérature (*Les Monstres et les Critiques*), et, récemment, *Les Enfants de Húrin*, *La Légende de Sigurd et Gudrún*, avant *La Chute d'Arthur*. Devenue un classique de la littérature occidentale, l'œuvre de J.R.R. Tolkien a été adaptée avec succès au cinéma par Peter Jackson : *Le Seigneur des Anneaux* (2001 à 2003) et *Le Hobbit* (2012 à 2014). En 2012, les éditions Christian Bourgois, sous la direction de Vincent Ferré, font appel à Daniel Lauzon pour une nouvelle traduction de l'*Histoire de la Terre du Milieu* et du *Hobbit*. S'ensuit celle du *Seigneur des Anneaux*, publiée entre 2014 et 2016. Préfigurant la mythologie du *Seigneur des Anneaux*, le texte inédit *Beren et Lúthien* a paru aux éditions Christian Bourgois en octobre 2017.

LA LÉGENDE DE SIGURD ET GUDRÚN

DU MÊME AUTEUR
CHEZ POCKET

LES AVENTURES DE TOM BOMBADIL
LE SILMARILLION
FAËRIE ET AUTRES TEXTES (nouvelle édition)
LES ENFANTS DE HÚRIN
LA LÉGENDE DE SIGURD ET GUDRÚN
LES MONSTRES ET LES CRITIQUES ET AUTRES ESSAIS
ROVERANDOM

LE SEIGNEUR DES ANNEAUX
(EXISTE AUSSI EN 1 VOLUME)

LA FRATERNITÉ DE L'ANNEAU
LES DEUX TOURS
LE RETOUR DU ROI

CONTES ET LÉGENDES INACHEVÉS
(EXISTE AUSSI EN 1 VOLUME)

LE PREMIER ÂGE
LE SECOND ÂGE
LE TROISIÈME ÂGE

HISTOIRE DE LA TERRE DU MILIEU

LE PREMIER LIVRE DES CONTES PERDUS
LE SECOND LIVRE DES CONTES PERDUS
LES LAIS DU BELERIAND
LA FORMATION DE LA TERRE DU MILIEU
LA ROUTE PERDUE

LETTRES
LETTRES DU PÈRE NOËL

IMAGINAIRE

Collection dirigée par Charlotte Volper

J.R.R. TOLKIEN

LA LÉGENDE DE SIGURD ET GUDRÚN

Édition de Christopher Tolkien
Traduit de l'anglais par Christine Laferrière

CHRISTIAN BOURGOIS ÉDITEUR

Titre original :
THE LEGEND OF SIGURD AND GUDRÚN

Originally published in the english language by HarperCollins Publishers Ltd. under the title
The Legend of Sigurd and Gudrún by J.R.R. Tolkien

ISBN 978-2-266-21437-7

Avant-propos

Dans son essai *Du Conte de fées* (1947), mon père évoque les livres qu'il a lus durant son enfance et, ce faisant, affirme :

> Comme je désirais fort peu aller à la recherche d'un trésor enfoui ou combattre des pirates, *L'Île au trésor* me laissait assez indifférent. Les Peaux-Rouges m'allaient mieux : il y avait des arcs et des flèches (j'avais et j'ai encore un désir entièrement inassouvi de bien tirer à l'arc), des langues bizarres, des aperçus d'un mode de vie archaïque et, surtout, des forêts. Mais le pays de Merlin et d'Arthur valait mieux, le meilleur de tous étant le Nord sans nom de Sigurd des Völsung et prince de tous les dragons. Ces pays étaient éminemment désirables*.

On admet sans aucun doute que l'ancienne poésie écrite en vieux norrois et connue sous le titre d'*Ancienne Edda* ou *Edda poétique* a gardé une force profonde, bien qu'enfouie, dans son œuvre à la fin

* J.R.R. Tolkien, *Du Conte de fées*, in *Les Monstres et les critiques et autres essais*, éd. de Christopher Tolkien, trad. de Christine Laferrière, Paris, Christian Bourgois éditeur, 2006, p. 168. (*N.d.T.*)

de sa vie. On sait bien, en tout cas, qu'il a emprunté les noms des nains de *Bilbo le Hobbit* au premier poème de l'*Edda*, la *Völuspá*, « Prédiction de la Prophétesse » : en décembre 1937, il fait remarquer à un ami sur un ton légèrement narquois mais qui est bien dans sa manière :

> Moi-même, je ne pense pas grand bien du *Hobbit*, préférant ma propre mythologie (qui est tout juste évoquée), avec sa nomenclature cohérente… à cette multitude de nains aux noms eddiques, sortis de la *Völuspá*, hobbits et gollums ultramodernes (conçus pendant une heure oisive) et runes anglo-saxonnes.

Mais ce que l'on sait certainement moins, de fait pratiquement pas (bien qu'on puisse le découvrir d'après des publications antérieures), c'est qu'il a écrit deux poèmes étroitement liés ayant trait à la légende des Völsung et des Niflung (ou Nibelungen) en anglais moderne adapté au mètre vieux norrois et totalisant plus de cinq cents strophes – poèmes qui n'ont jamais été publiés jusqu'à présent, ni dont aucun vers n'a jamais été cité. Ces poèmes sont intitulés *Völsungakviða en nýja* (le *Nouveau Lai des Völsung*) et *Guðrúnarkviða en nýja* (le *Nouveau Lai de Gudrún*).

L'érudition de mon père ne se limitait nullement à l'« anglo-saxon », mais s'étendait à une fine connaissance des poèmes de l'*Ancienne Edda* et du vieux norrois (terme qui, selon l'usage général, équivaut largement au vieil islandais, puisque la majeure partie de la littérature norroise qui subsiste fut rédigée en islandais). En fait, après être devenu l'unique professeur d'anglo-saxon à Oxford en 1925, il fut l'unique professeur de vieux norrois durant de nombreuses années, malgré l'absence de titre de ce genre. Il donna des conférences et des cours sur la langue et la littérature nordiques, chaque année, de 1926 à 1939 au moins. Mais en dépit de sa réussite dans ce domaine, qui fut reconnue en Islande, il n'a jamais rien écrit de particulier qui fût consacré à un thème scandinave et destiné à être publié – à l'exception peut-être des *Nouveaux Lais*, et à ma connaissance, il n'existe absolument aucune preuve d'une telle intention, à moins qu'elle ne soit suggérée par l'existence d'un manuscrit dactylographié par un copiste, de date inconnue et sans intérêt particulier. Nous sont cependant parvenues de nombreuses pages de notes et de brouillons relatifs à ses conférences, bien qu'il les ait écrits, pour la plupart, très rapidement et qu'ils soient souvent à la limite de l'illisible, voire au-delà.

Les *Nouveaux Lais* sont nés de ces analyses et remontent à cette époque. Je tendrais à leur attribuer une date ultérieure, plutôt qu'antérieure, aux années que mon père a passées à Oxford avant la Seconde Guerre mondiale ; peut-être le début des années 1930 – mais cela n'est guère plus qu'une intuition difficile à discuter. Ces deux poèmes, dont je crois qu'ils ont été composés à des moments très rapprochés, forment une œuvre fort riche, et il semble que l'on puisse simplement supposer, puisqu'il n'existe absolument aucune preuve pour le confirmer, que mon père s'est intéressé aux poèmes norrois en vue d'élaborer un nouveau projet poétique, après avoir abandonné le *Lai de Leithian* (la légende de Beren et Lúthien), vers la fin de l'année 1931 (*Les Lais du Beleriand*, p. 522.)

Si ces poèmes entretiennent un lien étroit avec leurs sources anciennes, il ne s'agit en aucun cas de traductions. Ces sources elles-mêmes, de natures diverses, présentent des points obscurs, des contradictions, voire des énigmes, et c'est l'existence de tels problèmes qui sous-tendait l'objectif avoué de mon père quand il a écrit les *Nouveaux Lais*.

Il ne les mentionna pratiquement jamais (à ma connaissance). Pour ma part, je ne puis me rappeler aucune conversation avec lui sur ce sujet avant la toute fin de sa vie, où il m'en a parlé en essayant de les retrouver, sans succès. Mais il a brièvement évoqué ces œuvres dans deux lettres adressées à W.H. Auden. Dans celle du 29 mars 1967 (*Les Lettres de J.R.R. Tolkien*, éditées par Humphrey Carpenter, n° 295), en remerciant Auden de lui avoir envoyé sa traduction de la *Völuspá*, il dit qu'il espère lui envoyer en retour « si je mets la main dessus (j'espère ne pas l'avoir perdue), une chose que j'ai faite il y a bien longtemps, lorsque j'essayais d'apprendre l'art d'écrire de la poésie allitérative : une tentative pour unifier les lais de l'*Edda poétique* parlant des Völsung, écrite dans la vieille strophe *fornyrðislag* de huit vers* » (selon le terme donné au mètre strophique allitératif scandinave, utilisé dans la plupart des poèmes « eddiques », le « mètre des vieilles légendes »). Et l'année suivante, le 29 janvier 1968, il écrit : « Je crois que je dois avoir quelque part un long poème inédit intitulé *Völsungakviða en nýja*, écrit en anglais, en strophes *fornyrðislag* de 8 vers : une tentative pour réorganiser la matière de l'*Edda* qui concerne Sigurd et Gunnar. »

« Unifier », « organiser » les matériaux des lais de l'*Ancienne Edda* : voilà comment il désignait son entreprise quelque quarante ans plus tard. Pour ne

* Voir J.R.R.Tolkien, *Lettres*, éd. de H. Carpenter, avec l'assistance de Ch. Tolkien, trad. de D. Martin et V. Ferré, Paris, Christian Bourgois éditeur, 2005, p. 529. (*N.d.T.*)

parler que de *Völsungakviða en nýja*, ce poème, en tant que récit, revient essentiellement à une *mise en ordre* et à une *clarification*, une mise en lumière d'un modèle ou d'une structure compréhensible. Mais il faut toujours garder présents à l'esprit ses propos : « Ceux qui ont écrit chacun de ces poèmes [de l'*Edda*] – non ceux qui les ont rassemblés, copiés ou en ont isolé des extraits par la suite – *les ont écrits en tant qu'œuvres individuelles, distinctes, destinées à être entendues séparément, avec en tête uniquement une connaissance générale de l'histoire.* »

On peut affirmer, comme je le crois, qu'il présente son interprétation des sources selon un mode recevable indépendamment des débats et des doutes soulevés par les spécialistes de l'*Edda* et des Nibelung. Les *Nouveaux Lais* eux-mêmes, poèmes recherchés, étroitement conçus selon le modèle des lais « eddiques », tant dans la manière que dans le mètre, sont par conséquent essentiels. En outre, ils sont donnés ici à lire en eux-mêmes, sans aucune intervention de la part de l'éditeur ; tout le reste de l'ouvrage est secondaire.

Néanmoins, la présence de tant d'autres éléments dans cet ouvrage requiert une justification. On peut avoir l'impression qu'il faille produire une explication concernant la nature réelle du traitement particulier que mon père fait de la légende. Décrire de manière exhaustive des problèmes maintes fois débattus qu'il cherchait à résoudre aboutirait trop aisément à faire peser sur cette première publication des *Nouveaux Lais* quatre-vingts ans de lourds débats universitaires. Cela n'est pas envisageable. Mais il me semble que l'édition de ses poèmes fournit une occasion d'entendre parler (en quelque sorte) l'auteur lui-même, par l'intermédiaire des notes relatives à ses conférences et sur ce ton qui le caractérise, de ces doutes et difficultés mêmes que l'on rencontre dans les récits anciens.

Il faut également signaler que ses poèmes ne sont pas faciles à suivre en tous points, ce qui résulte surtout de la nature des poèmes anciens qui lui ont servi de modèles. Dans l'une de ses conférences, il affirme : « Le vieil anglais visait une ampleur, une abondance, un reflet, un effet élégiaque. La poésie norroise vise à *saisir une situation*, asséner un coup dont on se souviendra, illuminer un instant par un éclair – elle tend à la concision, à la lourde compacité de la langue, tant dans le fond que la forme… »

« Saisir une situation », « illuminer un instant » sans que soit déroulée clairement la séquence narrative, ni d'autre sujet en rapport avec « l'instant » : ces principes apparaîtront comme une caractéristique marquée des *Nouveaux Lais* : c'est là que l'on peut chercher quelques pistes, en plus des courtes indications en prose qu'il a ajoutées à certaines parties de la *Völsungakviða en nýja*.

Après mûre réflexion, j'ai donc fourni, à la fin de chaque poème, un commentaire destiné à élucider les références, ainsi que les passages qui peuvent paraître obscurs, mais aussi à signaler d'importants écarts que mon père a réalisés par rapport à ses sources scandinaves, ou qui existent entre deux variantes du récit ; j'indique alors ses conceptions, là où faire se peut, en me référant à ce qu'il dit dans ses conférences. Il faut souligner le fait que rien, dans ces notes, ne suggère qu'il avait écrit ou envisageait d'écrire des poèmes sur le sujet lui-même ; en revanche, comme on pourrait s'y attendre, on observe souvent une cohérence entre les conceptions exprimées dans les notes destinées à ses conférences et le traitement des sources scandinaves dans ses poèmes.

En guise d'introduction générale à l'*Ancienne Edda*, je cite longuement dans le présent ouvrage une conférence plus achevée, portant elle-même ce titre ; à la suite de quoi j'ajoute de brèves remarques sur le texte des poèmes, la forme métrique et autres points. À la fin de l'ouvrage, je donne un bref aperçu des origines de la légende et cite d'autres poèmes apparentés, écrits par mon père.

En recourant ainsi abondamment aux notes de mon père et aux questions qu'il ébauche sur la « matière du vieux norrois » et la tragédie des Völsung et des Niflung, consignées à la hâte et aussi inachevées soient-elles, j'ai choisi de faire de l'ensemble de cet ouvrage, autant que cela m'était possible, son œuvre. On ne saurait juger de la nature de ce livre selon les conceptions dominantes de la recherche universitaire contemporaine. Il se veut plutôt une présentation et un témoignage de ses impressions, à sa propre époque, concernant une littérature dont l'influence sur sa pensée fut immense.

Dans les commentaires, je désigne les deux poèmes par les titres de *Lai des Völsung* (*Völsungakviða*) et *Lai de Gudrún* (*Guðrúnarkviða*). Mais dans le titre de cet ouvrage, *La Légende de Sigurd et Gudrún*, j'ai repris le sous-titre donné par mon père à la *Völsungakviða* sur la page de garde du manuscrit : *Sigurðarkviða en mesta*, « Le Plus Long Lai de Sigurd » (voir à ce propos p. 235).

•

Chaque section est ici précédée de dessins réalisés par M. Bill Sanderson. Ceux-ci sont étroitement inspirés des sculptures qui ornent les larges montants de bois de l'église de Hylestad, au sud de la Norvège, édifiée au XIIe siècle, et qui sont désormais conservés à l'Institut archéologique de l'université d'Oslo.

Ces scènes de chaque côté du portail décrivent verticalement et sans interruption l'histoire du plus célèbre exploit de Sigurd, raconté à la section V, *Regin*, du *Lai des Völsung* : la mise à mort du dragon Fáfnir, qui valut au héros le nom de « Fáfnisbani ». Ces sculptures représentent d'abord le forgeron Regin, qui façonne et éprouve des épées. Suit alors le meurtre de Fáfnir ; puis Sigurd goûtant le sang avec son doigt, ce qui lui permet de comprendre les voix des oiseaux (strophe 41 du *Lai*, p. 120) ; le meurtre de Regin (strophe 45, p. 121) ; vient enfin Grani, le cheval de Sigurd, célèbre dans la légende, poulain du mythique Sleipnir chevauché par Ódin : il apparaît ici chargé du trésor du dragon, cependant représenté par l'artiste comme un fardeau bien moins impressionnant que dans la *Völsunga Saga* et dans le *Lai* (strophe 48, pp. 121-122). Cette série de sculptures s'achève sur une scène différente : Gunnar jouant de la harpe dans la fosse aux serpents d'Atli (*Lai de Gudrún*, strophe 135, p. 292) : dans cette version, il en joue avec ses pieds, puisqu'il a les mains liées (voir pp. 320-321).

On remarquera que cet ouvrage ne contient aucune référence aux opéras de Richard Wagner, dont l'ensemble est connu sous le titre *Der Ring des Nibelungen*, ou *L'Anneau du Nibelung*.

Wagner s'est avant tout inspiré, pour cette œuvre, des vieux textes scandinaves. Ses sources principales, tout comme celles de mon père, étaient l'*Edda poé-*

tique et la *Saga des Völsung*, qu'il connaissait en traduction. *Das Nibelungenlied*, grand poème épique rédigé vers le début du XIIIe siècle en moyen haut allemand, n'était nullement une source des livrets de Wagner au sens où l'ont été les œuvres en norrois, bien que cette réalité soit légèrement masquée par son recours à des formes de noms allemandes (Siegfried, Siegmund, Gunther, Hagen, Brünnhilde).

Mais le traitement que fait Wagner des formes scandinaves anciennes de la légende est moins une interprétation de la littérature ancienne qu'une pulsion nouvelle et transformatrice, qui reprend des éléments de la conception scandinave ancienne pour la situer dans d'autres rapports, en l'adaptant, la modifiant et la concevant à grande échelle selon son propre goût et ses propres intentions créatrices. Ainsi, le livret de son *Anneau du Nibelung*, bien que construit sur des fondations anciennes, doit être perçu moins comme une suite ou un développement de la légende héroïque tenace que comme une œuvre d'art nouvelle et indépendante, avec laquelle, tant par leur esprit que par leur objectif, *Völsungakviða en nýja* et *Guðrúnarkviða en nýja* n'entretiennent guère de rapport.

INTRODUCTION

Introduction

Il y a bien longtemps, mon père citait les propos de William Morris au sujet de ce qu'il appelait « la grande histoire du Nord » qui, insistait-il, devrait être pour nous « ce que la légende de Troie était pour les Grecs » et qui, dans un avenir lointain, « ne devrait être pour nos descendants pas moins que ce que la légende de Troie a été pour nous ». Mon père faisait alors observer : « Combien les mots de William Morris semblent distants et lointains, à présent ! Depuis cette époque, la légende de Troie sombre dans l'oubli à une vitesse étonnante. Mais les Völsung ne l'ont pas remplacée. »

Il est de toute évidence souhaitable qu'un thème et une manière devenus aussi exotiques soient « introduits » d'une façon ou d'une autre. C'est pourquoi, à l'occasion de la première publication des poèmes « scandinaves » de mon père, j'ai pensé qu'il serait à la fois intéressant et judicieux qu'une introduction puisse être fournie par l'auteur plutôt que par l'éditeur.

Nulle part dans ses écrits scandinaves n'apparaît de référence aux *Nouveaux Lais*, hormis un ensemble de quatre petites feuilles de papier, de date inconnue, sur lesquelles mon père a griffonné des remarques explicatives concernant ces textes (reproduites pp. 65-69). Si elles présentent un grand intérêt en soi, elles ne reconstituent aucune conception d'ensemble de la manière et du sujet de ses lais scandinaves dans un contexte historique ; aussi, en l'absence de tout écrit de ce genre, j'ai entrepris d'inclure ici une partie importante du discours (intitulé « Introduction générale ») par lequel il inaugura une série de conférences à la faculté anglaise d'Oxford, intitulée « L'Ancienne Edda ».

Il faut garder présent à l'esprit qu'il s'agit d'une ébauche et de la trace d'une conférence lue à un public restreint. Il ne pouvait y avoir là, même de loin, aucune intention de publication. Mon père avait pour objectif de communiquer son point de vue dans les grandes lignes. Il n'a pas hésité à situer l'*Edda* au sein d'un vaste contexte temporel et a transmis de façon éloquente sa propre conception de la poésie et de la place qu'elle occupait dans l'histoire de la Scandinavie. Dans d'autres conférences sur des poèmes particuliers ou des sujets spécifiques, il s'exprimait avec prudence, bien sûr ; mais dans le cas présent, il pouvait être téméraire, voire excessif, sans assortir chaque affirmation de réserves, sur un sujet où des querelles soulevées par des éléments de preuve discutables empêchent d'avancer. En effet, des formules comme « peut-être » et « probablement », « certains prétendent » et « on peut penser » sont remarquablement absentes de cet aperçu tel qu'il l'a rédigé.

J'ai le sentiment qu'il s'agit d'un écrit relativement précoce ; de plus, il y a ajouté par la suite un certain nombre de réserves quant à ses affirmations d'origine. Nous est également parvenu un brouillon antérieur et bien moins développé d'une conférence intitulée « Ancienne Edda ». Celle-ci a été expressément prononcée devant un « club » non nommé, mais elle constitue le fondement d'une conférence fort élaborée, partiellement reproduite ici. Mon père a traité ce premier texte de façon caractéristique, conservant des phrases entières au milieu de multiples réécritures et ajouts, donnant ainsi naissance à un nouveau manuscrit. Il ne fait pratiquement aucun doute que c'est cette conférence, telle qu'elle fut rédigée la première fois, qu'il a lue, sous ce même titre, à l'Exeter College Essay Society, le 17 novembre 1926. Mais il est impossible de dire combien de temps s'est écoulé entre les deux textes.

C'est avant tout pour faire entendre la voix de l'auteur des poèmes présentés dans cet ouvrage, qui écrivait (afin de s'exprimer) de façon personnelle et à propos de l'*Edda poétique* (et sur laquelle personne ne l'a entendu depuis sa dernière conférence sur le vieux norrois, à Oxford, il y a environ soixante-dix ans) que je l'imprime ici dans sa version tardive.

Le texte ayant été écrit rapidement et n'étant pas parfaitement lisible en tous points, il est ici légèrement amendé et un peu raccourci, accompagné de quelques explications entre crochets et de quelques notes de bas de page.

Introduction
à l'*Ancienne Edda*

La poésie désignée par ce titre malheureux et trompeur attire parfois de loin divers genres d'individus : philologues, historiens, spécialistes des cultures du folklore et autres du même cru, mais aussi poètes, critiques et amateurs de sensations littéraires nouvelles. Ce sont les philologues (au sens large) qui, comme d'habitude, ont accompli l'essentiel du travail et leur zèle ne s'est pas plus écarté que d'habitude (probablement moins que dans le cas de *Beowulf*) d'une appréciation pour le moins intelligente de la valeur littéraire de ces documents.

Il est singulièrement exact ici de dire qu'un jugement et une appréciation réels de ces poèmes – dont le caractère obscur et difficile est tel que seul le travail dévoué de nombreux philologues les a rendus accessibles – dépendent de la maîtrise personnelle des questions critiques, métriques et linguistiques qu'il soulève. Sans le philologue, évidemment, nous ignorerions le sens de nombreux termes, l'enchaînement des vers ou les sonorités des mots : dans la poésie scandinave, ce dernier point a peut-être plus d'importance encore qu'ailleurs. Les poètes consacraient une proportion inhabituelle de leur génie à garantir à tout prix la perfection des sonorités de leurs vers.

Il demeure vrai, toutefois, que même dépouillés de leur singulière et excellente forme, ainsi que de leur propre langue, dont l'aspect et les spécificités sont intimement liés à l'atmosphère et aux idées contenues dans les poèmes eux-mêmes, ces textes détiennent un pouvoir : celui de faire naître chez beaucoup, même à l'école ou avant d'en avoir l'âge, sous des formes simplifiées de traduction et d'adaptation pour enfants, le désir d'en savoir plus.

Demeure également l'effet de la première écoute de ces œuvres, une fois que s'achève le combat préliminaire avec le vieux norrois et qu'on lit pour la première fois un poème eddique en en comprenant suffisamment le sens pour continuer. Rares sont ceux qui, ayant franchi cette étape, auront manqué de reconnaître subitement qu'ils ont découvert sans s'en rendre compte quelque chose d'une force colossale, quelque chose qui est encore en partie (car composé de diverses parties) doué d'une énergie presque démoniaque, en dépit des dégradations subies par sa forme. Le sentiment d'un tel effet est l'un des dons les plus nobles offerts par la lecture de l'*Ancienne Edda.* S'il n'est pas ressenti au début de cette étape, il a peu de chances d'être éprouvé même après des années de travail universitaire ; une fois éprouvé, jamais il ne peut être enseveli sous des montagnes ou des taupinières de recherche ; cela étant, il résiste à un long et pénible labeur.

Tel n'est pas le cas du vieil anglais, dont les fragments qui subsistent (surtout *Beowulf*) ne révèlent leur perfection et leur excellence que lentement et longtemps après les premiers efforts faits pour comprendre la langue et la première rencontre avec la poésie (du moins, telle a été mon expérience). Cette généralisation contient une part de vérité. Il ne faut pas la forcer. Une étude détaillée soulignera notre sentiment à l'égard de l'*Ancienne Edda*, bien sûr. À certains endroits, l'attrait de la poésie vieil anglaise est immédiat. Mais la poésie vieil anglaise ne tente pas de vous en mettre plein la vue. Vous en mettre plein la vue : telle était l'intention délibérée du poète scandinave.

Et c'est ainsi que les meilleurs (surtout les plus vigoureux des poèmes héroïques de l'*Edda*) semblent franchir d'un bond la barrière d'une langue difficile pour s'emparer de nous dans l'acte même de déchiffrage vers par vers.

Qu'aucun de ceux qui écoutent les poètes de l'*Ancienne Edda* ne s'éloigne en s'imaginant avoir entendu les voix de forêts germaniques primitives ou contemplé, à travers les personnages des héros, la généalogie de ses ancêtres, nobles bien que sauvages – tels ceux qui se sont battus pour les Romains, avec ou contre eux. J'insiste tout particulièrement sur ce point ; et pourtant, si puissante est l'idée d'une époque reculée, primitive et dépassée, raccrochée au titre (très récent) d'*Ancienne Edda* dans l'imaginaire populaire (pour autant que l'on puisse dire que l'imaginaire populaire joue avec un thème aussi lointain et aussi peu gratifiant) que, même s'il faut remonter l'histoire au XVIIe siècle grâce à l'intervention d'un évêque érudit, je me retrouve, l'air de rien, à démarrer à l'âge de pierre.

L'archéologie nous apprend que les territoires scandinaves sont habités depuis l'âge de pierre (sans rentrer dans les subtilités de *paléo*lithique et de *néo*lithique). La continuité culturelle n'y a jamais été interrompue : elle a été modifiée et renouvelée à plusieurs reprises, généralement depuis le Sud et l'Est. En Scandinavie, on semble davantage en droit de dire – plus qu'ailleurs – que la plupart des habitants d'aujourd'hui ont toujours été là.

C'est vers l'an 400 après J.-C. (ou plus tôt) que débute notre aperçu des inscriptions (runiques) en langue norroise. Mais ces gens, s'ils parlaient une langue germanique (sous une forme quelque peu archaïque, semble-t-il), n'ont pas pris part à la grande période de l'héroïsme germanique, si ce n'est en cessant d'être scandinaves. Autrement dit, les peuples appelés plus tard Suédois, Gètes, Danois, etc., descendent de populations qui, dans l'ensemble, ne se sont pas lancées dans l'aventure, les troubles ni les catastrophes de la période. De nombreux peuples qui l'ont fait bel et bien – Burgondes, Goths et Lombards – étaient en fin de compte originaires de Scandinavie, mais perdirent tout lien avec elle.

Ces peuples recevaient incontestablement des échos de ces événements, désormais obscurs et confus, sous forme de « nouvelles », d'informations étranges et de chansons inconnues, importées telles quelles ou élaborées chez soi à partir des matériaux bruts de ces informations. La matière de récits et de poèmes parvenait jusqu'à eux, découvrant en territoire scandinave un environnement très différent de celui qui les avait produits : par-dessus tout, ils ne trouvaient nulle cour prospère au sens méridional du terme, ni quartiers généraux de puissantes forces guerrières, aucun grand capitaine d'ost, ni roi pour encourager et financer l'activité poétique. Qui plus est, ils trouvaient sur place un fonds distinct de mythologie et d'histoires de héros et de capitaines maritimes du pays. Légendes locales et mythes locaux furent modifiés, mais demeurèrent scandinaves, et si nous les avions, ils ne pourraient (et les fragments en lambeaux des souvenirs ultérieurs et épars que nous en avons le peuvent encore moins) être pris comme une compensation de la perte de presque tout ce qui se rattachait à la zone plus méridionale de la Germanie, et encore moins comme les quasi-équivalents de tous ces éléments disparus. Ils étaient certes apparentés, mais différents.

Puis le développement d'un âge héroïque propre à la Scandinavie (le prétendu âge viking, postérieur à l'an 700) rendit la matière plus confuse. Les populations casanières se mirent à parcourir la terre entière, mais sans perdre leur emprise sur leurs territoires et mers d'antan. Malgré l'émergence d'un environnement courtois, la poésie épique ne s'est jamais développée dans ces contrées. Les raisons en sont mal comprises (les réponses à des questions vraiment très pertinentes sont rarement fournies) et ici, en tout cas, c'est un fait dont nous devons nous contenter. On peut chercher les causes dans le tempérament de l'époque et des gens, ainsi que de leur langue, qui en était le reflet. C'est seulement à une époque relativement tardive que les « rois » de Scandinavie furent assez riches ou assez puissants pour entretenir une cour splendide, et quand ce phénomène eut réellement lieu, il connut une évolution différente : la forme locale de cette poésie concise, nerveuse, strophique, souvent dramatique, se développa non pas en une poésie épique, mais en variations euphoniques surprenantes, bien que formelles, de poèmes scaldiques [*voir pp. 45-48*]. Dans la poésie eddique, cette forme apparaît « non développée » (si tant est que la poésie « strophique » ait jamais pu se développer en poésie épique, quels que soient le lieu et l'époque, par gradations inconscientes, sans rupture, sans bond, sans effort délibéré) – « non développée », à savoir du côté formel, bien qu'elle se soit trouvée renforcée et élaguée. Mais même dans ce cas, c'est la forme « strophique » que nous rencontrons : le choix de l'instant dramatique et vigoureux, et non le déroulement au ralenti d'un thème épique.

Ce dernier, tel que représenté jusqu'alors, fut réalisé en prose. C'est en Islande, colonie norvégienne, que s'épanouit la technique unique de la saga, récit en prose. Il s'agissait essentiellement d'un récit de la vie quotidienne, souvent un sommet du raffinement et qui n'avait pas la légende pour terrain naturel. Bien entendu, ce fait résulte du tempérament et du goût de l'auditoire plutôt que de la signification réelle du mot : tout simplement quelque chose de dit ou de raconté et non de chanté, si bien que le terme saga s'appliquait tout naturellement à la *Völsunga Saga*, en partie imaginaire et qui ressemble fort peu à la saga islandaise typique. Selon l'acception scandinave, les Évangiles ou les Actes des Apôtres sont des « sagas ».

Mais à l'époque qui nous intéresse, l'Islande n'avait pas été fondée et il n'existait en Norvège absolument aucune grande cour royale. Puis apparut Harald le Blond, qui assujettit ce fier pays peuplé de nombreux chefs obstinés et de propriétaires indépendants – seulement pour perdre, du coup, une bonne partie des meilleurs et des plus fiers, à la guerre ou lors de l'exode vers l'Islande. Durant les soixante premières années de cette colonisation environ, quelque 50 000 personnes quittèrent la Norvège pour cette île, soit directement, soit en passant par l'Irlande et les îles

Britanniques. Néanmoins, c'est à la cour d'Harald le Blond que débuta l'âge d'or de la poésie scandinave, à laquelle appartient la poésie eddique.

Cette poésie norvégienne repose alors sur une mythologie et des croyances religieuses locales et fort anciennes, remontant jusqu'à Dieu sait quel endroit ou quelle époque. Légendes, contes populaires et récits héroïques multiséculaires entrèrent en contact : éléments locaux datant de la préhistoire, éléments reflétant des mouvements au Sud, éléments locaux datant de l'âge viking ou d'une période ultérieure ; cependant, réussir à distinguer les diverses strates de l'ensemble exigerait une compréhension du mystère du Nord, si longtemps demeuré invisible, et une connaissance de l'Histoire de ses populations et de sa culture que nous n'aurons jamais aucune chance de maîtriser.

Dans sa forme – et, par conséquent, probablement aussi dans une partie de son contenu plus ancien –, cette poésie est apparentée à d'autres faits germaniques. Bien sûr, elle est écrite dans une langue germanique, mais ses mètres plus anciens sont étroitement liés, disons, à ceux du vieil anglais ; en outre, elle comprend des formules, des hémistiches, sans parler des noms, des allusions aux lieux, aux individus et aux légendes, répandus en fait de manière indépendante en vieil anglais : autrement dit, cette poésie est l'héritière d'une poésie germanique et d'une tradition poétique communes qui, à présent, nous échappent : il ne nous reste rien ni des thèmes de cette ancienne poésie balte, ni de son style, hormis les hypothèses nées de la comparaison du norrois et du vieil anglais.

Mais dans l'*Edda*, cette forme est demeurée plus simple, plus directe (compensant la longueur, l'abondance et la richesse par la force) que celle développée, disons, en Angleterre. Bien entendu, il est vrai que nous avons beau mettre en valeur le caractère et l'atmosphère norvégiens de ces poèmes, ceux-ci ne sont pas exempts d'éléments importés. En fait, les thèmes importés (tels que les histoires des Völsung, des Huns et des Burgondes en particulier) ont, non seulement acquis une place dominante dans l'*Edda*, mais on peut même dire que c'est en exil qu'ils ont reçu leur traitement le plus raffiné. Cependant, cela est dû au fait qu'ils ont été entièrement assimilés et intégrés à la culture norvégienne : leur déracinement même les a préparés à subir un maniement artistique non entravé par l'Histoire ou un retour au passé ; à recevoir de l'imaginaire scandinave de nouvelles couleurs et à être associés aux figures menaçantes des dieux scandinaves.'

La seule distinction réellement importante qu'il faille opérer est en faveur des Goths : aussi difficile soit-il de déchiffrer les allusions qui nous sont parvenues, il est clair que ces populations d'origine scandinave, mais désignées par le sort pour vivre une histoire et une tragédie particulières, furent suivies pas à pas par celles du Nord, devenant avec leurs ennemis, les Huns, le thème majeur des poètes – à tel point que plus tard, *gotar* subsista en tant que terme poétique signifiant « guerriers », alors que les vieux récits avaient été recouverts et mâtinés d'autres matériaux. Ce sont les Goths qui apportèrent les runes et ce sont les Goths, semble-t-il, qui apportèrent Óðinn (Gautr), dieu de la sagesse des runes, des rois et des sacrifices. Et ce dieu est vraiment essentiel – car le fait surprenant qu'il n'est, de toute évidence, pas d'origine scandinave ne saurait rien changer à ceci qu'il est devenu le plus grand des dieux du Nord.

Voilà une sorte de panorama de cette évolution. Cette poésie locale, populaire, aux origines complexes, fut subitement soulevée par la vague de richesses et de gloire vikings afin d'enjoliver les demeures des rois et des jarls. Elle fut élaguée et améliorée, sans aucun doute, dans son style et sa manière, rendue (généralement) plus digne, mais tout en conservant de façon unique son caractère plus simple, plus nerveux, une proximité à la terre et à la vie ordinaire rarement observée dans un rapport aussi étroit avec les raffinements de la « cour », c'est-à-dire avec la maîtrise de l'artiste circonspect et oisif ; voire, à l'occasion, avec la pédanterie du généalogiste et du philologue. Mais ce constat correspond à ce que nous savons des rois de cette cour et de leurs hommes.

Il ne faut pas oublier que l'époque était païenne – qu'elle possédait toujours des traditions locales païennes particulières, demeurées longtemps isolées ; des temples et des ordres de prêtres. Mais la « croyance » déclinait déjà, la mythologie et plus encore tout ce que l'on pourrait appeler « religion » à proprement parler se désintégraient déjà, sans attaque directe de l'extérieur – ou, en termes mieux choisis, sans conquête ni conversion, sans destruction des temples ni de l'organisation païenne : on ne peut en effet écarter l'influence des idées étrangères et du brusque déchirement du voile recouvrant le Nord (déchiré par des hommes de l'intérieur). Ce fut une période de transition particulière, période d'équilibre entre l'ancien et le nouveau, période inévitablement brève, vouée à ne pas se poursuivre bien longtemps.

Dans une large mesure, l'esprit de ces poèmes, que l'on a considéré comme (une branche de) « l'esprit germanique » ordinaire (ce qui contient une part de vérité : Byrthwold à Maldon* ne déparerait pas l'*Edda* ni une saga) est vraiment l'esprit d'une époque particulière. On pourrait l'appeler « absence de Dieu » : le fait de compter sur soi et sur une volonté à toute épreuve. L'épithète appliquée aux personnages ayant réellement vécu à cette période de l'Histoire n'est pas sans importance : *goðlauss* (« sans dieu ») si l'on explique que leur croyance consistait à *at trúa á mátt sín ok megin* (« faire confiance à son propre pouvoir et à sa propre force »). [*Par la suite, l'auteur rajouta une note : « Cependant, à l'inverse, il ne faut pas oublier que cela ne s'appliquait qu'à certains personnages autoritaires et impitoyables, et n'aurait en aucun cas mérité d'être mentionné si de nombreux hommes (la majorité d'entre eux, en fait) n'avaient pas conservé la foi et les pratiques de leurs cultes païens.* »]

Cela vaut davantage pour l'*héroïque*, bien sûr, que pour le *mythologique* – sans pour autant être faux de ce dernier. De telles légendes concernant les dieux sont d'un genre qui peut bien survivre jusqu'à une époque où les dieux sont plutôt des sujets de récits que des objets de cultes, mais cependant, jusqu'à une époque qui n'a pas remplacé les dieux par quoi que ce soit de nouveau, qui les connaît encore bien et s'intéresse à eux. Évidemment, le *blót* (cérémonie païenne de sacrifice) n'avait pas non plus été aban-

* Bataille qui marqua la défaite décisive de Byrthwold face aux Danois en 991 et qui fut célébrée dans un long poème dont il ne subsiste que des fragments. En 1953, J.R.R. Tolkien fit paraître une « suite » de cette Bataille de Maldon, sous forme d'un dialogue dramatique et d'un commentaire, *Le Retour de Beorhtnoth, fils de Beorhthelm*, publié en français dans *Faërie et autres textes* [1974], éd. revue et augmentée, Paris, Christian Bourgois éditeur, 2003, p. 13-49. (*N.d.T.*)

donné. Le paganisme était toujours très puissant, en Suède, toutefois, plutôt qu'en Norvège. Il n'avait pas subi ce déracinement des *fanes* (temples) et habitations locales qui lui est tellement néfaste – ainsi qu'il le fut en Angleterre.

La fin de la période fut amorcée par le violent apostolat de cette grande figure païenne et héros du Nord : le roi Ólaf Tryggvason, figure de la christianisation. Après sa chute et celle de nombre d'hommes parmi les plus grands, à cause de lui ou avec lui, eut lieu un retour au paganisme. Mais ce phénomène fut rapidement interrompu par les efforts de christianisation non moins vaillants, mais plus avisés, d'Ólaf le Saint qui, à l'époque où Édouard le Confesseur régnait sur l'Angleterre, laissa la Norvège entièrement christianisée et la tradition païenne, anéantie.

Cependant, la ténacité et le conservatisme en vigueur au Nord peuvent se mesurer non seulement à l'aune des efforts que durent faire des personnages tels que les Ólaf, mais aussi selon d'autres critères mineurs, comme la survivance des runes, si étroitement (bien qu'accidentellement) associées aux traditions païennes, même après que le Nord eut appris à écrire en caractères latins. Tel fut le cas essentiellement en Suède, mais les runes demeurèrent en usage partout en Scandinavie (dans la poursuite directe de la tradition et non suite à un renouveau) pour des éléments tels que les inscriptions funéraires, jusqu'au XVIe siècle.

Néanmoins, après 1050, certainement après 1100, dans l'ancienne Scandinavie, la poésie relevant de la tradition païenne était morte, ou moribonde – autant dire le vers scaldique, quel qu'ait été son sujet, de même que les lais traitant réellement de mythes, puisque la langue et la littérature scaldiques dépendaient d'une connaissance de ces mythes, chez l'auteur comme chez l'auditeur, dont tous deux étaient normalement ce qu'il conviendrait d'appeler des aristocrates : nobles, rois et courtisans à la mode scandinave.

En Islande, cette poésie survécut un moment. Là, la transmission (vers l'an 1000) avait été plus pacifique et moins amère (élément probablement non sans rapport avec les migrations et la colonisation). En fait, la poésie devint un temps une industrie d'exportation rentable en Islande : il n'y a d'ailleurs qu'en Islande que fut jamais rassemblé ou mis par écrit tout ce qui pouvait l'être. Mais la connaissance de l'élément ancien déclinait rapidement. Les fragments, fort disparates, furent de nouveau rassemblés – lors d'une renaissance philologique d'un passé ancien, aux XIIe et XIIIe siècles. Peut-être serait-il plus exact de parler non d'une renaissance du passé ancien mais d'un enterrement bienveillant. Il s'agissait d'une nouvelle forme de piété qui réunissait les fragments sans les comprendre tout à fait : en effet, nous avons souvent, nous, l'impression de mieux les comprendre. L'ancienne religion et la mythologie qui l'accompagnait en tant qu'unité constitutive ou quoi que ce soit de semblable à un système (si tant est qu'il y en ait jamais eu de possible, de manière sans doute limitée) n'ayant sans doute nullement été conservées, elles n'étaient certainement pas à la portée de Snorri Sturluson, grand prosateur, expert en métrique, amoureux du passé et politicien impitoyable. L'étendue de cette perte peut être évaluée par quiconque voit combien nous savons peu de choses, à présent, y compris des détails essentiels sur les temples, extrêmement importants, de leurs

« cultes » et de l'organisation du clergé en Suède ou en Norvège.

La *Nouvelle Edda* ou *Edda en prose* de Snorri Sturluson est un pieux recueil de fragments, établi pour aider à comprendre et à composer une poésie nécessitant une connaissance des mythes, tandis qu'un savoir modéré, voire indulgent et ironique, s'était substitué au conflit entre les religions.

Après cela, dieux et héros s'enfoncent dans leur Ragnarök*, vaincus non pas par le serpent qui encercle le monde, ni par le loup Fenris, ni par les fougueux habitants du Múspellheim, mais par Marie de France, les sermons, le latin médiéval, les renseignements pratiques et le léger changement introduit par la tradition courtoise française.

Cependant, les XVIe et XVIIe siècles, dans leurs heures les plus sombres, ont connu une résurrection après le Ragnarök, comme si s'étaient accomplies à cette époque les paroles de la Völva (la prophétesse qui fait une prédiction dans le poème eddique de la *Völuspá*) au sujet de la renaissance d'une nouvelle terre et du retour des hommes et des dieux, qui découvrent et admirent les figurines d'or dans l'herbe, là où se dressaient jadis les grand'salles dans lesquelles les dieux jouaient aux échecs [*voir p. 357, la dixième strophe du poème* La Prédiction de la prophétesse, *reproduit dans l'appendice B*].

Si la découverte des fragments de la splendeur

* Dans la mythologie norroise, le Ragnarök est « le sort des puissances », « le destin funeste des dieux » ; une confusion avec un mot distinct, *rörk*, signifiant « crépuscule », « demi-jour » a donné lieu à la traduction par *Götterdämmerung* (en allemand), « crépuscule des dieux ».

d'antan était souvent fortuite, la recherche qui aboutissait à les retrouver procédait de motifs divers. En Angleterre, le zèle théologique était fortement mêlé de cette curiosité pour l'Histoire et la langue qu'elle engendrait par accident. En Scandinavie, il en allait autrement. Cependant, quels qu'aient été les motifs, le résultat fut non seulement de sauver du naufrage du temps les vestiges que nous possédons, mais aussi de reconnaître sans délai leurs mérites et de regretter d'en avoir perdu d'autres – fait particulièrement valable dans le cas de l'*Edda*.

Les éléments sauvés des décombres résultant des pertes naturelles, des hasards du temps qui passe, de la négligence et de l'oubli des hommes, ainsi que des ravages de la guerre et du fanatisme (au sens théologique ou classique) étaient maigres. Néanmoins, le XVIIIe siècle semble avoir marqué de sa désapprobation ces reliques « gothiques », exhumées de leurs tombes, par deux incendies qui réussirent à détruire partiellement ce qui avait été sauvé et manqua de peu de détruire la meilleure part. En 1728, dans l'incendie de Copenhague, nombre de ce qui avait été rassemblé partit en fumée. Trois ans plus tard, la collection Cotton de Londres fut partiellement incendiée. *Beowulf* fut sérieusement brûlé. Mais il en réchappa de justesse – au grand embarras des écoles anglaises* à venir. À Copenhague, la copie sur parchemin du manuscrit de l'*Ancienne Edda*, propriété de celui qui l'avait découverte, semble avoir compté parmi les pertes. Perdue, en tout cas, elle l'est. Mais le manuscrit lui-même a survécu. Cependant, dieux

* « École » signifie ici faculté, département d'une université, et non école de pensée. (*N.d.T.*)

et héros faillirent succomber à un ultime et funeste Ragnarök, ce qui aurait laissé notre connaissance et notre jugement de la littérature scandinave dans une situation totalement différente.

Là où l'*Ancienne Edda* est mentionnée, nous entendons pratiquement un seul manuscrit (n° 2365-4° de la Collection royale de Copenhague) désormais connu sous le nom de *Codex Regius* (*de l'Ancienne Edda*). Il en reste 45 feuillets, comportant 29 poèmes. Après le feuillet 32, une liasse de probablement huit pages a été perdue*. Il ne semble y avoir eu aucune perte au début ni à la fin – où il s'en produit fréquemment.

Voilà tout ce que nous savons de ce remarquable rescapé du temps, des flammes et des inondations. En 1662, Frédéric III, roi du Danemark, envoya le fameux Thormod Torfæus porter une lettre ouverte au célèbre Brynjólfr Sveinsson. Évêque de Skálholt, en Islande, Brynjólfr était depuis 1639 un féru collectionneur de manuscrits. Torfæus était chargé d'obtenir son aide afin de recueillir pour le roi des matériaux touchant à l'histoire ancienne, ainsi que tout objet ancien, curiosité et rareté que l'on pût trouver en Islande. En 1663, l'évêque envoya la fine fleur de sa collection au souverain. Parmi ces trésors désormais inestimables se trouvait le *Codex Regius*. On ignore où l'évêque l'avait découvert ou quelle en avait été précédemment l'histoire, si ce n'est qu'il l'avait récupéré vingt ans plus tôt : sur la première page, il avait inscrit son monogramme ainsi qu'une date (LL 1643, c'est-à-dire

* Mon père estimait probable que cette perte ait été due à la disparition du *Long Lai de Sigurd* (voir p. 235), censé avoir constitué l'essentiel de la poésie du folio disparu.

« Lupus Loricatus », Brynjólfr), exactement comme nous griffonnerions notre nom et une date sur une nouvelle trouvaille passionnante, acquise dans une librairie d'occasion.

Deux cent cinquante ans se sont écoulés*, consacrés à examiner, s'interroger, interpréter, établir les étymologies, analyser, théoriser, argumenter et trier les arguments, affirmer et réfuter, jusqu'à ce que la « littérature » eddique, aussi brève soit-elle, devienne un territoire et un désert en soi. À partir de toutes ces études, certains éléments ont plus ou moins atteint, au milieu d'un vaste désaccord, la phase d'un consensus d'opinions faisant autorité.

À présent, nous savons en tout cas que ce recueil de poèmes ne devrait nullement s'appeler *Edda*. Il s'agit de la perpétuation d'un acte de baptême de la part de l'évêque qui outrepassait alors ses pouvoirs. D'après ce que nous savons ou ce que montre le manuscrit, le recueil ne portait absolument aucun titre général. *Edda* étant le titre de l'une des œuvres de Snorri Sturluson (mort en 1241), œuvre fondée sur ces poèmes mêmes et sur d'autres, désormais perdus, comme eux, ce titre ne revient en toute justice qu'à cette œuvre et elle seule – œuvre qui s'intéresse avant tout (même dans les premières parties, conçues sous forme de récit ou de dialogue) aux techniques de la poésie scandinave qu'elle a sauvées de l'oubli pour nous. Ce nom ne saurait donc en aucun cas s'appliquer à un recueil de véritables poèmes anciens, rassemblés essentiellement en raison de leurs mérites en tant que poèmes et non en tant qu'échantillons d'un savoir-faire.

* Chiffre arrondi, que mon père ait compté à partir de 1643 ou de 1663.

Au-delà de ce point, nous ne pouvons pas dire grand-chose du manuscrit. La paléographie fait apparaître que le *Codex Regius* remonte à environ 1270 (au début de la seconde moitié du XIIIe siècle) et qu'il est lui-même, semble-t-il, une copie d'un original datant de 1200 (plus tôt, selon certains). Tel qu'il se présente à nous, il remonte en fait à une période postérieure de trente ans à la mort de Snorri ; mais même s'il n'était pas avéré que Snorri a en grande partie utilisé ces poèmes, tels qu'ils nous sont parvenus, il apparaît au sein du recueil que la matière, la manière et la langue de ces poèmes leur accordent le droit d'être qualifiés d'« anciens ».

Quant à l'époque de leur rédaction, nous n'avons pas plus d'informations que celles fournies par l'examen des poèmes eux-mêmes. Naturellement, la datation varie, surtout dans le cas de poèmes isolés. Concernant leur composition originale, aucun d'entre eux n'est susceptible d'être vraiment postérieur à l'an 900. Nous pouvons indiquer 850-1050 après J.-C. comme une sorte de période centrale qui ne saurait être rallongée dans un sens ou dans l'autre. Ces limites ne peuvent être repoussées – surtout pas vers le passé. Aucun de ces poèmes ne peut avoir été conçu dans la forme que nous lui connaissons (ou plutôt dans les formes dont le manuscrit nous offre souvent un descendant infidèle) avant l'an 800, à l'exception de quelques vers, allusions ou adages ici et là. Ils ont ensuite été déformés, sans aucun doute, oralement et par écrit – voire altérés : j'entends par là qu'en plus d'une simple déformation produisant des vers dépourvus de sens, ou, du moins, déséquilibrés, il existait à l'époque de réelles variantes. Mais dans l'ensemble, elles étaient le fait d'auteurs individuels qui, quoi qu'ils aient repris de l'ancienne tradition, voire de poèmes plus anciens, écrivaient des choses nouvelles qui n'avaient pas existé auparavant.

Le caractère ancien et l'origine de la mythologie et des légendes rencontrées dans les poèmes sont une autre affaire. En général, aussi séduisant que cela puisse être pour la curiosité, il n'importe pas tant à la critique de savoir vraiment quelles réponses peuvent être apportées à ce genre de questions que de se rappeler ceci : d'où qu'ils aient tiré leur matière, les auteurs vivaient durant les derniers siècles de paganisme en Norvège et en Islande, et la traitaient donc dans le style et l'esprit de ces pays et de cette période. Même l'étymologie formelle a rarement beaucoup à dire, bien que personnellement, je la trouve séduisante. Même lorsque, comme c'est souvent le cas, nous pouvons faire correspondre un nom à sa forme dans d'autres langues germaniques, elle ne nous apprend pas grand-chose. Ainsi, Jörmunrekkr est Ermanaríks et son nom renvoie à l'histoire des Goths, à leur pouvoir et à leur chute [*voir pp. 313-314, note à la strophe 86*] ; Gunnar est Gundahari et son histoire renvoie aux événements qui se déroulèrent en Germanie au Ve siècle [*voir appendice A, pp. 327-330*]. Mais cela ne nous apprend pas grand-chose de l'état dans lequel ces récits sont parvenus en Scandinavie, ni des voies (certainement diverses) qu'ils ont empruntées – et nous aide encore moins à démêler les questions littéraires concernant les différents traitements du thème burgonde dans cette région.

Mais pour aussi fascinantes que soient toutes ces questions, nous pouvons terminer sur la note que nous avons fait entendre précédemment : elles ne sont pas d'une importance capitale. Il y a bien plus important que le nom des personnages ou les origines des détails du récit (sauf là où ils nous aident à comprendre ce qui n'est pas intelligible, ou bien à protéger un texte d'une déformation) : l'atmosphère, la couleur et le style. Ceux-ci ne résultent de l'origine des thèmes que dans une très faible mesure : ils reflètent essentiellement la période et le pays où les poèmes furent composés. Ainsi, nous risquons peu de nous tromper en prenant comme arrière-plan physique et social de ces poèmes les montagnes et les fjords de Norvège, ainsi que la vie de petites communautés de ce pays éclaté – vie reposant sur une forme particulière d'agriculture, combinée à celle, aventureuse, des pêcheurs et des marins. Quant à l'époque : jours de déclin d'une culture païenne particulière, isolée, non raffinée matériellement mais hautement civilisée à plusieurs égards ; une culture qui avait possédé non seulement (à un certain degré) une religion organisée, mais tout un fonds de légendes et de poèmes partiellement organisés et ordonnés. Jours de déclin de la croyance, quand, lors d'un brusque changement du monde, le Sud partit en flammes et qu'une fois pillé, le butin alla enrichir les grand'salles en bois de chefs scandinaves jusqu'à les faire resplendir d'or. Puis vint Harald le Blond, puis un grand règne, puis une cour, puis la colonisation de l'Islande (un incident parmi une vaste série d'aventures), puis les guerres désastreuses d'Ólaf Tryggvason, puis la flamme mourante, finissant dans les douces braises du Moyen Âge, les impôts et la régulation du commerce, et la farandole des singes et des petits poissons.

Il se peut que mon père ait achevé cette conférence par ce grand geste qui le caractérisait ; quoi qu'il en soit (bien que le manuscrit se poursuive pour aborder bientôt une réflexion sur les poèmes pris individuellement), le moment semble venu de l'interrompre.

J'ajoute ici un certain nombre de notes et de brèves précisions sur divers sujets qu'il vaut mieux traiter séparément, comme suit :

§1 L'*Edda en prose* de Snorri Sturluson
§2 La *Saga des Völsung* (*Völsunga Saga*)
§3 Le texte des poèmes
§4 L'orthographe des noms scandinaves
§5 La métrique des poèmes
§6 Notes de l'auteur sur ses poèmes

§1 L'*EDDA EN PROSE* DE SNORRI STURLUSON

Le nom *Edda* ne revient à proprement parler qu'à l'œuvre célèbre de l'Islandais Snorri Sturluson (1179-1241). Il s'agit d'un traité sur l'art spécifique de la poésie islandaise qui, à l'époque de Snorri, était en train de disparaître : les anciennes règles métriques étaient ignorées et l'ancienne connaissance de la mythologie essentielle à cette poésie, attaquée par un clergé hostile à tout vestige de paganisme. Ce livre, dans ses trois parties, est une réécriture en prose d'anciens mythes et légendes ; un aperçu et une explicitation de l'étrange diction de l'ancienne « poésie de cour », accompagnés d'exemples de ses formes métriques.

Dans sa conférence (p. 38), mon père relève que l'application du nom *Edda* par l'évêque Brynjólf de Skálholt aux poèmes du grand codex qu'il avait acquis en 1643 n'était pas historiquement justifiée. À l'époque de Brynjólf, les Islandais qui s'intéressaient à la littérature ancienne en étaient venus à supposer qu'il avait dû y avoir eu une « *Edda* plus ancienne » dont s'était inspirée l'œuvre de Snorri. Avant de découvrir l'existence du *Codex*, Brynjólf lui-même écrivait, dans une lettre datée de 1641 : « Où sont désormais ces immenses trésors de toutes les connaissances humaines, écrits par Sæmund le Sage et, par-dessus tout, cette très noble *Edda*, dont nous possédons maintenant, hormis le nom, à peine un millième ; et ce que nous possédons eût certes été entièrement perdu, si l'abrégé qu'en a fait Snorri Sturluson ne nous avait laissé plutôt l'ombre et les empreintes que le corps véritable de l'*Ancienne Edda.* »

Sæmund le Sage (1056-1133) était un prêtre dont la prodigieuse érudition était devenue légendaire ; mais le titre *Sæmundar Edda* que Brynjólf avait attribué au *Codex* était sans fondement. Ainsi naquit l'idée des deux Eddas, l'*Edda poétique* ou *Ancienne Edda*, et l'*Edda en prose* ou *Nouvelle Edda*. On ignore pourquoi l'œuvre de Snorri fut baptisée *Edda*, mais plusieurs explications ont été fournies : selon certains, ce nom est lié au mot *oðr* dans le sens de « poème, poésie », comme s'il signifiait « poétique » ; selon d'autres, il est dérivé d'Oddi, lieu du sud-ouest de l'Islande, centre d'érudition islandaise où Snorri avait grandi.

De l'expression « Edda poétique » est né l'adjectif « eddique », utilisé par opposition à « scaldique » (dérivé moderne du terme vieux norrois *skáld*, signifiant : « poète »). Mon père aborde la poésie scaldique dans sa conférence sur l'*Ancienne Edda* (pp. 27-28) : « C'est seulement à une époque relativement tardive que les “rois” de Scandinavie furent assez riches ou assez puissants pour entretenir une cour splendide, et quand ce phénomène eut réellement lieu… la forme locale de cette poésie concise, nerveuse, strophique, souvent théâtrale, se développa non pas en une « poésie épique », mais en variations euphoniques surprenantes, bien que formelles, de poèmes scaldiques. » Cette « poésie de cour », comme on peut aussi l'appeler, était un art extraordinairement complexe et caractéristique, aux formes métriques extrêmement raffinées soumises à des règles d'une rigueur très contraignante : « développements, selon les termes de mon père, dans lesquels, à divers genres de rimes internes et finales, riches ou pauvres, à la fois vocaliques et consonantiques, viennent se mêler les principes de "poids", d'accent tonique et d'allitération, avec pour objectif avéré d'utiliser pleinement la vigueur, la force et le rythme bousculé du vieux norrois ». À quoi il faut ajouter l'immense vocabulaire poétique et l'extraordinaire exploitation (décrite plus loin) du principe du *kenning*.

« Pour nous qui pensons à l'*Ancienne Edda*, écrit-il, "eddique" désigne le langage plus simple, plus direct de la poésie héroïque et mythologique, par opposition au langage artificiel des scaldes. Et cette opposition est généralement perçue aussi comme une opposition dans le temps : l'ancienne simplicité du bon vieux temps germanique, malheureusement abandonnée, selon un nouveau goût pour une poésie devenue une énigme raffinée.

« Mais l'opposition entre poésie "eddique" et poésie "scaldique", en tant qu'opposition temporelle entre la plus ancienne et la plus jeune, entre un ancien mode élégant chassé par une manière plus jeune, plus récente, est tout à fait erronée. Ce sont deux rameaux apparentés, deux branches du même arbre unies de manière essentielle, peut-être même à l'occasion par les mêmes auteurs. On peut trouver des scaldes qui écrivent en *fornyrðislag*, le plus ancien des mètres anciens ; on peut trouver des *kenning* scaldiques dans les lais eddiques.

« Tout ce qui demeure vrai de cette opposition temporelle est le fait que les mètres plus simples, par exemple le *fornyrðislag* et le style qui l'accompagne, sont bien plus anciens, bien plus proches, par exemple, d'autres éléments germaniques, de la poésie vieil anglaise que la poésie et le mode spécifiquement scaldiques. Les poèmes eddiques que nous possédons datent de la même période que les scaldiques, mais la tradition et le style métriques qu'ils emploient contiennent toujours, sans altération fondamentale, quelque chose de la tradition germanique commune. Dans le mètre, l'ancien et le nouveau se côtoient : il s'agissait, comme nous l'avons vu précédemment, d'une période de transition, d'une période d'équilibre entre l'ancien et le nouveau, impossible à maintenir longtemps [*voir p. 31*]. »

C'est la poésie scaldique, hautement artificielle, qui constitue l'objet de l'enseignement de Snorri dans son *Edda* et de fait, c'est à lui que la majeure partie de ce qui subsiste doit d'avoir survécu. Dans la deuxième partie de l'ouvrage, intitulée *Skáldskaparmál* (« Diction poétique »), il traite avant tout des *kenning*, en citant un grand nombre de strophes exemplaires rédigées par des scaldes qu'il nomme ; mais très peu de ces *kenning* sont généralement compréhensibles sans une connaissance des mythes et des légendes auxquels ils font allusion, alors que ces thèmes ne constituent pas l'objet spécifique des poèmes scaldiques en eux-mêmes. Dans la première partie de l'*Edda*, (le *Gylfaginning*), Snorri s'inspire considérablement de la poésie eddique et dans le *Skáldskaparmál*, il narre aussi les récits dont sont inspirés certains *kenning*. En voici un seul exemple :

> *Hvernig skal kenna gull ?* Comment nommer l'or ? De la sorte : en l'appelant « le feu d'Ægir », « les aiguilles de Glasir », « les cheveux de Síf », « le bandeau de Fulla », « les larmes de Freyja », « la goutte, la pluie ou l'averse de Draupnir » (l'anneau d'or d'Ódin, dont tombaient d'autres anneaux), « la rançon d'Otr », « le paiement forcé des Ases »…

En suivant une telle liste, Snorri élucide ces locutions :

Hver er sök till þess, at gull er kallat otrgjöld ? Pour quelle raison appelle-t-on l'or « la rançon d'Otr » ?

> On raconte que quand les Ases, Ódin, Loki et Hœnir, sortirent explorer le monde, ils parvinrent à une certaine rivière et longèrent cette rivière jusqu'à une cascade ; et au pied de cette cascade se trouvait une loutre…

Et c'est ainsi que nous avons l'histoire de l'or d'Andvari, racontée à la fois par l'auteur de la *Völsunga Saga* et par Snorri Sturluson (voir le commentaire sur le *Lai des Völsung*, p. 185-188) ; mais cependant, à cet endroit, Snorri poursuit son récit en résumant l'histoire tout entière des Völsung.

Reste à ajouter que la renommée de l'ouvrage de Snorri, et tout particulièrement du *Skáldskaparmál* au cours des siècles suivants, a conduit à largement utiliser le terme *Edda* avant la naissance du *Codex Regius* pour désigner expressément les règles techniques de l'ancienne « poésie de cour », ou vers « scaldique ». À cette époque, les poètes se plaignaient de la tyrannie de l'*Edda*, ou bien présentaient leurs excuses pour leur manque de compétence dans l'art de l'*Edda*. Selon les termes de Gudbrand Vigfússon, « un poète non instruit qui appelait un chat un chat, au lieu de le décrire au moyen d'une circonlocution mythologique, était méprisé comme étant "sans Edda" » (*Eddu-lauss* : « ne possédant pas l'art eddique »). Ainsi, l'adjectif « eddique », tel qu'il est désormais utilisé, *en opposition* à « scaldique », constitue une inversion parfaite de son sens précédent.

§2 LA SAGA DES VÖLSUNG
(*VÖLSUNGA SAGA*)

Le *Codex Regius* de l'*Edda poétique* est un recueil de poèmes d'une grande diversité, composés par des poètes qui vivaient à des siècles d'intervalle, mais qui fut compilé et organisé intelligemment et avec soin. La plupart des poèmes héroïques traitant de l'histoire des Völsung et des Niflung, le compilateur les a classés dans l'ordre de la narration, autant que le lui permettaient la structure et l'ampleur des lais pris individuellement, en ajoutant des passages explicatifs en prose au début et à la fin de nombre de ces lais, ainsi que des transitions narratives au fil de ces textes.

Mais une part importante du matériau ainsi classé est d'une très grande difficulté. Étant donné que les poèmes sont présentés dans le désordre ou révèlent des lacunes, voire consistent en un assemblage d'éléments d'origines complètement différentes, le détail présente bien des points obscurs ; tandis que, pire que tout, la cinquième liasse du *Codex Regius* a disparu il y a longtemps (voir p. 37), entraînant la perte de toute la poésie eddique concernant la partie centrale de la légende de Sigurd.

Dans cette situation, il existe une aide essentielle à la compréhension de la légende scandinave des Völsung. Il s'agit de la *Völsunga Saga*, rédigée probablement en Islande, au XIIIe siècle, même si le manuscrit le plus ancien est bien plus tardif : un récit en prose du destin de toute la lignée des Völsung, depuis les lointains ancêtres de Sigmund, père de Sigurd, et qui se poursuit jusqu'à la chute des Niflung et la mort d'Atli (Attila), et au-delà. Il se fonde à la fois sur les lais eddiques qui subsistent et sur d'autres sources désormais perdues ; comme le dit mon père dans une de ses conférences, « c'est uniquement des lais qu'il a utilisés que dérivent sa puissance et l'attrait qu'il présente pour tous ceux qui le découvrent », car il ne tenait pas en très haute estime le talent artistique de l'auteur.

Cet auteur était confronté à des traditions entièrement différentes (visibles dans les lais eddiques qui ont été préservés) concernant Sigurd et Brynhild : des récits qui ne peuvent être associés, car ils sont pour l'essentiel contradictoires. Pourtant, il les a associés et ce faisant, il a produit un récit certainement mystérieux, mais (en son point central) non satisfaisant : un puzzle, en quelque sorte, présenté comme achevé mais sur lequel le motif recherché est incompréhensible et en contradiction avec lui-même.

Dans le commentaire qui suit chaque poème de cet ouvrage, j'ai relevé de nombreux points sur lesquels mon père s'écarte du récit de la *Völsunga Saga*, plus particulièrement dans le cas de son *Lai des Völsung*, où la *Saga*, en tant que source, est d'une importance bien plus grande. Il ne semble pas avoir conçu de discours critique sur la *Saga* dans son ensemble ou s'il l'a fait, cet élément ne nous est pas parvenu ; toutefois, certaines de ses remarques sur le travail de l'auteur dans des passages isolés sont reproduits dans le commentaire (voir pp. 209-211, 221, 245-246).

§3 LE TEXTE DES POÈMES

Il est d'emblée évident que le manuscrit des deux lais est une copie au propre qui se voulait définitive : l'écriture de mon père y est claire et régulière tout du long, pratiquement sans aucune correction faite au moment de la rédaction (ce que l'on peut rarement dire de ses manuscrits, aussi « définitifs » les voulait-il). Bien qu'on ne puisse le démontrer, rien n'indique, en tout cas, que les deux poèmes n'auraient pas été rédigés consécutivement.

Il est frappant de constater que seules demeurent quelques pages du travail sur les poèmes précédant le texte définitif et que celles-ci se rapportent exclusivement à l'ouverture (*Upphaf*, « Le commencement ») de *Völsungakviða en nýja*, à la section I, « L'or d'Andvari », et à une petite partie de la section II, « Signý ». Au-delà de ce point, il n'existe absolument aucune trace d'aucune ébauche antérieure, mais le matériau des premiers manuscrits n'étant pas dénué d'intérêt, je l'étudie dans un commentaire, pp. 248-250.

Le manuscrit définitif des poèmes a cependant lui-même subi des corrections à une époque ultérieure. Il existe environ quatre-vingts à quatre-vingt-dix modifications réparties entre les deux textes, qui vont du changement d'un seul mot à la substitution (cependant rare) de plusieurs hémistiches ; certains vers ont été signalés en vue d'être retouchés, mais sans qu'apparaisse aucune solution de remplacement.

Les corrections, griffonnées au crayon et souvent peu lisibles, concernent toutes le vocabulaire et le mètre, non la substance du récit. J'ai l'impression que mon père a relu intégralement le texte des années plus tard (le fait que deux ou trois corrections soient écrites au stylo rouge suggère une date ultérieure) et s'est empressé de corriger des points qui le frappaient au fil de sa lecture – peut-être en vue d'une éventuelle publication, même si je n'ai connaissance d'aucune preuve indiquant qu'il l'ait jamais réellement proposée.

J'ai intégré pratiquement toutes ces corrections tardives au texte reproduit dans cet ouvrage.

Il existe deux différences notables quant à la présentation de *Völsungakviða en nýja* et de *Guðrúnarkviða en nýja* dans le manuscrit. L'une concerne l'agencement réel du poème. Le *Lai des Völsung*, qui suit la section d'ouverture, *Upphaf* (« Commencement »), est divisé en neuf sections, auxquelles mon père a donné des titres en vieux norrois sans les traduire, comme suit :

I *Andvara-gull* (L'Or d'Andvari)
II *Signý*
III *Dauði Sinfjötla* (Mort de Sinfjötli)
IV *Fœddr Sigurðr* (Naissance de Sigurd)
V *Regin*
VI *Brynhildr*
VII *Guðrún*
VIII *Svikin Brynhildr* (Trahison de Brynhild)
IX *Deild* (Combat)

J'ai conservé ces titres dans le texte, mais en ajoutant des traductions, comme ci-dessus, à ceux qui ne sont pas simplement des noms propres. En revanche, dans le *Lai de Gudrún*, il n'y a pas de division en sections.

Des notes explicatives de haut de page, en prose, ont été ajoutées aux sections I, II, V et VI du *Lai des Völsung* (peut-être pour imiter les notes en prose insérées par le compilateur du *Codex Regius* de l'*Edda*), mais pas aux cinq autres.

Les indications en marge du nom des locuteurs sont reproduites exactement telles qu'elles figurent dans le manuscrit ; elles signalent également de nouveaux « moments » du récit.

La seconde différence de présentation entre les deux poèmes concerne la division des vers. Dans *Upphaf*, et nulle part ailleurs dans le *Lai des Völsung*, mais tout au long du *Lai de Gudrún*, les strophes se composent de huit vers brefs, c'est-à-dire que l'unité du vers, l'hémistiche ou *vísuorð*, est transcrite séparément :

Of old was an age	Jadis était un temps
when was emptiness	où n'était que du vide

(ouverture d'*Upphaf*). Mais *Upphaf* excepté, la totalité du *Lai des Völsung* est écrite en vers longs (sans espace métrique entre les deux hémistiches) :

Of old was an age when Ódin walked	Jadis était un temps où Ódin s'avançait

(ouverture d'*Andvara-gull*). Cependant, en haut de cette page, mon père a écrit au crayon : « Tout ceci devrait être écrit en vers brefs, ce qui fait meilleur effet – comme dans *Upphaf.* » Par conséquent, c'est ainsi que j'ai présenté le texte du *Lai des Völsung*.

§4 L'ORTHOGRAPHE DES NOMS SCANDINAVES

J'ai pensé que le mieux était de respecter étroitement l'usage suivi par mon père en matière d'orthographe des noms scandinaves dans un contexte anglais. Les caractéristiques les plus importantes, qui apparaissent de façon très cohérente dans le manuscrit de ses poèmes, sont les suivantes :

Le son *ð* du « th » anglais sonore (comme dans *then*) est remplacé par *d* : ainsi *Guðrún* devient-elle *Gudrún*, *Hreiðmarr* devient *Hreidmar*, *Buðli* devient *Budli* et *Ásgarðr* devient *Ásgard.*

Comme le montrent ces deux exemples, la désinence *-r* du nominatif disparaît ; de même pour *Frey*, *Völsung*, *Brynhild* et *Gunnar*, au lieu de *Freyr*, *Völsungr*, *Brynhildr* et *Gunnarr*.

La lettre *j* est conservée, par exemple dans *Sinfjötli* et *Gjúki*, où il se prononce comme le « y » anglais de *you* (*Jórk*, en norrois, donne York).

Le seul cas où j'ai imposé une cohérence est celui du nom du dieu qui est *Óðinn* en norrois. Dans les notes relatives à ses conférences, mon père utilise tout naturellement la forme norroise (que j'ai conservée dans le texte de sa conférence sur l'*Ancienne Edda*, [voir deuxième alinéa, p. 30]). Dans le manuscrit soigneusement rédigé des *Nouveaux Lais*, en revanche, il l'a anglicisé, transformant le *ð* en *d*, mais (comme généralement dans les cas de ce genre) il a conservé l'accent aigu indiquant une voyelle longue. Cependant, il a utilisé deux formes, privilégiant l'une ou l'autre dans différentes parties du *Lai des Völsung* : *Ódin* et *Ódinn*. Mais à la section VI, *Brynhildr*, où le nom apparaît souvent sous la forme *Ódinn*, il écrit (strophe 8, p. 126) : « Ódinn m'a condamnée / moi, une élue d'Ódin » (*Ódinn bound me / Ódin's chosen*). Cela est dû au fait qu'en norrois, *nn* se transforme en *ns* au génitif : *Óðins sonr* : « fils d'Ódin ».

En voyant que, dans la section VIII, strophe 5 (voir p. 144), où le nom est répété : « C'est Ódin qui l'ordonne / À Ódinn obéis ! » (*Ódin dooms it ; Ódinn hearken !*), mon père a par la suite rayé le second *n* d'*Ódin*, et puisqu'il me semble que cette incohérence dans la forme du nom ne sert aucun objectif, j'ai opté pour *Ódin*. Dans le cas du nom qui est en norrois *Reginn*, mon père ayant écrit *Regin* tout du long, j'ai respecté cette orthographe.

§5 LA MÉTRIQUE DES POÈMES

De toute évidence, la forme métrique de ces lais était un élément majeur du dessein de mon père. Comme il le dit dans ses lettres à W.H. Auden, il écrit « dans la vieille strophe *fornyrðislag* de huit vers », dont je résume ici brièvement la nature.

On rencontre trois variantes métriques dans les poèmes eddiques : *fornyrðislag*, *malaháttr* et *ljóðaháttr* (sur ce dernier, voir la note au *Lai des Völsung*, section V, vers 42-44, pp. 211-212) ; mais il nous suffit d'envisager ici la première, dans laquelle ont été composés la plupart des poèmes narratifs de l'*Edda*. Il semblerait que le nom *fornyrðislag* signifie « mètre des vieux récits » ou « mètre des vieilles légendes » – nom qui, remarque mon père, ne peut avoir vu le jour avant la propagation de développements élaborés bien plus tard. Il privilégie l'idée selon laquelle le nom antérieur était *kviðuháttr*, signifiant « la “manière” appliquée aux poèmes dits *kviða* », puisque les anciens poèmes en *fornyrðislag*, lorsque leur nom a une quelconque portée métrique, s'appellent généralement *~kviða*, d'où ses titres : *Völsungakviða* et *Guðrúnarkviða*.

Le mètre germanique ancien reposait, selon les termes de mon père, sur « le recours à des éléments essentiels de la langue germanique : la *longueur* et l'*accent tonique* » ; de plus, la structure rythmique que l'on trouve en vieil anglais est également celle que l'on trouve dans le *fornyrðislag*. Cette structure fut commentée par mon père dans une préface à l'édition corrigée (1940) de la traduction de *Beowulf* par J.R. Clark-Hall, et reproduite dans J.R.R. Tolkien, *Les Monstres et les critiques et autres essais* (1983)[*]. Dans cet aperçu, il définit la nature de la structure métrique du vieil anglais comme suit :

> Le vers vieil anglais se compose de deux groupes de mots opposés ou « hémistiches ». Chaque hémistiche est un exemple, ou une variation, de l'une des six combinaisons de base.
>
> Ces combinaisons sont constituées d'éléments *forts* et *faibles*, que l'on peut appeler « temps forts » et « temps faibles ». À la base, le temps fort consiste en une syllabe *longue accentuée*, en général au ton relativement élevé, et le temps faible en une syllabe *inaccentuée*, longue ou brève, au ton bas.
>
> Les exemples suivants sont des exemples en anglais moderne de la forme normale des six combinaisons :

A descendante-descendante : kníghts in | ármour.
4 1 4 1

B ascendante-ascendante : the róar|ing séa.
1 4 1 4

C opposition : on hígh |móuntains.
1 4 4 ou 3 1

D *a* chute graduelle : bríght |árchàngels.
4 3 2 1

b chute interrompue : bóld | brázenfàced.
4 3 1 2

* *Les Monstres et les critiques et autres essais*, *op. cit.*, p. 84 *sq.* (*N.d.T.*)

E chute et remontée : híghcrèsted | hélms.
4 2 1 4 ou 3

A, B et C ont un nombre de pieds égal, chacun contenant un temps fort et un temps faible. D et E ont un nombre de pieds inégal : l'un consiste en un seul temps fort, l'autre comprend un accent secondaire (indiqué par `).

Telles sont les combinaisons habituelles de quatre éléments entre lesquelles se répartit naturellement le vocabulaire vieil anglais (et entre lesquelles le vocabulaire anglais moderne se répartit encore). On les retrouve dans n'importe quel passage en prose, ancienne ou moderne. Ce genre de poésie diffère de la prose, *non pas* parce qu'elle réordonne les mots pour les faire correspondre à un rythme particulier qui se répète ou varie dans une série de vers, mais parce qu'elle choisit les combinaisons lexicales les plus simples et les plus denses en éliminant les éléments étrangers, de telle sorte que ces combinaisons se trouvent opposées les unes aux autres.

Les combinaisons choisies ont toutes à peu près un « poids » métrique égal*, un même effet de puissance sonore (associé à la longueur et au ton de la voix) tel qu'il est perçu à l'oreille conjointement avec sa signi-

---

* On peut accorder la valeur 4 à un *temps fort* plein. On peut accorder la valeur 2 aux *accents secondaires* (dont la force est réduite et le ton plus bas) qui appartiennent à des composés comme *híghcrèsted.* Mais la réduction a aussi lieu dans d'autres cas. Dans une phrase, par exemple, le second accent dans le cas de l'opposition ou le second de deux mots juxtaposés (de sens égal lorsqu'ils sont séparés), comme des noms ou des adjectifs, tendent à être réduits environ à la valeur 3. En utilisant ces valeurs approximatives, nous voyons que la valeur totale habituelle de chaque combinaison est 10. C tend à être un petit peu plus léger et E un petit peu plus lourd.

fication émotionnelle et logique*. Le vers consiste donc essentiellement en un équilibre de deux blocs équivalents. Ces blocs peuvent avoir (et ont en général) une combinaison et un rythme différents. Par conséquent, les vers ne partagent aucune mélodie ni rythme même s'ils « ont le même mètre ». L'oreille ne doit pas tenter de percevoir ce genre de chose, mais être attentive à la forme et à l'équilibre des hémistiches. Ainsi, le vers *the róaring séa rólling lándward* n'est pas métrique parce qu'il contient un rythme « iambique » ou « trochaïque », mais parce qu'il s'agit d'un équilibre B + A.

Ces combinaisons apparaissent également dans le *fornyrðislag* et peuvent aisément être identifiées dans les lais scandinaves de mon père, comme par exemple à la strophe 45 du *Lai de Gudrún* (p. 265), vers 2-6 :

A	*rúnes of healing*	runes de réconfort,
D *(a)*	*wórds wéll-gràven*	sur du bois, mots à lire
B	*on wóod to read*	si savamment graves,
E	*fást bìds us fare*	nous priant promptement
C	*to féast gládly*	de banqueter, joyeux,

Dans les variations sur les « combinaisons de base » (« surcharge », allongement », etc.) que mon père décrit dans son exposé, on relève bel et bien en vieux norrois des divergences par rapport au vieil anglais, qui tendent à plus de concision ; mais je n'évoquerai que la différence la plus radicale et la plus importante entre ces formes métriques, à savoir que toute la poésie scandinave est « strophique », autrement

* Et donc pas uniquement phonétique, pas exactement mesurable en chiffres (tels que ceux employés ci-dessus) ni par une machine.

dit composée de strophes, ce qui constitue l'opposition la plus marquée par rapport au vieil anglais, où était généralement évité tout agencement de ce genre, comme l'écrit mon père (voir p. 12) : « Le vieil anglais visait une ampleur, une abondance, un reflet, un effet élégiaques. La poésie norroise vise à *saisir une situation*, asséner un coup dont on se souviendra, illuminer un instant par un éclair – et tend à la concision, à la lourde compacité de la langue, dans la forme et le fond et, peu à peu, à une plus grande régularité dans sa forme métrique.

« La norme de la strophe (pour le *fornyrðislag*), ajoute-t-il, est de quatre vers (huit hémistiches) avec une pause complète à la fin, mais aussi une pause (pas nécessairement aussi marquée) à la fin du quatrième hémistiche. Cependant, comme les textes des manuscrits – du moins tels qu'ils nous sont parvenus – ne fonctionnent pas régulièrement selon ce schéma, les éditeurs ont procédé à d'importants remaniements obscurs, engendrant des lacunes (si bien que l'on ne peut jamais dire, à une ou deux strophes près, ce à quoi renvoient les références dans les différentes éditions). »

En remarquant que ce caractère variable de la longueur des strophes apparaît dans certains des textes les plus anciens et les moins déformés, et que le *Völundarkviða*, poème ancien, sans aucun doute, est particulièrement irrégulier et particulièrement malmené par les éditeurs (qui sont beaucoup plus téméraires et obstinés à l'égard du vieux norrois que du vieil anglais), il admet l'idée que, dans l'ensemble, une telle liberté devrait être tenue pour un trait archaïque. « La strophe au sens strict ne s'était pas encore développée, pas plus que le vers au nombre de syllabes strictement limité » ; en d'autres termes, la forme strophique est une invention scandinave qui ne s'est développée que petit à petit.

Dans les lais de mon père, la forme strophique est régulière tout du long et l'hémistiche tend à la concision et à un nombre limité de syllabes.

Allitération

La poésie norroise suit précisément les mêmes principes en matière d'« allitération » que la poésie vieil anglaise. Ces principes ont été formulés par mon père dans son aperçu du vers vieil anglais cité plus haut.

Un temps fort plein dans chaque hémistiche doit allitérer. L'« allitération essentielle » est portée par le *premier temps fort* du *second* hémistiche. (Ce son était appelé *höfuðstafr* par Snorri Sturluson, d'où l'expression *head-stave*, « consonne de tête », utilisée dans les manuels anglais.) C'est avec la consonne de tête que *doit* allitérer le temps fort du premier hémistiche, et les deux temps le peuvent également. Dans le second hémistiche, le second temps fort *ne doit pas* allitérer.

Ainsi, dans la treizième strophe de la section d'ouverture (*Upphaf*) du *Lai des Völsung*, vers 5-6 (voir p. 76) : *the deep Dragon/shall be doom of Thór*, le *d* de *doom* forme la consonne de tête, alors que dans la terminologie de Snorri, le *d* de *deep* et de *Dragon* sont les *stuðlar*, les soutiens ou supports. Le *Th* de *Thór*, second temps fort du second hémistiche, n'allitère pas. On remarquera qu'en fait, dans *Upphaf*, les deux temps forts du premier hémistiche allitèrent bel et bien avec la consonne de tête dans la majorité des cas.

Il est important de signaler que dans la poésie

germanique, le terme « allitération » désigne non pas des *lettres*, mais des *sons* : il s'agit de l'accord des *éléments accentués* débutant *par la même consonne*, ou *sans consonne* : toutes les voyelles « allitèrent » les unes avec les autres, comme dans le premier vers d'*Upphaf* (voir p. 73) : *Of old was an age/when was emptiness*. En anglais, l'harmonie phonétique est souvent dissimulée à l'œil par l'orthographe : ainsi, dans la même strophe où les vers 5-6 présentent une allitération en *r* : *unwrought was Earth/unroofed was Heaven*, ou bien à la strophe 8 de la section IV du *Lai des Völsung*, où les vers 1-2 allitèrent grâce au son *w* : *A warrior strange/one-eyed, awful*.

Les combinaisons de consonnes *sk*, *sp* et *st* n'allitèrent généralement qu'entre elles : ainsi, dans le *Lai des Völsung*, section IV, strophe 9, vers 3-4 (voir p. 103) : *the sword of Grímnir/singing splintered* n'offre pas d'allitération sur les deux temps forts du second hémistiche, ni la section V, strophe 24, vers 3-4 : *was sired this horse/swiftest, strongest*.

§6 NOTES DE L'AUTEUR SUR SES POÈMES

Quelques petites feuilles de papier ont été classées avec le manuscrit des *Nouveaux Lais*, sur lesquelles mon père a inscrit des notes explicatives au sujet de ces textes. Elles ont été griffonnées à l'encre ou au crayon et dans le cas de (iv), réécrites au crayon ou rajoutées à l'encre, visiblement en même temps. Il semble impossible de leur attribuer quelque date que ce soit, même approximative ; une impression de distance et de détachement peut être artificielle.

(i)

Après l'introduction du mythe et le récit de l'histoire du Trésor, le *Lai* s'oriente vers la famille des Völsung en retraçant l'histoire de Völsung, Sigmund et Sigurd. La partie essentielle consiste en la tragédie de Sigurd et Brynhild, qui est intéressante en soi ; mais l'ensemble acquiert son unité en tant qu'examen de la façon dont un acte délibéré de Loki, la mise à mort gratuite d'Otr, et la méthode implacable qu'il utilise pour s'extraire lui-même ainsi qu'Ódin du danger dans lequel cet acte les a mis, amorce une malédiction qui, pour finir, mène Sigurd à sa perte.

La pleine mise en œuvre de cette malédiction ne fait que s'accélérer grâce aux propres interventions d'Ódin, qui procure à Sigurd un cheval et une arme appropriés à sa tâche, ainsi qu'une épouse appropriée : Brynhild, la plus belle de toutes les Valkyries d'Ódin. (Il semble qu'à travers Sigurd, c'est la famille de Hreidmar – Fáfnir et Regin – qu'Ódin a l'intention de punir pour avoir extorqué la rançon d'Otr.) Dans l'histoire de Sigurd

Le texte s'interrompt ici.

(ii)

Grímhild, épouse de Gjúki, roi des Burgondes (ou Niflung), est le principal agent du mal, non pas parce qu'elle médite à long terme quelque mauvais dessein : elle est plutôt un exemple de cette méchanceté qui considère chaque situation à mesure qu'elle se produit et ne recule devant rien pour en retirer ce qui semble d'un bénéfice immédiat. Magicienne selon la tradition, elle a les « cheveux gris de sagesse » et elle est plus habile encore à lire dans les esprits et les cœurs afin d'utiliser leurs faiblesses et leurs folies. Gudrún, sa fille, et Gunnar, son fils aîné, sont sous l'emprise de sa volonté.

Gudrún est une jeune fille simple, incapable de concevoir de grands desseins motivés par le profit ou la vengeance. Elle s'éprend de Sigurd et ne poursuit pour elle-même aucun autre but. Personnage sensible mais faible, elle est capable, face à la provocation, de parler ou d'agir d'une façon désastreuse, dont les occasions décrites sont sa réplique fatale aux railleries de Brynhild, qui sont surtout la cause immédiate du meurtre de Sigurd, ainsi, plus tard, que le meurtre des Niflung et ses actions terribles à la fin, lorsqu'elle est conduite à la folie et au désespoir.

Gunnar est un personnage colérique et impatient, sous l'emprise de Grímhild. Bien que pas assez stupide pour ignorer la prudence, en cas de doute ou de difficulté, il devient affecté et intrépide, recourant à la violence.

(iii)

Après le meurtre de Sigurd, Brynhild se donne la mort et tous deux sont brûlés sur le même bûcher. Gudrún ne met pas fin à ses jours, mais demeure un temps à moitié folle de chagrin. Elle refuse de poser les yeux sur sa mère ou ses frères et réside à l'écart, dans une maison au cœur des bois. Là, au bout d'un moment, elle commence à tisser une tapisserie représentant l'histoire de Sigurd et du trésor du Dragon. Atli, fils de Budli, devient roi des Huns, les anciens ennemis des Burgondes, qui ont auparavant tué son père*. Son pouvoir croissant devient une menace pour Gunnar, désormais roi à la place de Gjúki, son père, et comme l'avait prédit son frère Högni, le courage du roi Sigurd, leur frère juré, leur fait à présent défaut.

(iv)

Ce lai [*Guðrúnarkviða en nýja*] fait suite au *Lai de Sigurd* et suppose que l'on en ait connaissance, bien que l'histoire du trésor maudit et de Sigurd soit évoquée et soulignée dès le début par le truchement de la tapisserie de Gudrún.

Dans le lai précédent était racontée la façon dont l'empire des dieux est, d'emblée, menacé de destruction. Ódin, maître des dieux et des hommes,

---

* Dans le *Lai des Völsung*, Gunnar chante le meurtre du frère de Budli par les Burgondes (VII.15, p. 136) ; il est dit de même dans le *Lai de Gudrún*, strophe 4 (voir p. 254).

engendre dans le monde de nombreux hommes de grande valeur qu'il rassemble à Valhöll pour en faire ses compagnons lors de la Dernière Bataille. Il distingue en particulier une famille, les Völsung*, dont tous sont ses guerriers d'élection et dont un, Sigurd, fils de Sigmund, doit être le chef de tous, qui sera à leur tête au Jour Dernier : Ódin espère en effet que le Serpent finira par périr de sa main et qu'un nouveau monde sera rendu possible.

Cela ne peut être accompli par aucun des dieux, mais seulement par quelqu'un qui aura d'abord séjourné sur terre comme mortel, puis péri. (Le motif de cette fonction particulière de Sigurd est une invention du présent poète, sinon une interprétation des sources scandinaves dans lesquelles elle ne figure pas explicitement.)

Cependant, le mal n'apparaît pas uniquement dans les armées des ennemis, toujours aux aguets, des dieux et des hommes. Il est aussi présent en Ásgard même, dans le personnage de Loki, dont les actions, délibérées, simplement malveillantes ou totalement nuisibles, semblent toujours contrarier ou anéantir les décisions et les espoirs d'Ódin.

Cependant, on voit toujours Loki parcourir le monde à la gauche d'Ódin, qui ne lui fait pas de reproches, ni ne le congédie, ni ne refuse l'aide de sa ruse. À la droite d'Ódin marche un autre personnage, une ombre sans nom. Il semblerait que ce poète (voyant que les dieux scandinaves représentent seulement à grande échelle les mœurs des Hommes de ce monde hostile) ait vu en cette vieille légende un symbole de la prudence et de la sagesse de l'Homme tou-

---

* Après *les Völsung*, mon père a écrit (*les Élus*), mais l'a rayé. Une hypothèse étymologique quant à l'origine du mot qu'il privilégiait (en tout cas à un moment donné) l'associait au verbe germanique signifiant « choisir ».

jours accompagnées de la folie et de la malignité qui causent leur défaite, uniquement pour faire valoir un héroïsme supérieur et une sagesse plus profonde ; alors qu'à droite marche une ombre qui n'est ni Ódin, ni Loki, mais le Destin sous un certain aspect, l'histoire réelle qui doit comporter un mélange des deux. Cependant, Ódin est maître des trois et le résultat final ressemblera plus à l'espoir d'Ódin qu'à la malignité (qui voit moins loin) de Loki. C'est un fait qu'Ódin formule parfois, quand il dit que son espoir regarde au-delà des catastrophes apparentes de ce monde. Bien que les élus d'Ódin s'acheminent tous vers une fin funeste ou une mort prématurée, cela ne fait que leur conférer une plus grande valeur pour leur ultime dessein lors de la Dernière Bataille.

Sur cet écrit mystérieux à bien des égards, voir p. 182, le commentaire du *Lai des Völsung* à propos d'*Upphaf*, ainsi que celui concernant la strophe I de la première section du poème, *L'Or d'Andvari* (pp. 188-189).

Pour conclure, il semble opportun d'évoquer à cet endroit des remarques de mon père applicables à *Guðrúnarkviða en nýja*, sans pour autant se référer à ce poème (du moins ouvertement). Dans son introduction à ses conférences d'Oxford sur le poème eddique *Guðrúnarkviða en forna*, « L'Ancien Lai de Gudrún », il affirme qu'« assez curieusement », il s'intéresse plus à Gudrún, « généralement ignorée et considérée comme présentant un intérêt secondaire », qu'à Brynhild. Par voie de conséquence, il oppose la longue agonie de Gudrún à l'irruption de Brynhild qui ne tarde pas à disparaître ; « sa passion et sa mort demeurent seulement à l'arrière-plan du récit – brève et terrible tempête qui commence dans le feu et s'achève en lui ».

VÖLSUNGAKVIÐA EN NÝJA
eða
SIGURÐAKVIÐA EN MESTA

VÖLSUNGAKVIÐA EN NÝJA

UPPHAF
(Commencement)

1	Jadis était un temps	Of old was an age
	où n'était que du vide,	when was emptiness,
	point de sable, de flots,	there was sand nor sea
	ni de vagues enflées ;	nor surging waves ;
	Terre non façonnée,	unwrought was Earth,
	Cieux non recouverts –	unroofed was Heaven –
	un abîme béant ;	an abyss yawning,
	et de brin d'herbe, point.	and no blade of grass.
2	Les Grands Dieux alors	The Great Gods then
	se mirent à l'ouvrage,	began their toil,
	ce monde de merveilles	the wondrous world
	ils montèrent si bien.	they well builded.
	Soleil, depuis le Sud,	From the South the Sun
	s'élevant de la mer,	from seas rising
	scintillait sur le sol	gleamed down on
		[grass
	d'herbe verte au matin.	green at morning.
3	Halles et sanctuaires	They hall and hallow
	se dressant vers le ciel,	high uptowering,
	aux pignons tout dorés,	gleaming-gabled,

	aux poutres rutilantes,	golden-posted,
	remparts taillés dans roc,	rock-hewn ramparts
	resplendissants et hauts,	reared in splendour,
	forges et forteresses	forge and fortress
	ils firent immortels.	framed immortal.
4	C'était joie sans mélange	Unmarred their mirth
	dans de nombreuses cours,	in many a court,
	où ils firent les hommes	where men they made
	de leur esprit rusé ;	of their minds' [cunning ;
	sous les vallées des Cieux	under hills of Heaven
	élevées au sommet,	on high builded
	vivaient vie de liesse	they lived in laughter
	en ces temps révolus.	long years ago.
5	Ombres terribles vinrent	Dread shapes arose
	depuis obscurs espaces,	from the dim spaces
	passant montagnes pures	over sheer mountains
	bordant Mer sans Rivages,	by the Shoreless Sea,
	ennemis immortels	friends of darkness,
	et amis des ténèbres,	foes immortal,
	âgés, non engendrés,	old, unbegotten,
	jaillis du vide ancien.	out of ancient void.
6	Guerre surgit au monde :	To the world came [war :
	géants assiégèrent	the walls of Gods
	forteresses divines ;	giants beleaguered ;
	finie était la joie.	joy was ended.
	Les sommets s'ébranlèrent,	The mountains were [moved,
	le puissant Océan	mighty Ocean
	enfla et retentit	surged and thundered,
	et le Soleil trembla.	the Sun trembled.
7	Les Dieux réunis,	The Gods gathered

siégeant sur trônes d'or,
sur le destin, la mort
gravement méditèrent :
comment braver le sort,
vaincre leurs ennemis,
préserver leur ouvrage,
raviver la lumière.

on golden thrones,
of doom and death
deeply pondered,
how fate should be
[fended,
their foes vanquished,
their labour healed,
light rekindled.

8 Dans le feu d'une forge
enflammé de courroux
fut taillé, travaillé
un marteau des plus lourds.
Du tonnerre, de la foudre
le puissant dieu Thór
fit-il entre eux s'abattre,
frapper et se répandre.

In forge's fire
of flaming wrath
was heaviest hammer
hewn and wielded.
Thunder and lightning
Thór the mighty
flung among them,
felled and sundered.

9 S'enfuirent, pris de peur,
ennemis immortels ;
refoulés des remparts,
sans relâche observaient ;
la Terre ils entourèrent
d'une mer rugissante,
de montagnes de glace
à la marge du monde.

In fear then fled they,
foes immortal,
from the walls beaten
watched unceasing ;
ringed Earth around
with roaring sea
and mountains of ice
on the margin of the
[world.

*

10 Longtemps silencieuse,
prophétesse, au sommet,
fit retentir son chant –
les halles l'entendirent.
Sur le destin, la mort
tint de sombres propos,
sur l'ultime bataille

A seer long silent
her song upraised,
the halls hearkened –
on high she stood.
Of doom and death
dark words she spake,
of the last battle

des Dieux alliés.

of the leaguered Gods.

11 « J'entends que retentit
La corne de Heimdal ;
le Pont en proie aux flammes
ploie sous les cavaliers ;
le Frêne qui gémit
a les branches qui tremblent,
le Loup a l'œil ouvert ;
chevauchent les guerriers.

« The horn of Heimdal
I hear ringing ;
the Blazing Bridge
bends neath horsemen ;
the Ash is groaning,
his arms trembling,
the Wolf waking,
warriors riding.

12 Je vois l'épée de Surt
écumante de pourpre ;
le Serpent qui sommeille
s'agite dans la mer ;
un vaisseau tel un spectre
des rives de l'Enfer
amène légions
pour l'ultime bataille.

The sword of Surt
smoketh redly ;
the slumbering Serpent
in the sea moveth ;
a shadowy ship
from shores of Hell
legions bringeth
to the last battle.

13 Je vois le loup Fenrir
qui attend là Ódin,
Frey, de blonde splendeur,
et les flammes de Surt ;
le Dragon indompté
de Thór sera la fin –
tout finira-t-il donc ?
Terre périra-t-elle ?

The wolf Fenrir
waits for Ódin,
for Frey the fair
the flames of Surt ;
the deep Dragon
shall be doom of [Thór –
shall all be ended,
shall Earth perish ?

14 Si, au jour du Destin,
se tient un immortel
qui goûta à la mort
et de mort fut guéri,
meurtrier du dragon
et descendant d'Ódin,
tout ne finira pas,

If in day of Doom
one deathless stands,
who death hath tasted
and dies no more,
the serpent-slayer,
seed of Ódin,
then all shall not end,

Terre ne périra.

nor Earth perish.

15 Sur sa tête, un heaume ;
entre ses mains, la foudre,
son esprit embrasé,
la splendeur au visage.
Le Serpent frémira ;
quant à Surt, flanchera,
vaincu sera le Loup,
sauvé sera le monde. »

On his head shall be
[helm,
in his hand lightning,
afire his spirit,
in his face splendour.
The Serpent shall
[shiver
and Surt waver,
the Wolf be
[vanquished
and the world
[rescued. »

*

16 Les Dieux rassemblés
aux sommets bien gardés
sur le destin, la mort
gravement méditèrent.
Soleil ils ravivèrent
et la Lune argentée
envoyèrent voguer
sur vagues étoilées.

The Gods were gathered
on guarded heights,
of doom and death
deep they pondered.
Sun they rekindled,
and silver Moon
they set to sail
on seas of stars.

17 Alors Frey et Freyja
firent plantes pousser,
des herbes qui tremblaient,
des arbres et des fleurs ;
Thór dans son chariot
tonnait en chevauchant
par les portes des Cieux
vers collines de pierres.

Frey and Freyja
fair things planted,
trees and flowers,
trembling grasses ;
Thór in chariot
thundered o'er them
through Heaven's
[gateways
to the hills of stone.

18 Souvent Ódin venait

Ever would Ódin

vaguer sur cette Terre,
sachant malheurs futurs,
de sagesse accablé ;
Le Seigneur des seigneurs
et des Dieux alliés,
semant sa descendance,
engendrant des héros.

on earth wander
weighed with wisdom
woe foreknowing,
the Lord of lords
and leaguered Gods,
his seed sowing,
sire of heroes.

19 Valhöll fit élever
vaste et éblouissant ;
des boucliers pour tuiles
et des lances pour poutres.
De là partaient corbeaux
pour terrestres royaumes ;
à chaque porte, un aigle
attendait sombrement.

Valhöll he built
vast and shining ;
shields the tiles were,
shafts the rafters.
Ravens flew thence
over realms of Earth ;
at the doors an eagle
darkly waited.

20 Nombreux étaient les hôtes ;
sinistre était leur chant,
vidaient coupes, mangeaient
viande de sanglier ;
portant cotte de mailles,
les puissants de la Terre
attendaient, attablés,
un homme, l'élu du Monde.

The guests were many :
grim their singing,
boar's-flesh eating,
beakers draining ;
mighty ones of Earth
mailclad sitting
for one they waited,
the World's chosen.

I

ANDVARA-GULL
(L'Or d'Andvari)

Où l'on raconte pour la première fois comment Ódin et ses compagnons furent piégés dans la maison du démon Hreidmar et de ses fils. Ces derniers demeuraient alors dans le monde sous l'apparence d'hommes ou de bêtes.

1 Jadis était un temps
où Ódin s'avançait
le long de vastes flots,
en ce début du monde ;
Loki aux pieds légers
à sa gauche courait,
à sa droite, Hœnir
auprès de lui flânait.

Of old was an age
when Ódin walked
by wide waters
in the world's [beginning ;
lightfooted Loki
at his left was running,
at his right Hœnir
roamed beside him.

2 Cascade d'Andvari
giclait et murmurait,
abondant en poissons
dans les creux écumants.
Sous l'aspect d'un brochet
pour mieux pêcher sa proie,

The falls of Andvari
frothed and murmured
with fish teeming
in foaming pools.
As a pike there [plunged
his prey hunting

	Nain Andvari plongeait	Dwarf Andvari
	depuis sa grotte sombre.	from his dark cavern.
3	Là, pêchait, affamé,	There hunted hungry
	un des fils de Hreidmar :	Hreidmar's offspring :
	les saumons argentés	the silver salmon
	lui semblaient à son goût.	sweet he thought them,
	Otr, changé en loutre,	Otr in otter's form
	mangeait, clignant des yeux,	there ate blinking,
	sur la rive troublée	on the bank brooding
	de courants assombris.	of black waters.
4	Le frappa d'une pierre,	With stone struck him,
	le dépeça entier	stripped him naked,
	Loki aux mains légères,	Loki lighthanded,
	malice déliant.	loosing evil.
	Cette peau les dieux prirent,	The fell they flayed,
	poursuivant leur chemin ;	fared then onward ;
	aux halles de Hreidmar	in Hreidmar's halls
	abri ils demandèrent.	housing sought they.
5	Là, près des rouges braises,	There wrought Regin
	Regin travaillait	by the red embers
	un fer gravé de runes,	rune-written iron,
	rare et ensorcelé.	rare, enchanted ;
	D'objets d'or rutilants,	of gold things [gleaming,
	d'argent aux gris reflets	of grey silver,
	là, près du feu rêvait	there Fáfnir lay
	Fáfnir, tout allongé.	by the fire dreaming.
	Hreidmar	
6	« Les fers vous effraient-ils,	« Do fetters fret you,
	ô enfants de l'Ásgard ?	folk of Ásgard ?
	Regin les a ouvrés,	Regin hath wrought [them
	gravant runes magiques.	with runes binding.

Anneaux d'or rougeoyant,
onéreuse rançon
doit cette peau remplir,
doit fourrure couvrir. »

Redgolden rings,
ransom costly,
this fell must fill,
this fur cover ! »

7 Loki au pas léger
par la terre et les vagues
accourut jusqu'à Rán,
en royaume océan.
Elle, reine des Ases,
accueillit sa requête,
lui maillant un filet
de mal entremêlé.

Lightshod Loki
over land and waves
to Rán came running
in her realm of sea.
The queen of Ægir
his quest granted :
a net she knotted
noosed with evil.

Loki

8 « Quel poisson ai-je pris,
bondissant dans les flots,
au hasard égaré ?
Rançon tu me remets ! »

« What fish have I [found
in the flood leaping,
rashly roaming ?
Ransom pay me ! »

Andvari

« Moi, je suis Andvari.
Óin m'a engendré
pour subir sort cruel.
C'est de l'or que je t'offre ! »

« I am Andvari.
Óin begot me
to grievous fate.
Gold I bid thee ! »

Loki

9 « Que cache donc ta main,
paume ainsi repliée ? »

« What hides thy hand
thus hollow bending ? »

Andvari

« Cet anneau est petit –
puissé-je le garder ! »

« The ring is little –
let it rest with me ! »

Loki

« Tout ton or, Andvari,
tout tu me remettras,
anneaux lourds et légers,
ou autrement la vie ! »

« All, Andvari,
all shalt render,
light rings and heavy,
or life itself ! »

10 (Nain tint sombres propos
depuis son creux rocher)
Andvari
« Mon anneau maudirai,
ferai fatal, funeste !
S'avérera fléau
de deux frères ensemble ;
fera périr sept princes ;
épées enflammera –
viendra fin, avant l'heure,
de l'espoir d'Ódin. »

(The Dwarf spake
[darkly
from his delvéd stone :)

« My ring I will curse
with ruth and woe !
Bane it bringeth
to brethren two ;
seven princes slays ;
swords it kindles –
end untimely
of Ódin's hope. »

11 En demeure de Hreidmar
le trésor entassèrent.
Hreidmar
« Un poil n'est point couvert,
que j'aperçois encore ! »
De l'anneau d'Andvari
lors Ódin se saisit,
puis le lança, maudit,
sur cet or maléfique.

In Hreidmar's house
they heaped the gold.

« A hair unhidden
I behold there yet ! »
Out drew Ódin
Andvari's ring,
cursed he cast it
on accurséd gold. »

Ódin
12 « Or avez remporté,
rançon digne d'un dieu,
pour toi-même et tes fils,
cette engeance du mal. »
Hreidmar
« Dieux rarement accordent
un don de réconfort ;
contre cupide main
souvent l'or tient rancune ! »

Ye gold have gained :
a god's ransom,
for thyself and sons
seed of evil. »

« Gods seldom give
gifts of healing ;
gold oft begrudgeth
the greedy hand ! »

13 Puis Loki prononça
pire propos encore :

Words spake Loki
worse thereafter :

Loki

« Réside ici des rois
le lugubre destin,
déchéance des reines,
le feu et les sanglots ;
viendra fin, avant l'heure,
de l'espoir d'Ódin. »

« Here deadly dwells
the doom of kings !
Here is fall of queens,
fire and weeping,
end untimely
of Ódin's hope ! »

Ódin

14 « De qui Ódin élit
fin ne vient avant l'heure,
même si peu s'attarde
sur les sentiers des hommes.
Dans le vaste Valhöll
au festin peut attendre –
lointains siècles futurs
sont ceux qu'Ódin contemple. »

« Whom Ódin chooseth
ends not untimely,
though ways of men
he walk briefly.
In wide Valhöll
he may wait feasting –
it is to ages after
that Ódin looks. »

Hreidmar

15 « Combien peu nous importe
cet espoir d'Ódin !
D'anneaux d'or rougeoyant
je serai le seul maître.
Bien que Dieux ne le prisent,
l'or est un réconfort.
De Hreidmar hâtez-vous
de quitter la demeure ! »

« The hope of Ódin
we heed little !
Redgolden rings
I will rule alone.
Though Gods grudge it
gold is healing.
From Hreidmar's [house
haste now swiftly ! »

*

II

SIGNÝ

Rerir était le fils du fils d'Ódin. Après lui régna Völsung, à qui Ódin donna une Valkyrie pour épouse. Les jumeaux Sigmund et Signý furent leurs premiers enfants. Ils eurent en outre neuf fils. De tous les hommes, Sigmund était le plus vaillant, sauf à nommer ses fils. Signý était belle, avisée et clairvoyante. Elle fut, malgré elle et en dépit de ses mauvais pressentiments, cédée à Siggeir, roi du pays des Gauts, afin de renforcer le pouvoir du roi Völsung. L'on raconte ici la façon dont s'accrut la haine entre les Gauts et les Völsung, ainsi que le meurtre de Völsung. Les dix frères de Signý furent enchaînés dans la forêt et tous périrent, hormis Sigmund. Longtemps il demeura dans une grotte sous l'apparence d'un Nain forgeron. Signý conçut et accomplit une féroce vengeance.

1 Sur les côtes du Nord
était roi renommé,
Rerir, parcourant mers
et seigneur des corbeaux.
Bateaux bordés d'écus,
l'épée hors du fourreau ;

On the coasts of the North
was king renowned
Rerir sea-roving,
the raven's lord.
Shield-hung his ships,
unsheathed his sword ;

	et feu son vieux père	his sire of old
	était le fils d'Ódin.	was son of Ódin.
2	Völsung lui succéda,	Him Völsung followed
	Völsung au cœur vaillant,	valiant-hearted,
	enfant né du désir	child of longing,
	et par Ódin élu.	chosen of Ódin.
	Puis il prit pour épouse	Valkyrie fair
	superbe Valkyrie,	did Völsung wed,
	une vierge d'Ódin	Ódin's maiden,
	une élue d'Ódin.	Ódin's chosen.
3	À Sigmund et Signý,	Sigmund and Signý,
	un fils et une fille,	a son and daughter,
	elle donna naissance	she bare at a birth
	en halles de Völsung.	in his builded halls.
	Haut s'élançaient leurs toits ;	High rose their roofs,
	immenses madriers ;	huge their timbers,
	vastes étaient les murs	and wide the walls
	faits de bois sculpté.	of wood carven.
4	Dominait un grand arbre	A tree there towered
	aux branches déployées,	tall and branching,
	maintenant la maison ;	that house upholding,
	merveille de la halle ;	the hall's wonder ;
	ses membres étaient poutres,	its leaves their [hangings,
	son feuillage, tentures,	its limbs rafters,
	et son tronc puissant	its mighty bole
	se dressait au milieu.	in the midst standing.

*

Völsung

5	« Quelles sont donc ces [voiles	« What sails be these
	scintillant sur la mer ?	in the sea shining ?

Quels sont donc ces navires	what ships be those
ornés d'écus dorés ? »	with shields golden ? »
Signý	
« Les étendards des Gauts,	« Gautland's banners
tissés d'or et d'argent,	gilt and silver
ainsi saluent les Gauts,	Gautland's greeting
un bien sinistre augure. »	grevious bearing. »
Völsung	
6 « Pourquoi dis-tu sinistre ?	« Wherefore grievous ?
Hôtes sont-ils odieux ?	Are guests hateful ?
Et le maître des Gauts	Gautland's master
règne en toute gloire. »	glorious reigneth. »
Signý	
« Pour le maître des Gauts	« For Gautland's [master
ici finit la gloire ;	glory endeth ;
destin sera sinistre	grief is fated
pour la reine des Gauts. »	for Gautland's queen. »

*

7 Gais chantaient les oiseaux	Birds sang blithely
survolant table et âtre ;	o'er board and hearth,
hommes hardis et braves	bold men and brave
s'asseyaient sur les bancs.	on benches sitting.
Puissant, arborant broigne	Mailclad, mighty,
et luisante armure,	his message spake [there
seigneur parmi les Gauts	a Gautish lord
proféra son message.	gleaming-harnessed.
Gaut	
8 « Par véloce navire	« Siggeir sent me
Siggeir m'a envoyé :	swiftly steering :
du renom de Völsung	fame of Völsung

loin s'étend la rumeur.
De Signý la beauté,
de Signý la sagesse,
il convie à sa couche,
si gracieuse femme. »

far is rumoured.
Signý's beauty,
Signý's wisdom,
to his bed he wooeth,
bride most lovely. »

Völsung

9 « Et Sigmund, qu'en dit-il ?
Sa sœur s'unira-t-elle
à si puissant seigneur,
pour l'allier à nous ? »

« What saith Sigmund ?
Shall his sister go
with lord so mighty
league to bind us ? »

Sigmund

« À si puissant seigneur,
alliance et parenté
accordons ; donnons-lui
si gracieuse femme ! »

« With lord so mighty
league and kinship
let us bind, and grant him
bride most lovely ! »

*

10 Avant qu'été n'eût fui,
vint scintillante voile ;
navires accostèrent,
ornés d'écus luisants.
Guerriers arborant broigne,
nombreux et puissants,
escortèrent Siggeir
au siège de Völsung.

Ere summer faded
sails came shining,
ships came shoreward
with shields gleaming.
Many and mighty
mailclad warriors
to the seats of Völsung
with Siggeir strode.

11 Gais sifflaient les oiseaux
survolant tables combles,
Siggeir plein de désir
et Signý aux joues blêmes.
Ils burent sombre vin,
princes nobles et preux,

Birds sang blissful
over boards laden,
over Signý pale,
Siggeir eager.
Dark wine they drank,
doughty princes,

	chefs de clans parmi Gauts ;	Gautland's chieftains ;
	joyeuses, leurs clameurs.	glad their voices.
12	Vient une nuit livide ;	Wan night cometh ;
	le vent alors se lève ;	wind ariseth ;
	voilà que porte s'ouvre,	doors are opened,
	vacarme s'évanouit.	the din is silenced.
	Fait son entrée un homme,	A man there enters,
	arborant manteau sombre,	mantled darkly,
	la barbe grisonnante,	hoary-bearded,
	fort âgé et immense.	huge and ancient.
13	Par-dessous lourde cape	A sword he sweeps
	dégaine son épée	from swathing cloak,
	et promptement la plante	into standing stem
	dans le mât qui se dresse.	stabs it swiftly :
Grímnir		
	« Qui osera ôter	« Who dares to draw,
	sans destin redouter	doom unfearing,
	le présent de Grímnir	the gift of Grímnir
	à l'effroyable éclat ? »	gleaming deadly ? »
14	Porte à nouveau claqua ;	Doors clanged
		[backward ;
	vacarme s'éleva ;	din was wakened ;
	hommes aux mains puissantes	men leapt forward
	bondirent en avant.	mighty-handed.
	Gaut ainsi que Völsung,	Gaut and Völsung
	avides de gloire,	glory seeking
	s'échinèrent, farouches,	strove they starkly,
	s'acharnèrent en vain.	straining vainly.
15	Sigmund, tout en dernier,	Sigmund latest
	la tira prestement,	seized it lightly,
	brandissant, flamboyante,	the blade from bole
	lame arrachée au tronc.	brandished flaming.
	Siggeir, regard envieux	Siggeir yearning

	rivé sur cette épée,	on that sword gazing
	offrit or rougeoyant,	red gold offered,
	rançon digne d'un roi.	ransom kingly.

Sigmund

16	« Océans argentés,	« Though seas of [silver
	sables d'or infinis	and sands of gold
	voudrais-tu m'en offrir,	thou bade in barter,
	requête serait vaine !	thy boon were vain !
	Pour ma main dessinée	To my hand made,
	et à moi destinée,	for me destined,
	nulle épée ne vendrai-je	I sell no sword
	à Siggeir, jamais. »	to Siggeir ever. »

*

Signý

17	« Combien lourd est [mon cœur	« My heart is heavy
	de quitter ma maison !	my home leaving !
	De Signý la sagesse	Signý's wisdom
	est de Signý fardeau.	Signý burdens.
	Le mal et le malheur	From this wedding [waketh
	mes noces feront naître –	woe and evil –
	Sire, rompez les liens	break, sire, the bonds
	dont à lui m'unissez ! »	thou hast bound me [in ! »

Völsung

18	« Le mal et le malheur	« Woe and evil
	sont des fables de femmes !	are woman's boding !
	Destin ne se peut fuir.	Fate none can flee.
	Serment se peut tenir.	Faith man can hold.
	Des navires t'attendent !	Ships await thee !
	Honte à quiconque outrage	Shame to sunder

	la couche conjugale,	the bridal bed,
	la promesse octroyée. »	the bounden word.
	Signý	
19	« Sigmund ! Adieu, Sigmund !	« Sigmund, farewell !
	Siggeir déjà m'appelle.	Siggeir calls me.
	Femme a faible pouvoir	Weak might hath
		[woman
	de son sage fardeau.	for wisdom's load.
	Hier soir, je m'allongeais	Last night I lay
	là où m'était odieux ;	where loath me was ;
	c'est moins joyeuse encore	with less liking
	que déjà je m'en vais.	I may lay me yet.
20	Salut, arbre, palais,	Hail ! toft and tree,
	salut, poutres gravées !	timbers carven !
	Jeune fille, jadis,	Maid here was once
	aujourd'hui triste reine. »	who is mournful
		[queen. »
	Un vent fort soulevait	Wild blew the wind
	vagues aux blanches crêtes.	waves white-crested.
	Du pays de Völsung	On land of Völsung
	le regard détourna.	she looked no more.

*

21	Vint scintillant navire	A ship came shining
	vers la berge écumante,	to shores foaming,
	les havres bien gardés ;	gloomy Gautland's
	pays des Gauts, sinistre.	guarded havens.
	Sigmund, majestueux,	Sigmund lordly,
	parent et allié,	sire and kindred,
	vers fastueux festin	to fair feasting
	avait sans peur fait route.	fearless journeyed.
	Signý	
22	« Père, Völsung, je te prie,	« Father Völsung,

mon très noble parent !
Arrière, mes frères !
Ces rives ne foulez !
Breuvage d'amertume
et funeste rencontre,
épées pointées vers vous
Siggeir a préparés. »

fairest kinsman !
Back my brethren !
This beach tread not !
A bitter drinking,
baleful meeting,
swords hath Siggeir
set to greet you. »

23 Avec un millier d'hommes,
nombreux porteurs de lance,
maître des Gauts alors
ses hôtes accueillit.
Dix fois durant, Völsung,
en furie impérieuse,
casques et corselets
fracassa violemment.

With thousand thanes,
thronging spearmen,
his guests welcomed
Gautland's master.
Ten times Völsung
towering wrathful
casque and corslet
clove asunder.

24 Par trois fois traversa
les troupes ennemies ;
les faucha, effroyable,
comme simples fétus.
Écarta son écu ;
de l'éclatante épée
écumante de pourpre,
combattit des deux mains.

Through and through them
thrice went Sigmund ;
as grass in Gautland
grimly mowed them.
His shield he shed :
with shining sword
smoking redly
slew two-handed.

*

25 Noir est le corbeau
qui croasse auprès du corps ;
nus, les os de Völsung
si puissants autrefois.
Les frères mis aux fers
sont vivants, capturés ;
Siggeir alors sourit,
Signý ne pleure pas.

Black the raven
by the body croaketh ;
bare are Völsung's
bones once mighty.
In bonds the brethren
are bound living ;
Siggeir smileth,
Signý weeps not.

Signý

26 « Douce est encore la vue
si longtemps qu'on peut voir !
Une faveur, Siggeir –
fais attendre guerriers !
Point n'occis promptement
descendants de Völsung !
Si tarde le destin,
la mort reste, pérenne. »

« Sweet still is sight
while see one may !
A boon, my husband –
bid men linger !
Slay not swiftly
seed of Völsung !
For death is lasting,
though the doom
[tarry. »

Siggeir

27 « Insanes, insensées,
de Signý les paroles,
plaidant pour ses parents
supplices et tourments !
Je l'exauce avec joie,
qu'ils soient mis sans pitié
aux fers dans la forêt,
affaiblis, affamés. »

« Wild and witless
words of Signý,
that pain and torment
plead for kindred !
Glad will I grant it,
grimly bind them
in the forest fettered,
faint and hungry. »

28 Aux fers dans la forêt,
affaiblis, dévêtus,
de Signý les dix frères
souffrirent maint tourment.
Venait les dévorer,
un par un, une louve,
qui, nuit après nuit,
cherchait un nouveau frère.

In the forest fettered,
faint and naked,
her ten brethren
torment suffered.
There one by one
a wolf rent them ;
by night after night
another sought she.

Signý

29 « Qu'avez-vous vu au bois,
mes suivantes fidèles ? »

Suivantes

« Ossements de neuf frères,

« What found ye in
[the forest,
my fair servants ? »

« Nine brothers' bones

luisant dans la nuit ;
mais fers furent brisés,
louve était étendue,
lacérée et sans langue,
et par l'arbre fendue. »

under night gleaming ;
yet were shackles
[broken,
she-wolf lying
torn and tongueless
by the tree riven. »

*

Signý

30 « Qui a profond creusé
cette si sombre grotte ?
Maître parmi les Nains,
veuille m'ouvrir ta porte ! »

« Who hath deeply
[delved
this dark cavern ?
Dwarvish master,
thy doors open ! »

Sigmund

« Qui frappe ici la nuit
à ma porte sans nom ?
Je ne laisse rentrer
que jeunesses des elfes ! »

« Who knocks at
[night
at nameless doors ?
In may enter
elvish maiden ! »

31 Frère et sœur retrouvés
dans un lit réunis,
amour si court, amer
et de dégoût mêlé !
Toi qui vis sur la terre,
dis qui, entre tes bras,
frissonnant, enchanté,
en elfe s'est changé ?

Brother and sister
in a bed lying,
brief love, bitter,
blent with loathing !
Answer, earth-
[dweller,
in thy arms who lies,
chill, enchanted,
changed, elfshapen ?

32 Signý s'en retourna
aux halles de Siggeir,
neuf mois se morfondit
sans un mot proférer.
Là, les loups gémissaient,

Back went Signý
to Siggeir's hall,
nine months brooding
no word speaking.
Wolves were wailing,

suivantes frissonnaient,
Signý gardait silence,
lorsque naquit son fils.

her women shuddering,
Signý silent,
when a son she bore.

*

Sigmund

33 « Qui appelle si fort
aux portes de la grotte,
courageux, passe à gué
le courant qui écume ?
De ton père, jeune homme,
tu n'as point le visage !
Qu'as-tu donc amené,
noué dans cette écorce ? »

« Who calls so clear
at cavern's doorway,
fords so fearless
the foaming stream ?
Fair one, thy father
thy face gave not !
What bringest bound
in bast folded ? »

Sinfjötli

34 « Völsung, père de Signý,
m'a donné son visage.
Pour te porter épée
Signý m'a dépêché.
Longtemps durant, Siggeir
l'a eue sur les genoux
Sigmund l'a dégainée,
mais nul autre depuis. »

« My face is [Völsung's,
father of Signý.
Signý sent me
a sword bearing.
Long years it lay
on the lap of Siggeir ;
Sigmund drew it,
since hath no man. »

35 Ainsi vint Sinfjötli,
fils né de Signý,
élevé pour venger
Völsung assassiné.
Allant par la forêt,
livrer au loin bataille,
longtemps ils s'efforcèrent,
longtemps ils attendirent.

Thus son of Signý
came Sinfjötli,
to vengeance bred
of Völsung slain.
In the forest faring
far in warfare
long they laboured,
long they waited.

36 Loin alentour rôdaient,

Wide they wandered

parés de peaux de loup,
hommes ils massacraient,
hommes ils dépouillaient.
Le jour durant, dormaient
en ténébreuse grotte,
après terribles actes
de mort, en pays gaut.

wolvish-coated,
men they murdered,
men they plundered.
Daylong slept they
in dark cavern
after dreadful deeds
of death in Gautland.

37 La lune chatoyait
et les hommes chantaient ;
Siggeir était assis,
halle retentissait ;
De Völsung, roi vaincu,
voix chantaient la défaite ;
loups vinrent en hurlant,
déchaînés, terrifiants.

Moon was shining,
men were singing ;
Siggeir sitting
in his sounding hall.
Völsung vanquished
voices chanted ;
wolves came howling
wild and dreadful.

38 Alors porte s'ouvrit,
vacarme s'évanouit.

Doors were opened,
din fell silent.

Gautar

« Des yeux voyons ici
avides comme flammes !
Et les loups sont entrés ;
ont gardiens dévoré !
Feu brûle autour de nous,
par flammes encerclés. »

« Eyes we see there
like eager fire !
wolves have entered,
watchmen slaying !
Flames are round us
fire-encircled. »

39 Sigmund était debout,
jouant de son épée,
et le fils de Signý,
à son côté riait.

Sigmund stood there
his sword wielding,
and Signý's son
at his side laughing.

Sigmund & Sinfjötli

« Ne passera nul homme,
prince, ni serviteur !
De l'orgueil de Siggeir
viendra triste agonie. »

« Pass may no man,
prince nor servant !
In pain shall perish
pride of Siggeir. »

Sigmund

40 « Suis-moi donc, Signý,
sœur de toute beauté !
Gloire du pays gaut
rencontre fin sinistre.
Que saluts soient joyeux,
le chagrin est passé ;
voilà Völsung vengé,
Völsung au cœur vaillant ! »

« Come forth, Signý,
sister fairest !
Gautland's glory
grimly endeth.
Glad the greeting,
grief is over ;
avenged is Völsung
valiant-hearted ! »

Signý

41 (Signý, sœur de Sigmund
alors lui répondit :)
« Sinfjötli, qui es fils,
Sigmund, qui es père !
Signý ne viendra pas,
Siggeir déjà l'appelle.
Où je couchais, forcée,
je me couche bien aise ;
j'ai vécu vie d'opprobre,
mourir vaut aussi bien. »

(Sigmund's sister
Signý answered :)
« Son Sinfjötli,
Sigmund father !
Signý comes not,
Siggeir calls her.
Where I lay unwilling
I now lay me glad ;
I lived in loathing,
now lief I die. »

*

III

DAUÐI SINFJÖTLA
(Mort de Sinfjötli)

1	Leurs navires chargèrent	Ships they laded
	de brillantes armures,	with shining gear,
	de joyaux, de bijoux,	gems and jewels,
	joies du pays des Gauts.	joys of Gautland.
	Les vents se déchaînaient,	Wild blew the winds,
	les vagues écumaient ;	waves were foaming ;
	au loin ils aperçurent	they viewed afar
	des Völsung le rivage.	the Völsung shore.
2	Sigmund régna longtemps,	Long ruled Sigmund,
	du garçon père et oncle ;	sire and uncle ;
	près de lui Sinfjötli	Sinfjötli sat
	siégeait non sans fierté.	at his side proudly.
	L'arbre immense et ancien	There towered the tree,
	au centre dominait,	tall and ancient,
	les oiseaux dans ses branches	birds in the branches
	étaient de nouveau gais.	were blithe again.
3	Le présent de Grímnir	Ever Grímnir's gift
	brillait toujours en guerre ;	gleamed in warfare ;
	au côté de Sigmund	at Sigmund's side
	Sinfjötli s'avançait.	Sinfjötli strode.
	Heaumes et corselets,	Hard, handlinkéd,

	assemblés à la main,	helm and corslet
	luisaient d'argent gris	glasswhite glittered
	aux reflets de blancheur.	with grey silver.
4	Sept souverains occirent,	Seven kings they [slew,
	leur cité saccagèrent ;	their cities plundered ;
	leur royaume s'accrut	wide waxed their realm
	de par le monde entier.	the world over.
	Parmi plus belles femmes	Of women fairest
	prisonnières de guerre,	in war taken
	Sigmund prit une épouse,	a wife took Sigmund ;
	qui malheur apporta.	woe she brought him.
5	Arriva Sinfjötli,	Sinfjötli came
	naviguant fièrement ;	sailing proudly ;
	vers la rive voguaient	ships goldladen
	des vaisseaux chargés d'or.	to the shore steering.
	Sigmund	
	« Salut, ô fils d'Ódin,	« Hail ! Ódin's son,
	au cœur combien cupide !	eager-hearted !
	Que finisse conflit !	War no longer !
	À flots coule le vin. »	Wine is pouring. »
6	Entra alors la reine,	In came the queen
	méditant quelque mal –	evil pondering –
	son père avait péri	her sire was slain
	par main de Sinfjötli – :	by Sinfjötli – :
	La Reine	
	« Salut ! Cruel Völsung,	« Hail ! Völsung fell,
	Völsung au cœur vaillant !	valiant-hearted !
	Ô toi qui es si las,	Weary art thou.
	je t'apporte du vin.	Wine I bring thee.
7	Profonde est cette corne,	Steep stands the horn,
	bois, neveu assoiffé ! »	Stepson thirsty ! »

	Sinfjötli	
	« Sombre semble breuvage,	« Dark seems the [drink,
	un sinistre mélange ! »	deadly blended ! »
	Sigmund s'en empara,	Sigmund seized it,
	la vidant d'un seul trait ;	swiftly drained it ;
	nul venin n'atteignait	no venom vanquished
	fils aîné de Völsung.	Völsung's eldest.
	La Reine	
8	« Je t'apporte une bière,	« Beer I bring thee
	brune, au puissant arôme ! »	brown and potent ! »
	Sinfjötli	
	« Y reluit la ruse,	« Guile there gleameth
	un funeste mélange ! »	grimly blended ! »
	Sigmund s'en empara,	Sigmund seized it,
	la buvant d'un seul trait ;	swiftly drank it ;
	ce prince parmi hommes	that prince of men
	le poison ne touchait.	poison harmed not.
	La Reine	
9	« Je t'offre bière douce,	« Ale I offer thee,
	Völsung tant assoiffé !	eager Völsung !
	Mais les vaillants Völsung	Völsungs valiant
	venin ne fait pâlir ;	at venom blench not ;
	héros n'ont point besoin,	heroes ask not
	pour boire, d'assistance –	help in drinking –
	et si boire tu oses,	if drink thou darest,
	alors bois, Sinfjötli ! »	drink Sinfjötli ! »
10	Roide mort Sinfjötli,	Dead Sinfjötli
	lors qu'il buvait, tomba.	drinking stumbled.
	Sigmund	
	« Malheur ! Toi, magicienne,	« Woe ! thou witchwife
	femme au cœur corrompu !	weary-hearted !
	En ce fils de Signý,	Of the seed of Völsung
	des enfants de Völsung	in Signý's child

c'est la plus fine fleur
qui se fane avant l'heure ! »

the fairest flower
fades untimely ! »

11 De chagrin accablé,
Sigmund le souleva,
le serrant dans ses bras ;
il sortit au hasard.
Par friches et forêts,
jusqu'aux flots écumants,
il erra, hors d'esprit,
jusqu'aux flots rugissants.

There sorrowladen
Sigmund raised him,
in arms caught him ;
out he wandered.
Over wood and wild
to the waves foaming
witless strayed he
to the waves roaring.

Le Passeur

12 « Où veux-tu emmener
ce bien pesant fardeau ?
Ma barque est ici prête,
qui pourra l'emporter. »
Homme était à la rame,
arborant manteau sombre
et capuche, grisonnant,
immense et terrifiant.

« Whither bringest [thou
thy burden heavy ?
My boat is ready
to bear it hence. »
A man there steered,
mantled darkly,
hooded and hoary,
huge and awful.

13 Sigmund se trouva seul
aux abords du pays ;
à Valhöllu, Völsung
faisait un grand festin :
Völsung
« Fils du fils, bienvenue,
fils aussi d'une fille !
Mais encore attendons
un homme, l'élu du Monde.

Alone was Sigmund
by the land's margin ;
in Valhöllu
Völsung feasted :
« Son's son welcome,
and son of daughter !
But one yet await we,
the World's chosen. »

*

IV

FŒDDR SIGURÐR
(Naissance de Sigurd)

1 Sigmund en solitude
son pays gouvernait ;
sans enfants et sans reine,
froid semblait pavillon.
Des chansons lui contaient
une charmante vierge,
la belle Sigrlinn :
la fille de Sváfnir.

Alone dwelt Sigmund
his land ruling ;
cold was his bower,
queenless, childless.
In songs he heard
of sweetest maiden,
of Sigrlinn's beauty,
Sváfnir's daughter.

2 Sigmund était âgé
et noueux comme un chêne ;
il avait barbe grise
comme écorce de frêne.
Sigrlinn était jeune ;
sur graciles épaules
retombaient longues
[boucles
luisantes de blondeur.

Old was Sigmund,
as an oak gnarléd ;
his beard was grey
as bark of ash.
Young was Sigrlinn
and yellow-gleaming
her locks hung long
on lissom shoulder.

3 Sept fils de souverains
à sa main prétendaient :
Sigmund sut l'emporter ;
hissées furent les voiles.

Seven sons of kings
sued the maiden :
Sigmund took her ;
sails were hoisted.

Le pays des Völsung
au loin ils aperçurent,
les falaises venteuses,
les vagues écumantes.

The Völsung land
they viewed afar,
the windy cliffs,
the waves foaming.

Sigmund

4 « Dis-moi, ô Sigrlinn,
te serait-il plus doux
d'épouser jeune roi
à barbe toute blonde,
ou, femme d'un Völsung,
ô fiancée d'Ódin,
en mon lit concevoir
un homme, l'élu du Monde ? »

« Say me, Sigrlinn,
sweeter were it
young king to wed
and yellow-bearded,
or wife of a Völsung,
the World's chosen
in my bed to bear,
bride of Ódin ? »

*

Sigrlinn

5 « Quelles sont donc ces
[voiles
scintillant sur la mer ?
Écus sont écarlates,
et combien de vaisseaux ! »

« What sails be these
in the seas shining ?
the shields are scarlet,
ships uncounted. »

Sigmund

« Sept fils de souverains
souhaitant qu'on les
[accueille !
Le présent de Grímnir
en gré les recevra ! »

« Seven sons of kings
seeking welcome !
Grímnir's gift shall
gladly meet them ! »

6 Les trompes retentirent,
les heaumes rutilaient,
lances furent secouées,
boucliers répondirent.
Étendards de Vikings,
bannière de Völsung

High sang the horns,
helms were gleaming,
shafts were shaken,
shields them answered.
Vikings' standards,
Völsung's banner

affluaient sur la rive ;
sévère fut l'assaut.

on strand were [streaming ;
stern the onslaught.

7 Sigmund était âgé
et noueux comme un chêne ;
balançait son épée
écumante de pourpre.
Le destin l'assaillit,
lors qu'allait, intrépide,
les épaules marquées
de rosée de bataille.

Old was Sigmund
as the oak gnarléd ;
his sword swung he
smoking redly.
Fate him fended
fearless striding
with dew of battle
dyed to shoulder.

8 Un singulier guerrier
qui silence gardait,
terrifiant et borgne,
fort âgé, grisonnant,
portant sombre capuche,
s'avança, l'arrêta.
De Sigmund l'épée
devant lui fendit l'air.

A warrior strange,
one-eyed, awful,
strode and stayed him
standing silent,
huge and hoary
and hooded darkly.
The sword of Sigmund
sang before him.

9 Guerrier brandit sa lance ;
lors, l'épée de Grímnir
rebondit, se brisa,
retomba en éclats.
Voilà tombé le roi,
poitrine pourfendue ;
autour gisent seigneurs ;
le pays s'assombrit.

His spear he raised :
sprang asunder
the sword of Grímnir,
singing splintered.
The king is fallen
cloven-breasted ;
lords lie round him ;
the land darkens.

10 Les hommes gémissaient,
la lune chavirait ;
Sigrlinn le trouva,
souleva tristement :
Sigrlinn
« De tes plaies je t'apporte

Men were moaning,
the moon sinking.
Sigrlinn sought him,
sadly raised him :
« Hope of healing

	espoir de guérison,	for thy hurts I bring,
	mon bien-aimé seigneur,	my lord beloved,
	ô dernier des Völsung. »	last of Völsungs. »
	Sigmund	
11	« Bien que vie reconquière	« From wanhope [many
	hommes au désespoir,	have been won to life,
	point ne veux guérison.	yet healing I ask not.
	D'espoir il n'est besoin.	Hope is needless.
	Voilà qu'Ódin m'appelle,	Ódin calls me
	à la fin de mes jours.	at the end of days.
	Ci-gît, non point perdu,	Here lies not lost
	le dernier des Völsung.	the last Völsung !
12	En ton sein s'épanouit	Thy womb shall wax
	l'enfant, l'élu du Monde,	with the World's chosen,
	meurtrier du dragon	serpent-slayer,
	et descendant d'Ódin.	seed of Ódin.
	Jusqu'à la fin des temps,	Till ages end
	en éternelle gloire,	all shall name him
	chef de tous chefs de clan	chief of chieftains,
	tous le proclameront.	changeless glory.
13	Du présent de Grímnir	Of Grímnir's gift
	garde donc les fragments ;	guard the fragments ;
	de ses éclats sera	of the shards shall be [shaped
	forgée luisante épée.	a shining blade.
	J'apercevrai trop tôt	Too soon shall I see
	Sigurd la portant,	Sigurd bear it
	dans le joyeux Valhöll	to glad Valhöll
	en saluant Ódin. »	greeting Ódin. »
14	Froidures de l'aurore	Cold came morning
	roi sans vie recouvrirent ;	o'er the king lifeless
	Sigrlinn, en chagrin,	and woeful Sigrlinn

ne relâchait sa garde.
Arrivèrent navires
envahissant la rive,
des vagabonds du Nord
foulant ces rouges plages.

her watch keeping.
Ships came sailing
to the shore crowding,
rovers northern
to the red beaches.

15 L'épouse de Sigmund
sous l'aspect d'une serve
traversa tristement
les flots retentissants.
Par vagues soulevés,
les vents se déchaînaient ;
au loin elle aperçut
le pays des Völsung.

The bride of Sigmund
as a bondwoman
over sounding seas
sadly journeyed.
Wild blew the winds,
waves them lifted ;
she viewed afar
the Völsung land.

16 Les vagues sanglotaient
et le vent gémissait,
Sigrlinn, affligée,
mit lors un fils au monde.
Sigurd, resplendissant
comme soleil doré,
vint si beau à la vie,
en ce lointain pays.

Wind was wailing,
waves were crying,
Sigrlinn sorrowful,
when a son she bore.
Sigurd golden
as a sun shining,
forth came he fair
in a far country.

Une femme

17 « Ô femme chagrinée,
prisonnière de guerre,
qui était ton mari
tant qu'était sa maison ?
Quel père engendra-t-il
un si beau descendant ?
D'acier gris scintille
son regard luisant. »

« O woman woeful
in war taken,
who was thy husband
while his house lasted ?
What father begot
such fair offspring ?
Grey steel glitters
in his gleaming eyes. »

Sigrlinn

18 « Le père de Sigurd
était Sigmund Völsung ;

« The sire of Sigurd
Sigmund Völsung ;

et descendant d'Ódin
chansons l'appelleront. »

Une femme

« Noblement élevé
sera fils de ce père ;
qu'à monarque puissant
sa mère soit unie. »

seed of Ódin
songs shall call him. »

« Fair shall be fostered
that father's child ;
his mother be mated
to a mighty king. »

*

V
REGIN

Le roi de ce pays prit Sigrlinn pour épouse. Sigurd fut confié à Regin, évoqué plus haut, afin d'être élevé par lui. Regin, qui résidait alors dans la forêt, était jugé habile en bien d'autres domaines que l'art de la forge. Regin incita Sigurd à tuer Fáfnir. C'est à l'aide de l'épée Gram et du cheval Grani, évoqués ici, qu'il accomplit cet exploit, bien que Regin lui eût caché à la fois l'immense pouvoir de Fáfnir et la nature du trésor que gardait le dragon. Sont également cités ici les propos obscurs de Regin, sous-entendant qu'il est lui-même en vérité à l'origine de la mort du dragon : c'est donc à lui que devrait revenir l'or (bien qu'il en ait promis au moins une large part à Sigurd) ; mais il devrait tuer le meurtrier de son frère.

Estimant que seule pesait sur Regin la pensée de sa culpabilité dans ce fratricide, Sigurd rejeta ses propos avec dédain. Sigurd ne prêta pas non plus attention aux paroles du dragon concernant la malédiction, n'y voyant qu'une simple ruse cupide visant à protéger le trésor, en dépit de la mort de son gardien. Tel était en effet l'objectif premier du dragon lorsqu'il révéla la malédiction à l'heure de sa mort. Cependant, cette malédiction commença à opérer sans tarder.

1 Forge était enfumée
en forêt ténébreuse ;
là, près des rouges braises,
Regin travaillait.
Sigurd fut envoyé,
descendant de Völsung,
apprendre grande science ;
longue initiation.

The forge was smoking
in the forest-darkness ;
there wrought Regin
by the red embers.
There was Sigurd sent,
seed of Völsung,
lore deep to learn ;
long his fostering.

2 Regin lui révéla
les runes de sagesse,
le maniement des armes,
et de maîtres travaux ;
le parler des pays,
l'art de la royauté ;
prononça propos sages
dans l'épaisse forêt.

Runes of wisdom
then Regin taught him,
and weapons' wielding,
works of mastery ;
the language of lands,
lore of kingship,
wise words he spake
in the wood's fastness.

Regin

3 « Richesse et royauté
tu manierais fort bien,
ô toi, fils de Sigmund,
trésor de tes ancêtres. »

« Full well couldst [thou wield
wealth and kingship,
O son of Sigmund,
a sire's treasure. »

Sigurd

« Mais mon père a péri ;
son peuple est dispersé,
richesse, révolue,
en guerre confisquée ! »

« My father is fallen,
his folk scattered,
his wealth wasted,
in war taken ! »

Regin

4 « J'ai ouï dire qu'un trésor
sur la lande il y avait,

« A hoard have I [heard
on a heath lying,

un or plus glorieux
qu'or du plus grand des rois.
Richesse et révérence
te seraient assurés
si son maître dragon
tu osais affronter. »

gold more glorious
than greatest king's.
Wealth and worship
would wait on thee,
if thou durst to deal
with its dragon
[master. »

Sigurd

5 « Gens évoquent,
[en leurs chants,
dragons au cœur cupide,
inlassables gardiens
de l'or et de l'argent ;
mais Fáfnir est féroce
et dit le plus funeste
entre tous les dragons,
tramant rêves mauvais. »

« Men sing of serpents
ceaseless guarding
gold and silver
greedy-hearted ;
but fell Fáfnir
folk all name him
of dragons direst,
dreaming evil. »

Regin

6 « Dragons sont tous funestes
à ceux faibles de cœur ;
mais enfants de Völsung
ne craignaient le venin. »

« Dragons all are dire
to the dull-hearted ;
yet venom feared not
Völsung's children. »

Sigurd

« Impatient, tu m'exhortes
malgré mon âge tendre –
dis-moi en vérité
pourquoi ainsi me railles ! »

« Eager thou urgest me,
though of age untried –
tell me now truly
why thou tauntest
[me ! »

*

Regin

7 « Cascade d'Andvari
giclait, éclaboussait,

« The falls of Andvari
frothed and spouted

abondant en poissons
dans ses creux écumants.
C'est là que s'ébattait
Otr, mon propre frère ;
attraper le saumon
lui semblait à son goût.

with fish teeming
in foaming pools.
There Otr sported,
mine own brother ;
to snare salmon
sweet he thought it.

8 Le frappa d'une pierre,
le dépeça entier
un voleur qui rôdait,
aux mains impitoyables.
En halle de Hreidmar,
il salua mon père,
peau précieuse il offrit
pour avoir à manger.

With stone smote [him,
stripped him naked,
a robber roving
ruthless-handed ;
at Hreidmar's house
hailed my father,
that fairest fell
for food offered.

9 Là, près des rouges braises,
Regin travaillait
à tailler le fer brut,
et à marquer les runes.
Là dormait, étendu
tout près du feu, Fáfnir,
fils farouche de cœur,
rêvant férocement.

There wrought Regin
by the red embers
rough iron hewing
and runes marking ;
there Fáfnir lay
by the fire sleeping,
fell-hearted son,
fiercely dreaming.

(Hreidmar)

10 "Anneaux d'or rougeoyant,
onéreuse rançon
doit fourrure remplir,
doit cette peau couvrir."
Au tourbillon d'écume,
tel poisson dans les rets,
fut le Nain Andvari,
capturé et pillé.

"Redgolden rings,
ransom costly,
this fell must fill,
this fur cover."
From the foaming [force
as a fish netted
was Dwarf Andvari
dragged and plundered.

11 Tout, absolument tout,
Andvari dut remettre,
anneaux lourds et légers,
ou autrement la vie.
En halle de Hreidmar
alla les entasser,
d'or couvrit anneaux d'or ;
forte compensation.

All must Andvari,
all surrender,
light rings and heavy,
or life itself.
In Hreidmar's house
heaped he laid them,
gold ring on gold,
a great weregild.

(Regin & Fáfnir)

12 "Ne partageraient frères
de leur frère rançon,
pour chagrin adoucir ?
L'or est consolateur."

"Shall not brethren
[share
in brother's ransom
their grief to gladden ?
gold is healing."

(Hreidmar)

"Des anneaux rassemblés
je serai le seul maître,
onc ne me quitteront
pour tant que je vivrai !"

"The wreathéd rings
I will rule alone,
as long as life is
they leave me never !"

13 Lors Fáfnir, en son cœur
perçut vif aiguillon ;
Hreidmar il pourfendit,
endormi dans sa halle.
Fáfnir sent en son cœur
certain feu qui le brûle :
ni partie, ni portion
à Regin ne paiera.

Then Fáfnir's heart
fiercely stung him ;
Hreidmar he hewed
in his house asleep.
Fáfnir's heart
as a fire burneth :
part nor portion
he pays to Regin.

14 Sous les traits d'un dragon
gît le fils des ténèbres ;
profond est son repaire
et peur ne connaît point.
C'est un heaume d'horreur
qu'il porte sur la tête

In dragon's likeness
darkling lies he ;
deep his dungeons,
and dread he knows
[not.
A helm of horror
his head weareth

	quand, sinistre, il s'avance	on Gnitaheiði
	sur le Gnitaheiði. »	grimly creeping. »
	Sigurd	
15	« C'est un perfide frère,	« With kin unkindly
	que t'inflige le sort !	wert thou cursed
		[Regin !
	Son feu et son venin	His fire and venom
	ne peuvent m'effrayer !	affright me not !
	Pourquoi m'exhortes-tu,	Yet why thou eggest
		[me,
	je t'interroge encore –	I ask thee still –
	pour vengeance du père,	for father's vengeance,
	ou pour l'or de Fáfnir ? »	or for Fáfnir's gold ? »
	Regin	
16	« De venger un parent	« A sire avenged
	Regin trouverait doux ;	were sweet to Regin ;
	l'or en serait ton prix,	the gold thy guerdon,
	la gloire serait tienne.	the glory thine.
	Que forgeron façonne	A sword for Sigurd
	pour Sigurd une épée,	will the smith fashion,
	lame la plus mordante	the blade most bitter
	jamais née pour la guerre. »	ever borne to war. »

*

17	Forge était enfumée,	The forge was smoking,
	feu couvait sous les braises.	the fire smouldered.
	Deux épées furent faites,	Two swords there
		[fashioned,
	deux fois il les brisa :	twice he broke them :
	puissamment il frappa	hard the anvil
	l'épée contre l'enclume –	hewed he mightily –
	l'arme en éclats tomba,	sword was splintered,
	l'artisan s'irrita.	smith was angered.

Sigurd

18 « Sigrlinn, je demande,
m'a-t-on dit vérité
des fragments rutilants
de l'épée de Grímnir ?
Le fils de Sigmund
chez toi va les chercher –
que Regin Gram refonde
pour moi, sans ruse aucune ! »

« Sigrlinn, say me,
was sooth told me
of gleaming shards
of Grímnir's sword ?
Sigmund's son
now seeks them from [thee –
now Gram shall Regin
guileless weld me ! »

19 Forge était tout en flammes,
feu s'était embrasé :
épée lui fut portée,
dont les bords étaient bleus
et où flamme tremblait
quand elle fendait l'air.
En cognant, fracassa
l'enclume en deux parties.

The forge was flaring,
the fire blazing :
a blade they brought [him
with blue edges ;
they flickered with [flame,
as it flashed singing –
the cloven anvil
clashed asunder.

20 Les flots du fleuve Rhin
filaient à vive allure ;
il lança dans les ondes
quelques lambeaux de laine.
D'un seul coup les trancha
dans le courant d'eau pure :
Sigurd devint allègre,
Gram alors il brandit.

The Rhine river
ran by swiftly ;
there tufts of wool
on the tide he cast.
Sharp it shore them
in the sheer water :
glad grew Sigurd,
Gram there brandished.

Sigurd

21 « Où se trouve la lande
et où, l'or du trésor ?
Veux-tu bien m'aviser,
Regin, quant à ces routes ? »

« Where lies the heath
and hoard golden ?
Now rede me Regin
of roads thither ! »

Regin

« Fáfnir se trouve au loin,
se cachant dans la brande –
cheval te faut avoir,
vigoureux, haut de taille. »

« Far lies Fáfnir
in the fells hiding –
a horse must thou [have,
high and sturdy. »

22 Les eaux de Busiltarn,
ondes bleues, s'écoulaient,
l'herbe poussait bien verte
en pâture aux chevaux.
Les remarqua un homme
arborant manteau sombre,
la barbe grisonnante,
fort âgé et immense.

In Busiltarn ran
blue the waters,
green grew the grass
for grazing horse.
A man them minded
mantled darkly,
hoary-bearded,
huge and ancient.

23 Les chevaux qu'ils menèrent
dans les profonds courants
regagnèrent la rive,
loin des ondes amères.
Mais Grani, tout de gris,
allègrement nagea :
Sigurd le désigna,
véloce et sans défaut.

They drove the horses
into deep currents ;
to the bank they [backed
from the bitter water.
But grey Grani
gladly swam there :
Sigurd chose him,
swift and flawless.

L'homme

24 « L'écurie de Sleipnir,
le coursier d'Ódin,
engendra ce cheval,
des plus prompts, des [plus forts.
En avant ! En avant !
par rochers et montagnes,
héros et sa monture,
et espoir d'Ódin ! »

« In the stud of [Sleipnir,
steed of Ódin,
was sired this horse,
swiftest, strongest.
Ride now ! ride now !
rocks and mountains,
horse and hero,
hope of Ódin ! »

*

25 Regin chevauchait Gand
et Sigurd, Grani ;
terre vaine flétrie,
grand espace désert.
Haute de trente toises,
la terrible falaise
d'où se penchait dragon
pour étancher sa soif.

Gand rode Regin
and Grani Sigurd ;
the waste lay withered,
wide and empty.
Fathoms thirty fell
the fearful cliff
whence the dragon [bowed him
drinking thirsty.

26 Dans la profonde fosse,
sombre, à flanc de coteau,
resta longtemps tapi ;
puis la terre trembla.
Force flammes soufflant,
Fáfnir sortit alors ;
nuées empoisonnées
montagne dévalèrent.

In deep hollow
on the dark hillside
long there lurked he ;
the land trembled.
Forth came Fáfnir,
fire his breathing ;
down the mountain [rushed
mists of poison.

27 Le feu et la fumée
filaient en rugissant,
par-dessus l'intrépide ;
et les rochers grondaient.
Ventre noir du dragon
rampant et sinueux
s'arrêta, s'attardant
sur la fosse cachée.

The fire and fume
over fearless head
rushed by roaring ;
rocks were groaning.
The black belly,
bent and coiling,
over hidden hollow
hung and glided.

28 L'épée Gram fut brandie ;
teintant sinistrement
contre pierre grisâtre,
cœur elle pourfendit.
De Fáfnir, dans ces affres,

Gram was brandished ;
grimly ringing
to the hoary stone,
heart it sundered.
In Fáfnir's throe

les membres convulsés
et la tête puante
battit comme fléau.

were threshed as flails
his writhing limbs
and reeking head.

29 Tout trempé du sang noir
craché ou répandu,
dans sa fosse caché,
Sigurd se raidit.
Promptement il bondit,
son épée retira :
alors chacun vit l'autre,
la haine dans les yeux.

Black flowed the [blood,
belching drenched [him ;
in the hollow hiding
hard grew Sigurd.
Swift now sprang he
sword withdrawing :
there each saw other
with eyes of hate.

Fáfnir

30 « Homme du genre humain !
Quel homme t'a fait naître ?
Qui a forgé la flamme
pour le cœur de Fáfnir ? »

« O man of mankind !
What man begot thee ?
Who forged the flame
for Fáfnir's heart ? »

Sigurd

« Solitaire et sauvage,
tel le loup, je m'avance,
nul père ne possédant,
une flamme portant. »

« As the wolf I walk
wild and lonely,
no father owning,
a flame bearing. »

Fáfnir

31 « Un loup était ton père –
pourtant je le sais bien !
Qui donc t'a exhorté
à causer ma ruine ? »

« A wolf was thy sire –
full well I know it !
Who egged thee eager
to mine undoing ? »

Sigurd

« Mon père était Sigmund,
descendant de Völsung ;
mon cœur m'a exhorté,
ma main a répondu. »

« My sire was Sigmund,
seed of Völsung ;
my heart egged me,
my hand answered. »

Fáfnir	
32 « Non ! Regin en est cause,	« Nay ! Regin [wrought this,
qui est brigand et maître !	rogue and master !
À toi, fils de Sigmund,	O son of Sigmund !
je dis la vérité :	sooth I tell thee :
l'or dont je suis gardien	my guarded gold
reluit de tout le mal,	gleams with evil,
de mes deux ennemis	bale it bringeth
le malheur causera. »	to both my foes. »
Sigurd	
33 « Chacun doit vie quitter	« Life each must [leave
quand vient son jour dernier,	on his latest day,
mais, vivant, se saisit	yet gold gladly
volontiers de l'or ! »	will grasp living ! »
Fáfnir	
« Des fous ! répond Fáfnir –	« Fools ! saith Fáfnir –
cet or ensorcelé	with fate of woe
porte destin funeste.	this gold is glamoured.
Point ne le prends ! Va-t'en ! »	Grasp not ! Flee [thou ! »
Sigurd	
34 « Un fou, répond Sigurd,	« A fool, saith Sigurd,
ne saurait se parer	could not fend himself
de ce heaume d'horreur –	with helm of horror –
que l'enfer t'engloutisse ! »	hell now seize him ! »
Tapi dans les bruyères	In the heather had [hidden
tel un lièvre apeuré,	as a hare cowering
forgeron effrayé	the fear-daunted [smith ;
s'avança doucement.	forth now crept he.

Regin

35 « Salut à toi, Völsung
couronné de victoire ;
le plus puissant héros
parmi hommes mortels ! »

« Hail ! O Völsung
victory-crowned,
of mortal men
mightiest hero ! »

Sigurd

« Dans les halles d'Ódin
plus ardu est le choix !
Nombreux braves sont nés
qui ne souillent épées. »

« In the halls of Ódin
more hard to choose !
many brave are born
who blades stain not. »

Regin

36 « Pourtant, il est joyeux,
Sigurd, qui songe à l'or,
lors que sur l'herbe grise
il essuie l'épée Gram !
C'est le sang de mon frère
que sa lame a versé,
mais moi-même une part
dois dans ce meurtre avoir. »

« Yet glad is Sigurd,
of gold thinking,
as Gram on the grey
grass he wipeth !
'Twas blood of my [brother
that blade did spill,
though somewhat the [slaying
I myself must share. »

Sigurd

37 « Tu as fui assez loin
quand Fáfnir est venu.
De Sigurd la prouesse
et l'épée l'ont occis. »

« Far enow thou [fleddest,
when Fáfnir came.
This sword slew him,
and Sigurd's prowess. »

Regin

« Épée par moi forgée !
Vivant serait dragon,
n'eût œuvré à sa fin
le conseil de Regin ! »

« This sword I smithied.
Yet would serpent live,
had not Regin's counsel
wrought his ending ! »

Sigurd

38 « Non, ne te blâme point,
allié hésitant !
Cœur vaillant vaut bien plus
qu'épée des plus robustes. »

« Nay, blame not
[thyself,
backward helper !
Stout heart is better
than strongest sword. »

Regin

« Pourtant par moi forgé,
le fléau du dragon !
Défaits sont les hardis
dont l'arme est sans
[tranchant. »

« Yet the sword I
[smithied,
the serpent's bane !
The bold oft are beaten
who have blunt
[weapons. »

39 Regin parlait, amer,
en dégainant Ridil ;
détacha de la chair
cœur du méchant Fáfnir.
But le sang bouillonnant
et sombre du dragon ;
nain forgeron fut pris
de forte somnolence.

Thus heavy spake
[Regin
Ridil unsheathing,
fell Fáfnir's heart
from the flesh cleaving.
Dark blood drank he
from the dragon
[welling ;
deep drowsing fell
on dwarvish smith.

Regin

40 « Assieds-toi donc, Sigurd !
Le sommeil m'envahit.
Sur ce feu, de Fáfnir
le cœur fais-moi rôtir.
Après puissant breuvage,
de ses sombres pensées
je veux manger le siège,
un festin de sagesse. »

« Sit now, Sigurd !
Sleep o'ercomes me.
Thou Fáfnir's heart
at the fire roast me.
His dark thought's
[dwelling
after drink potent
I fain would eat,
feast of wisdom. »

41	Broche pointue tailla ;	Sharp spit shaped he ;
	dans le feu qui brillait	at shining fire
	grésillait, crépitait	the fat of Fáfnir
	la graisse du dragon.	there frothed and
		[hissed.
	Sigurd, voulant goûter,	To tongue he touched
	mit le doigt sur sa langue –	testing finger –
	comprit le cri des bêtes	beasts' cry he knew,
	et les voix des oiseaux.	and birds' voices.

*

Premier oiseau

42	« Écourté d'une tête	« A head shorter
	le traître grisonnant	should hoary liar
	doit tomber en enfer !	go hence to nether
		[hell !
	Et de Fáfnir le cœur	The heart of Fáfnir
	je mangerais entier	I whole would eat
	si j'étais moi-même Sigurd. »	if I myself were
		[Sigurd. »

Deuxième oiseau

43	« Qui laisse ennemi libre	« Who a foe lets free
	est bel et bien un fou,	is fool indeed,
	quand fut fléau du frère !	when he was bane of
		[brother !
	Moi seul serais le maître	I alone would be lord
	de l'or ensorcelé,	of linkéd gold,
	Si mon épée l'avait gagné. »	if my wielded sword
		[had won it. »

Premier oiseau

44	« Écourté d'une tête	« A head shorter
	Le Nain qui s'est tapi	should hiding dwarf
	privé d'or doit périr !	deprived of gold
		[perish !

Là, Regin apparaît,
bruissant dans les bruyères,
jurant vengeance de son
[frère. »

There Regin rouses
in rustling heather ;
Vengeance he vows for
[brother. »

*

45 Sigurd se retourna
et aperçut Regin
se glissant par la lande,
regard luisant de haine.
Sous le coup de l'épée,
noir s'écoula le sang
du fils de Hreidmar
quand fut tranchée sa tête.

Round turned Sigurd,
and Regin saw he
in the heath crawling
with hate gleaming.
Black spilled the blood
as blade clove him,
the head hewing
of Hreidmar's son.

46 Sombre rouge, le breuvage
et lugubre, la chair
dont Sigurd fit festin,
avide de sagesse.
Sombres étaient les portes
et sinistres, les poutres,
toutes faites de fer,
construites sous terre.

Dark red the drink
and dire the meat
whereon Sigurd feasted
seeking wisdom.
Dark hung the doors
and dread the timbers
in the earth under
of iron builded.

47 Or empilé sur or
d'un pâle éclat luisait :
un or ensorcelé,
malédictions sinistres.
Quand le Heaume d'Horreur
il se mit sur la tête,
ténébreuse fut l'ombre
projetée par Sigurd.

Gold piled on gold
there glittered palely :
that gold was glamoured
with grim curses.
The Helm of Horror
on his head laid he :
swart fell the shadow
round Sigurd standing.

48 Grani portait fardeau
lugubre et formidable ;
s'élança cependant,

Great and grievous
was Grani's burden,
yet lightly leaped he

descendant la montagne.
En avant ! En avant,
par routes et forêts,
héros et sa monture,
et espoir d'Ódin !

down the long mountain.
Ride now ! ride now
road and woodland,
horse and hero,
hope of Ódin !

*

49 Toujours vastes, sauvages,
les chemins vagabonds ;
cavalier solitaire
et son ombre allongée.
Les oiseaux dans les branches
joyeusement chantaient :
leurs mots il entendait,
leur esprit ne savait.

Ever wild and wide
the wandering paths ;
long lay the shadow
of lone rider.
Birds in the branches
blithe were singing :
their words he heard,
their wit he knew not.

Le corbeau

50 « Là-haut se dresse halle
sur le mont Hindarfell,
dans l'enceinte d'un feu
aux langues enflammées ;
abrupt est le sentier,
ardue est l'entreprise,
où montagnes font signe
à un cœur puissant. »

« High stands a hall
on Hindarfell,
fire it fenceth
flaming-tonguéd ;
steep stands the path,
stern the venture,
where mountains [beckon
to mighty heart. »

Le pinson

51 « J'y ai vu jeune fille,
fraîche comme le jour,
front orné de guirlande
et taille ceinte d'or.
Verdoyantes, les routes
vers pays de Gjúki ;
le destin guide ceux
qui suivent ce chemin. »

« A maid have I seen
as morning fair,
golden-girdled,
garland-crownéd.
Green run the roads
to Gjúki's land ;
fate leads them on,
who fare that way. »

Le corbeau

52 « Le sommeil retient
cette vierge solaire
portant cotte de mailles
en haut de la montagne.
La poitrine percée
d'une épine d'Ódin –
aura-t-elle, au réveil,
du rire ou du chagrin ? »

« Slumber bindeth
the sun-maiden
on mountain high,
mail about her.
Thorn of Ódin
is thrust in bosom –
to what shall she wake,
woe or laughter ? »

Le pinson

53 « Là, Gunnar et Högni,
les Gjúking orgueilleux,
règnent sur un royaume
bordant les eaux du Rhin.
Gudrún grandit, devient
de grâce radieuse,
une fleur non éclose,
fraîche au lever du jour. »

« The Gjúkings [proudly,
Gunnar and Högni,
there rule a realm
by Rhine-water.
Gudrún groweth
golden-lovely,
a flower unfolded
fair at morning. »

Le corbeau

54 « D'un orgueil sans égal,
exerçant son pouvoir,
donnant ou non victoire
en tant que Valkyrie,
elle a nié, ignoré
les injonctions d'Ódin,
Ódin tuant ainsi
celui qu'Ódin aimait. »

« Too peerless proud
her power wielding,
victory swaying
as Valkyrie,
she heard nor heeded
hests of Ódin,
and Ódin smote
whom Ódin loved. »

*

VI

BRYNHILDR

Où l'on raconte comment Sigurd réveilla Brynhild. Condamnée par Ódin non plus à aller au combat mais à se marier, elle avait fait vœu de ne prendre pour époux que le plus grand de tous les guerriers, l'élu du Monde. Sigurd et Brynhild se fiancèrent en un grand élan de joie, bien que dans sa sagesse, elle eût prévu que le chemin de Sigurd serait parsemé de grands dangers. Ils partirent ensemble, mais dans son orgueil, Brynhild pria Sigurd de s'éloigner et de ne la rejoindre que lorsqu'il aurait conquis l'honneur de tous les hommes, ainsi qu'un royaume.

1	Toujours vaste, sauvage, le chemin vagabond ; cavalier solitaire et son ombre allongée. Plus haut, toujours plus haut se dressait Hindarfell, montagne majestueuse émergeant de la brume.	Ever wide and wild the wandering path ; long lay the shadow of lone rider. Ever high and high stood Hindarfell, mountain mighty from the mist rising.
2	Un feu brûlait au faîte, une enceinte de foudre	A fire at crown, fence of lightning,

s'élevant jusqu'au ciel,
vacillant, crépitant.
Grani à robe grise
et avide de gloire
bondit dessus la foudre,
d'un foudroyant élan.

high to heavenward
hissed and wavered.
Greyfell Grani,
glory seeking,
leaped the lightning
lightning-sinewed.

3 Sigurd vit un rempart
de boucliers mêlés,
claquait un étendard
aux bandes argentées ;
Prêt pour la guerre, un homme,
l'épée à son côté,
dormait là, comme mort,
dans sa cotte de mailles.

A wall saw Sigurd
of woven shields,
a standard streaming
striped with silver ;
a man there war-clad,
mailclad, lying,
with sword beside him,
sleeping deadly.

4 Le heaume souleva :
luisants cheveux tombèrent ;
du sommeil prisonnière
reposait une femme.
Le corselet serré
comme en chair incrusté –
les liens rutilants
Gram alors incisa.

The helm he lifted :
hair fell shining,
a woman lay there
wound in slumber ;
fast her corslet
as on flesh growing –
the gleaming links,
Gram there clave them.

*

Brynhild s'éveille

5 « Salut, lumière du Jour
et vous, enfants du Jour !
Salut, Nuit et Midi
et Étoile du Nord !
Salut, Dieux majestueux
et reines de l'Ásgard !
Salut, sein de la Terre,
source de l'abondance !

« Hail ! O Daylight
and Day's children !
Hail, Night and Noon
and Northern Star !
Hail, Kingly Gods,
Queens of Ásgard !
Hail, Earth's bosom
all-abounding !

6 Mains qui savez guérir,
veuillez nous accorder
lumière en les ténèbres,
vie ainsi que sagesse ;
aux deux donnez triomphe,
vérité infaillible ;
aux deux, dans l'allégresse
glorieuse rencontre ! »

Hands of healing,
hear and grant us,
light in darkness,
life and wisdom ;
to both give triumph,
truth unfailing,
to both in gladness
glorious meeting ! »

*

Brynhild

7 « Brynhild te salue,
ô brave et beau guerrier !
Quel prince a transpercé
mes si pâles liens ? »

« Brynhild greets thee,
O brave and fair !
What prince hath pierced
my pale fetters ? »

Sigurd

« Homme qui n'a de père,
mais par homme engendré,
ci rougi de bataille,
hanté par les corbeaux. »

« A man fatherless,
yet man-begotten,
here red from battle
raven-haunted. »

Brynhild

8 « Ódin m'a condamnée,
moi, une élue d'Ódin,
non plus à batailler,
mais à me marier.
Serment j'ai prononcé,
pour toujours durera,
de n'épouser personne,
sinon l'élu du Monde. »

« Ódin bound me,
Ódin's chosen ;
no more to battle,
to mate doomed me.
An oath I uttered
for ever lasting,
to wed but one,
the World's chosen. »

Sigurd

9 « Dans les halles d'Ódin
ardu serait le choix

« In the halls of Ódin
it were hard to choose

du plus puissant des hommes	man there mightiest,
et du plus renommé. »	most renownéd. »
Brynhild	
« Mais ils en attendent un,	« Yet one they wait for,
dans le vaste Valhöll :	in wide Valhöll,
meurtrier du dragon	the serpent-slayer,
et descendant d'Ódin. »	seed of Ódin. »
Sigurd	
10 « Ce descendant d'Ódin	« Seed of Ódin
est l'enfant de Sigmund	is Sigmund's child,
et l'épée de Sigurd	and Sigurd's sword
est fléau du dragon. »	is serpent's bane. »
Brynhild	
« Salut, fils de Sigmund,	« Hail, son of Sigmund,
descendant de Völsung !	seed of Völsung !
Dans le vaste Valhöll	Warriors wait for thee
t'attendent combattants. »	in wide Valhöll. »
Sigurd	
11 « Salut, vierge de guerre !	« Hail, bright and [splendid !
Salut, Brynhild élue,	Hail, battle-maiden,
fiancée de Völsung,	bride of Völsung
brillante et splendide ! »	Brynhild chosen ! »
De foi, en ce triomphe,	Troth in triumph
firent tous deux serment,	twain there plighted
sur la montagne, seuls,	alone on mountain ;
entourés de lumière.	light was round them.
Brynhild	
12 « Je t'apporte une coupe,	« A beaker I bring [thee,
toi qui mènes combat,	O battle-wielder,
de l'hydromel de gloire,	mighty-blended
mélangé de puissance ;	mead of glory,
débordant de bonté,	brimmed with bounty,

bénie de réconfort,
toute bordée des runes
du rire ruisselant. »

blessed with healing,
and rimmed with runes
of running laughter. »

Sigurd

13 « Je boirai, osant tout :
le destin ou la gloire ;
breuvage de splendeur,
chère, celle qui l'apporte ! »

« I drink, all daring :
doom or glory ;
drink of splendour
dear the bearer ! »

Brynhild

« Cher, celui qui le boit !
Le destin et la gloire,
des deux tu es l'augure,
brillant et beau guerrier ! »

« Dear the drinker !
Doom and glory
both me bodeth,
thou bright and fair ! »

Sigurd

14 « Je ne fuis ni ne flanche,
bien que j'en sois troublé,
paroles de sagesse,
le chagrin ni la joie. »

« I flee nor flinch,
though fey standing,
words of wisdom,
woe, or gladness. »

Brynhild

« Paroles de sagesse
et sombre mise en garde
écoute, puis respecte,
ô toi, espoir d'Ódin !

« Words of wisdom
warning darkly
hear thou and hold,
hope of Ódin !

15 Sois lent à la vengeance,
descendant de Völsung !
Constant quand tu promets,
respectant tes promesses.
Sinistre est le rameau
dont racines sont ruses ;
et florissant est l'arbre
en bonne foi planté !

Be slow to vengeance,
seed of Völsung !
In swearing soothfast,
the sworn holding.
Grim grow the boughs
in guile rooted ;
fair flowers the tree
in faith planted !

16 Là où marche ou demeure

Where the [witch-hearted

homme au cœur de sorcière,
ne reste, ni n'habite,
bien que sois esseulé !
Bien que beauté t'aveugle
en brillant comme jour,
défends fille de roi
de gouverner tes rêves !

walks or houses
linger not, lodge not,
though lone the road !
Though beauty [blindeth
bright as morning,
let no daughter of [kings
thy dreams master !

17 Salut, fils de Sigmund !
Si ta gloire fut prompte,
me semble que la brume
s'immisce près de toi.
Longue vie, je le crains
ne s'ouvre devant toi,
mais combats et tonnerre
obscurément te guettent. »

Hail, Sigmund's son !
Swift thy glory,
yet a cloud me seems
creepeth nigh thee.
Long life, I fear,
lies not before thee,
but strife and storm
stand there darkly. »

Sigurd

18 « Salut, sage Brynhild !
Brillante est ta splendeur,
bien que le sort ait force
d'arriver à ses fins.
Fidélité te jure,
fermement, infaillible,
bien que combats, tonnerre
guettent autour de moi. »

« Hail, Brynhild wise !
Bright thy splendour
though fate be strong
to find its end.
Faith ever will I hold
firm, unyielding,
though strife and storm
stand about me. »

19 Fidélité se vouèrent,
avec force, infaillible,
chacun jurant à l'autre,
se liant par serment.
Le bonheur vit le jour
quand s'éveilla Brynhild ;
pourtant, le sort a force
d'arriver à ses fins.

Faith then they vowed
fast, unyielding,
there each to each
in oaths binding.
Bliss there was born
when Brynhild woke ;
yet fate is strong
to find its end.

*

20 Toujours vastes, sauvages,
les chemins vagabonds ;
sur lumineuses routes
allaient deux cavaliers.
Haut s'élevait le heaume ;
cheveux flottaient au vent,
la broigne rutilait
sur l'obscure montagne.

Ever wild and wide
the wandering paths ;
on roads shining
went riders two.
High towered the [helm ;
hair flowed in wind ;
mail glinted bright
on mountain dark.

Brynhild

21 « Ici, fils de Sigmund,
intrépide et véloce,
vers chagrin ou bien joie,
nos chemins se séparent.
Ici, seigneur, te quitte,
je rentre en mon pays ;
va, que Grani te porte,
lui, avide de gloire. »

« Here, Sigmund's [son,
swift and fearless,
is our way's parting,
to woe or joy.
Here, lord, I leave thee,
to my land turning ;
hence Grani bears thee
glory seeking. »

Sigurd

22 « Pourquoi, sage Brynhild,
promise de Völsung,
s'écartent nos chemins
quand cavaliers font un ? »

« Why, Brynhild wise,
bride of Völsung,
when at one are the [riders
do our ways sunder ? »

Brynhild

« Autrefois, j'étais reine,
un roi épouserai.
Devant s'étendent terres –
titre va conquérir ! »

« I was queen of yore,
and a king shall wed.
Lands lie before thee –
thy lordship win ! »

23 Splendide et solitaire,

To her land she [turned

en son pays rentra ;
verdoyantes, les routes
que parcourait Grani.
Son pays regagna,
longtemps elle attendit ;
chansons étaient joyeuses,
chez le roi Gjúki.

lonely shining ;
green ran the roads
that Grani strode.
To her land she came,
long the waiting ;
in Gjúki's house
glad the singing.

*

VII

GUÐRÚN

	Gudrún	
1	« Ô mère, écoute-moi !	« O mother, hear me !
	Ma joie est assombrie,	Mirth is darkened,
	songes m'ont fort troublée,	dreams have troubled [me,
	songes, mauvais présages. »	dreams of boding. »
	Grímhild	
	« Songes souvent surgissent	« Dreams come most [oft
	lorsque change le temps,	in dwindling moon,
	ou que lune décline.	or weather changing.
	Au malheur point ne pense !	Of woe think not ! »
2	« Nul vent, ni nul fantôme	« No wind, nor wraith
	de pensée éveillée –	of waking thought –
	un cerf nous chassions,	a hart we hunted
	par collines, vallées ;	over hill and valley ;
	tous voulaient l'attraper,	all would take him,
	mais c'est moi qui le pris :	'twas I caught him :
	son pelage était d'or	his hide was golden,
	ses bois étaient immenses.	his horns towering.
3	Femme qui chevauchait	A woman wildly
	furieusement le vent	on the wind riding

	le transperça, le tua,	with a shaft stung him,
	l'atteignant d'une flèche.	shooting pierced him ;
	À mes pieds il tomba ;	at my knees he fell
	en nuit de malheur,	in night of woe,
	à peine supportais-je	my heart too heavy
	le poids de mon cœur.	might I hardly bear.
4	Lors m'offrirent un loup	A wolf they gave me
	pour chagrin consoler ;	for woe's comfort ;
	m'empourpra, m'aspergeant	in my brethren's blood
	du sang de mes deux frères.	he bathed me red.
	Songes m'ont attristée,	Dreams have vexed [me,
	qui présagent du pire,	direst boding,
	non le vent, ni le temps,	not wind or weather
	ni lune qui décroît. »	or waning moon. »

Grímhild

5	« Songes souvent désignent	« Dreams oft token
	la nuit par la lumière,	the dark by light,
	et le bien par le mal,	good by evil,
	Gudrún, ô mon enfant !	Gudrún daughter !
	Lève les yeux – ils brillent	Lift up thine eyes
	d'un éclat si avide !	eager shining !
	Verdoyantes, les terres	Green lie the lands
	entourant la maison. »	round Gjúki's house. »

Gudrún

6	« Routes sont verdoyantes	« The roads run green
	jusqu'aux ondes du Rhin !	to the Rhine-water !
	Qui arrive à cheval,	Who rides here lone,
	seul, paré pour combat ?	arrayed for war ?
	Son heaume est immense,	His helm is high,
	sa monture est légère,	his horse fleeting,
	son écu, éclatant,	his shield is shining
	tout entier couvert d'or ! »	with sheen of gold ! »

7 Gudrún, fille de Gjúki,
le guettait sans relâche,
depuis porte ou fenêtre,
d'un œil émerveillé.
Sigurd s'avançait,
descendant de Völsung,
dans la cour de Gjúki,
en luisante armure.

Thus Gudrún gazed,
Gjúki's daughter,
from wall and window
in wonder looking.
Thus Sigurd rode,
seed of Völsung,
into Gjúki's courts
gleaming-harnessed.

8 Là demeurait Gjúki ;
il prodiguait son or,
en seigneur des Niflung,
en terre des Niflung.
Là, Gunnar et Högni,
de Gjúki les deux fils,
étaient princes puissants,
par les gens écoutés.

There Gjúki dwelt
his gold dealing
in Niflung land,
the Niflung lord.
Gunnar and Högni
were Gjúki's sons,
mighty princes ;
men them hearkened.

9 Là demeurait Grímhild,
reine, lugubre de cœur,
rusée en ses conseils,
cheveux gris de sagesse,
de science du poison,
science de guérison,
de changeants sortilèges
et glaçante magie.

There Grímhild dwelt,
guileful in counsel,
grimhearted queen
grey with wisdom,
with lore of leechcraft,
lore of poison,
with chill enchantment
and with changing
[spells.

10 Tels corbeaux étaient sombres
des corbeaux ces amis ;
affable, la figure,
féroce, le regard.
Aux Huns ils infligèrent
la haine et la guerre,
amassant toujours l'or
en d'immenses donjons.

As ravens dark
were those
[raven-friends ;
fair their faces,
fierce their glances.
With Huns they waged
hate and warfare,
gold ever gathering
in great dungeons.

11 En silence siégeaient,
lorsque Sigurd entra :
à Gunnar, un salut,
à Gjúki, un éloge.

Silent they sat
when Sigurd entered
Gunnar greeting,
Gjúki hailing.

Gjúki

« Qui vient non convié,
vêtu en combattant,
arborant haubert, heaume,
en ces miennes halles ? »

« Who comes
[unbidden
in battle's harness,
helm and hauberk,
to halls of mine ? »

Sigurd

12 « Le fils de Sigmund :
je suis Sigurd Völsung ;
arrive un fils de roi
en royale demeure.
Du renom des Niflung
loin s'étend la rumeur,
point ne s'est évanoui
le renom des Völsung. »

« The son of Sigmund,
Sigurd Völsung,
a king's son cometh
to kingly house.
Fame of Niflungs
far is rumoured,
not yet hath faded
fame of Völsung. »

13 À Sigurd fut un siège
assigné promptement ;
fête devint joyeuse,
les hôtes s'égayaient.
Puis Gunnar s'empara
de sa harpe dorée ;
et tandis qu'il chantait,
silence se faisait.

There swift for Sigurd
seat was ordered ;
the feast grew fair,
folk were mirthful.
There Gunnar grasped
his golden harp ;
while songs he sang
silence fell there.

Ce dont chanta Gunnar

14 Près de la Forêt Noire,
aux portes du Levant,
les grands rois des Goths
régnaient en toute gloire.

By mighty Mirkwood
on the marches of the
[East
the great Goth-kings
in glory ruled.

La guerre ravageait
les rives du Danpar,
contre l'armée des Huns,
hordes de cavaliers.

By Danpar-banks
was dread warfare
with the hosts of
[Hunland,
horsemen countless.

15 Hordes de cavaliers
se hâtaient vers l'ouest ;
les seigneurs des Burgondes
contre armée de Budli.
Les Gjúking, tout joyeux,
pillant et volant l'or,
leurs épées empourprèrent :
périt frère de Budli.

Horsemen countless
hastened westward ;
the Borgund lords
met Budli's host.
In Budli's brother
their blades reddened
the glad Gjúkings,
gold despoiling.

Ce dont chanta Sigurd

16 Sigurd alors saisit
harpe qui résonnait ;
gens présents dans la halle
l'entendirent, muets.
Terre vaine flétrie,
grand espace désert,
Fáfnir lors s'avança,
de flammes entouré.

Then Sigurd seized
the sounding harp ;
hushed they hearkened
in the hall listening.
The waste lay withered
wide and empty ;
forth came Fáfnir,
fire around him.

17 Sombres étaient les portes,
entre profondes poutres ;
or empilé sur or
d'un pâle éclat luisait.
Le trésor fut pillé,
le heaume, soulevé ;
Grani à robe grise
porta fardeau lugubre.

Dark hung the doors
on deep timbers ;
gold piled on gold
there glittered wanly.
The hoard was
[plundered,
helm was lifted,
and Grani greyfell
grievous burdened.

18 En haut de Hindarfell,
entourée par la foudre,

High Hindarfell,
hedged with lightning,

montagne majestueuse
émergeait de la brume.
Brynhild ouvrit les yeux ;
brillante, sa splendeur –
là finit la chanson,
Sigurd fit silence.

mountain mighty
from mists uprose.
Brynhild wakened,
bright her splendour –
song fell silent,
and Sigurd ended.

19 Siégeant près de Gjúki,
Grímhild écoutait,
en songeant à Gudrún
et à l'or du trésor.
Gunnar et Högni
gaiement l'hôte prièrent
en allié et ami
de demeurer longtemps.

By Gjúki's chair
Grímhild hearkened,
of Gudrún thinking
and the golden hoard.
Gunnar and Högni
gladly bade him
in league and love
long to dwell there.

*

20 Les seigneurs des Burgondes
préparaient leur bataille ;
firent affûter lames,
firent broder bannières.
Hauberts à l'éclat blanc,
heaumes firent briller ;
pays des Huns tremblait
sous le pas des chevaux.

The Borgund lords
their battle furnished ;
banners were broidered,
blades were sharpened.
White shone hauberks,
helms were burnished ;
under horses' hooves
Hunland trembled.

21 Gunnar, montant Goti,
faisait sombre figure
et l'arrogant Högni,
sur Hölkvir avançait.
Mais plus prompt fut Grani,
le poulain de Sleipnir ;
tout s'embrasa devant
la flamme de Sigurd.

Grim was Gunnar
on Goti riding ;
under haughty Högni
Hölkvir strode ;
but fleeter was Grani,
foal of Sleipnir ;
flamed all before
the fire of Sigurd.

22 Ennemi fut vaincu,

Foes were vanquished,

champs furent dévastés,
l'épée Gram récolta
la lugubre moisson.
Où les Gjúking passaient,
la gloire ils remportaient ;
gloire toujours plus grande
Sigurd conquérait.

fields were wasted,
grimly garnered
Gram the harvest.
Where Gjúkings rode
glory won they,
ever glory Sigurd
greater conquered.

23 Leur royaume s'agrandit
dans monde d'autrefois ;
roi des Danois occirent,
princes nobles et preux.
Terreur faisaient s'abattre ;
désastre répandaient ;
la victoire sans cesse
accompagnait Völsung.

Wide waxed their
[realm
in world of old ;
Dane-king they slew,
doughty princes.
Dread fell on folk ;
doom they wielded ;
victory rode ever
with the Völsung lord.

24 Honneur ils lui rendirent,
dans leur cœur ils l'aimaient,
l'or des Huns lui offrirent,
lors qu'en halle il siégeait.
Mais son cœur n'oubliait
la maison des Völsung,
Sigmund gisant occis
sur des sables lointains.

High they honoured
[him,
in heart loved him,
Hun-gold gave him
in the hall sitting.
But his heart
[remembered
house of Völsung,
and Sigmund slain
on sands afar.

25 Une armée rassembla,
aidé par les Gjúking ;
vers la mer chevaucha
et les voiles hissa.
Broignes et boucliers
brillaient sur son navire ;
tête d'or d'un dragon
terrifiante en proue.

A host he gathered,
help of Gjúkings ;
to the sea he rode
and sails hoisted.
His ship was shining
with shields and mail ;
it was dragon-headed,
dire and golden.

26 Sigurd gagna, voguant
comme feu et tempête,
le pays de son père ;
le sable s'empourpra.

Claquèrent, pourfendus,
le casque et le haubert ;
écu fut fracassé,
corselet, lacéré.

As fire and tempest
to his father's land
came Sigurd sailing ;
the sand was
[reddened.

Clashed the cloven
casque and hauberk ;
shields were splintered,
shorn was corslet.

27 L'on sut que de Völsung
survivait la lignée !
Du pays des Völsung
un Völsung était maître.
Mais la maison d'antan
était vide, sans toit ;
pourris étaient les membres
de leur arbre feuillu.

Men learned there
[lived yet
line of Völsung !
Now of Völsung land
was a Völsung lord.
But the house once
[high
was hollow, roofless ;
the limbs were rotten
of their leafy tree.

28 S'y promenait un homme,
arborant manteau sombre,
barbe flottant au vent,
et aveugle d'un œil.

Grímnir

« Ô glorieux Völsung,
Grímnir te salue !
De Sigurd, le destin
s'est enfui loin d'ici.

A man there walked
mantled darkly,
his beard was flowing,
and blind his eye :

« Grímnir hails thee,
glorious Völsung !
Far hence hath flown
the fate of Sigurd.

29 Où Sigmund dégaina
l'épée, don de Grímnir,
Gram point ne brillera.
À présent, va, Völsung !
Désormais, tu es roi

Where Sigmund drew
sword of Grímnir,
Gram shall shine not.
Go thou, Völsung !
Now king thou art

	que rois ont engendré ; t'appelle une promise par-delà mers enflées. »	of kings begotten, a bride calls thee over billowing seas. »

*

30	Sa flotte navigua, aux voiles flamboyantes ; navires chargés d'or accostèrent gaiement. Les coursiers avançaient ; au sol, éclats ignés, les trompes retentirent ; Sigurd était rentré.	His fleet went forth with flaming sails ; goldladen ships came glad to shore. Steeds went striding, stonefire glinted, horns were sounded ; home rode Sigurd.
31	Festin fut préparé et fort loin proclamé ; halles au toit si haut, adornées de splendeur ; les tables et les bancs, et les coupes, dorés ; de l'aube au crépuscule, bière, hydromel à flots.	A feast they fashioned, far proclaimed it, their highroofed halls hung with splendour ; boards and beakers, benches, gilded ; mead poured and ale from morn to eve.
32	Sigurd siégeait en roi : de l'argent ciselé, anneaux et gobelets, ou habits chatoyants, précieux dons prodiguait de noble et preuse main, enrichissant amis, renchérissant sa gloire.	A king sat Sigurd : carven silver, raiment gleaming, rings and goblets, dear things dealt he, doughty-handed, his friends enriching, fame upraising.
33	(Grímhild alors parla à l'oreille de Gjúki :) *Grímhild* « Alliance non liée	(There spake Grímhild to Gjúki's ear :) « How long shall last

longtemps durera-t-elle ?	league unbounden ?
Ce maître est le plus digne	Here is worthiest lord
au monde renommé !	of world's renown !
Lui offrirait-on fille,	Were a daughter [offered,
jamais ne s'enfuirait ;	he would dwell for [ever,
fière forteresse,	our strength in strife,
notre force au combat. »	standing bulwark. »
Gjúki	
34 « Les dons que font les rois	« The gifts of kings
ne sont qu'or et argent.	are gold and silver ;
Chèrement courtisées	their daughters fair
sont leurs charmantes filles ! »	are dearly wooed ! »
Grímhild	
« Dons parfois sont offerts	« Gifts oft are given
à une main cupide ;	to greedy hand ;
qui courtise une épouse	wives oft are wooed
a souvent peu de prix. »	by worthless men ! »
35 Sigurd ne disait mot,	Sigurd sat silent ;
n'entendait point les chants,	the singing heard not
mais Brynhild, en son cœur,	but in heart Brynhild
brillante de splendeur :	bright with splendour :
« J'étais reine jadis,	« A queen was I once,
un roi épouserai. »	and a king shall wed. »
Bientôt, dit-il, bientôt	Soon, thought he, soon
la mienne irai trouver.	I will seek my own.

*

36 Grímhild regagna	Grímhild went forth
pavillon bien gardé ;	to guarded bower ;
emplit profonde corne	deep horn she filled
aux sombres inscriptions.	that was darkly written.
Breuvage de pouvoir,	She drink of power

lugubre, prépara,
le fit fort comme pierre,
le fit souillé de sang.

dreadly blended ;
it had strength of stone.
it was stained with
[blood.

Grímhild

37 « Salut, convive et roi !
Que le bien t'accompagne !
À présent, bois d'un trait
ce gage d'amour cher !
Tu as trouvé un père
et une tendre mère,
frères sont près de toi,
ô très vaillant, salut ! »

« Hail, guest and
|king !
Good go with thee !
Drink now deeply
dear love's token !
A father hast thou
|found,
and fond mother,
brothers sit nigh thee.
O bravest, hail ! »

38 Sigurd but d'un trait,
vida corne en riant,
puis resta sans sourire,
n'entendant point les chants.
Gudrún alors entra,
de grâce radieuse,
comme lune se lève,
luisante et merveilleuse.

Deep drank Sigurd,
drained it laughing,
then sat unsmiling,
the singing heard not.
In came Gudrún
golden-lovely,
as moon uprising
marvellous shining.

39 Gudrún alors entra,
en lumineux atours,
telle fleur non éclose,
fraîche au lever du jour.
Sigurd s'émerveilla,
admirant en silence,
son esprit fut charmé ;
son humeur, confondue.

In came Gudrún
gleaming-robéd,
as flower unfolded
fair at morning.
Sigurd wondered,
silent gazing ;
his mind was
[glamoured,
mood confounded.

*

VIII

SVIKIN BRYNHILDR
(Trahison de Brynhild)

1	Brynhild alors passa	Brynhild abode
	un été épanoui,	a blossomed summer,
	une moisson festive,	homing harvest,
	et un hiver grisâtre.	hoary winter.
	Année suivit année ;	A year followed year ;
	elle se languissait,	yearning seized her :
	le roi ne venait pas ;	the king came not ;
	cœur transi lui pesait.	cold weighed her heart.
2	De ses biens et splendeur	Of her wealth and [splendour
	le bruit se répandit.	wide spread the word ;
	Vinrent rois à cheval,	kings came riding,
	qui sa cour envahirent.	her courts thronging.
	Son esprit s'assombrit,	Her mood was [troubled,
	son humeur se troubla.	her mind darkened ;
	Trouvant cruel accueil,	fell greeting found [they,
	peu d'entre rois revinrent.	and few returned.
3	L'un, armé, en manteau,	One armed and mantled
	semblant un roi d'antan,	as ancient king

arriva sur cheval
plus léger que le vent.
À la main, une lance
dont la pointe était foudre,
il entra dans sa halle,
saluant sombrement :

wild steed there rode
than wind fleeter.
Spear upholding
spiked with lightning
her hall he entered,
hailed her darkly :

4 « Un lien non rompu
sera serment lié ;
que souffert et subi
soit destin assigné.
Brynhild bientôt boira
boisson de fiançailles ;
choisissant non les morts,
choisira les vivants.

« Bond unbroken
shall be bounden oath,
dreed and endured
be doom appointed.
Brynhild full soon
shall bridal drink ;
choosing not the slain,
shall choose the living.

5 À Brynhild il faut boire
au banquet de la noce,
avant que deux hivers,
aient passé sur le monde.
Tu étais une reine,
un roi épouseras :
c'est Ódin qui l'ordonne ;
à Ódin obéis ! »

Brynhild must drink
the bridal feast,
ere winters two
o'er the world be
[passed.
A queen thou wert,
a king shalt wed :
Ódin dooms it ;
Ódin hearken ! »

6 Le feu s'épanouit,
les flammes s'embrasèrent,
vacillant, crépitant,
s'élançant au plus haut.
Dans la halle, debout,
d'éclairs tout entourée,
« À présent, pensa-t-elle,
ne peut qu'un seul entrer ! »

Fire forth blossomed,
flames were kindled,
high up-leaping
hissed and wavered.
In hall standing
hedged with lightning,
« one only », thought
[she
« can enter now ! »

*

7 Chansons étaient joyeuses,
chez le roi Gjúki.
Banquet fut préparé,
prisé par gens de loin.
Là, Sigurd, couvert d'or,
de gloire rayonnant,
but à Gudrún, comblée,
boisson de fiançailles.

In Gjúki's house
glad the singing.
A feast they fashioned
far men sought it.
To blissful Gudrún
the bridal drank
there golden Sigurd
glorious shining.

8 Aurore fut allègre,
tomba soir de gaieté ;
mains expertes pincèrent
les cordes de la harpe ;
bière, hydromel à flots ;
hommes étaient en liesse,
proclamant les louanges
de rois sans nul pareil.

Morning woke with
[mirth,
merry came evening ;
harp-strings were
[plucked
by hands of cunning ;
mead poured and ale,
men were joyful,
of peerless kings
praise uplifting.

9 Sigurd fit des serments,
promesses éternelles,
lien de fraternité
confirmé par le sang,
secours dans l'aventure,
le combat et la haine ;
la détresse et l'envie,
en nul endroit faillible.

Oaths swore Sigurd
for ever lasting,
a bond of brotherhood
in blood mingled,
help in venture,
in hate and battle,
in need and desire,
nowhere failing.

10 Gunnar et Högni,
gaiement serment prêtèrent,
sur conseil de Grímhild,
cheveux gris de sagesse.
Gunnar et Högni,
jugèrent serment bon ;
et Gudrún était gaie,
de grâce lumineuse.

Gunnar and Högni
gladly swore it,
as Grímhild counselled
grey with wisdom.
Gunnar and Högni
good they deemed it ;
glad was Gudrún
gleaming-lovely.

11 Gudrún allait en joie,
entourée de gaieté ;
aurore était allègre,
allègre, le coucher.
Sigurd vécut en roi
nuits et jours de délices,
empli d'immense espoir ;
mais en son cœur, une ombre.

Gudrún walked in
[joy,
gladness round her ;
mornings came with
[mirth,
mirth at sleeping.
Sigurd dwelt as king
sweet days and nights ;
high hope he had,
yet in heart a shadow.

*

12 Le bruit se répandait
d'une puissante femme,
de la reine Brynhild,
brillante en sa splendeur.
Grímhild, qui écoutait,
sinistre, méditait
en pensant à Gunnar,
au pouvoir de Gjúki.

Wide went the word
of woman mighty,
of Brynhild queen
bright in splendour.
Grímhild hearkened,
grimly pondered,
of Gunnar thinking
and of Gjúki's power.

Grímhild

13 « Salut, fils de Gjúki !
Que le bien t'accompagne !
Ton royaume prospère
et ton renom s'accroît.
Qui courtise à son gré,
lui manque encore épouse,
bien que peu sa puissance
surpassent, ou bien d'amis. »

« Hail, Gjúki's son !
Good go with thee !
Fair flowers thy state,
thy fame riseth.
Who could woo as he
[wills,
a wife yet lacketh,
though his might few
[match,
or might of friends. »

Gunnar

14 « Lors ! Mère des Gjúking,
cheveux gris de conseils,
quelle épouse Gunnar
doit courtiser, chercher ?
Très renommée, très belle
devra être la femme
que recherche Gunnar
en prodiguant son or. »

« Lo ! Gjúkings’ [mother
grey in counsel,
what wife shall Gunnar
woo or look for ?
Fairest must be [woman,
of fame mightiest,
that Gunnar seeketh
his gold dealing. »

Grímhild

15 « De femme la plus belle
la renommée s’étend :
de la reine Brynhild,
brillante en sa splendeur.
De ses biens et puissance,
s’est répandu le bruit ;
bien que noble ni humble
ne pénètre en sa halle. »

« Of the one fairest
fame is rumoured :
Brynhild the queen
bright in splendour.
Wide walks the word
of her wealth and [might ;
though high nor [humble
her halls enter. »

Gunnar

16 « Fière, sans nulle pareille,
en péril façonnée,
ce serait une reine,
gloire de notre cour !
Gunnar fils de Gjúki,
et avide de gloire,
en son lointain royaume,
ira, si tu l’avises. »

« Proud and peerless
in peril woven,
a queen would she be,
our courts’ glory !
Gunnar Gjúki’s son
glory seeking
at thy rede shall ride
to her realm afar. »

Grímhild

17 « Le fils de Sigmund,
à ta sœur est uni,

« The son of Sigmund
thy sister holds,

le puissant Sigurd
est ton frère juré.
À main droite, en renfort,
il t'accompagnera ;
fort avisés conseils
vous trouvera ma ruse. »

Sigurd the mighty
is thy sworn brother.
At right hand in aid
he shall ride with thee ;
counsels potent
shall my cunning find
[you. »

*

18 Gunnar montait Goti,
Grani portait Sigurd
et Hölkvir, Högni –
cheval noir comme nuit.
Les coursiers galopaient ;
au sol, éclats ignés ;
un puissant vent soufflait
sur casques et crinières.

Gunnar rode Goti,
on Grani Sigurd,
Högni Hölkvir,
horse night-swarthy.
Steeds were striding,
stonefire glinting,
high wind rushing
over helm and mane.

19 Par les plaines, la brande,
les lugubres forêts,
par rochers et rivières
leur route les mena.
Aperçurent pignons
qui resplendissaient d'or,
lumière se leva
sur ce lointain pays.

Over fell and lowland
and forest gloomy,
over rocks and rivers
their roads led them.
Golden gables
gleaming saw they ;
a light was lifted
o'er the land afar.

20 Le feu s'épanouit ;
des flammes au plus haut,
branches d'éclairs brisés
dans des arbres de foudre.
Gunnar frappa Goti
qui soudain se cabra,
ignorant la rouelle,
le faisant reculer.

Fire forth blossomed,
flames up-leaping,
trees of lightning
twisted branching.
Gunnar smote Goti :
the ground spurning
he reared him
[backward,
nor rowel heeded.

21 Sigurd, sans sourire,
en silence attendait,
l'ombre s'obscurcissait
sur son cœur voilé :

Sigurd unsmiling
silent waited,
in his shrouded heart
a shadow deepened :

Sigurd

« Qu'attend donc Gunnar,
Gjúking intrépide ?
Réside ici la reine
que requiert notre quête ! »

« For what waits
[Gunnar,
Gjúking fearless ?
Here the queen
[dwelleth
that our quest
[seeketh ! »

Gunnar

22 « Une faveur me fais,
ô mon frère de sang !
Puisque Goti regimbe,
prête-moi donc Grani ! »
Gunnar frappa Grani
qui, debout, impassible,
resta comme statue
sculptée dans grise pierre.

« A boon grant me,
O blood-brother !
Goti will not bear me,
now Grani lend me ! »
Gunnar smote Grani :
on the ground moveless
grey-hewn he stood
as of graven stone.

23 Gunnar ne franchit pas
la rutilante flamme.
Sigurd faisait serments,
tous les accomplissait.
D'un secours infaillible
dans l'espoir ou la haine,
de Grímhild accueillit
le lugubre conseil.

Gunnar rode not
the glittering flame.
Oaths swore Sigurd,
all fulfilled them.
In hope or hate
help unfailing,
he Grímhild's counsel
grim refused not.

24 Fort avisés conseils
avait fourni sa ruse,
un changeant sortilège

Counsels potent
had her cunning
[furnished
of chill enchantment

et glaçante magie.
Prit l'aspect de Gunnar,
pour enfourcher Grani ;
brillaient éperons d'or,
l'épée Gram fut brandie.

and changing spell.
In Gunnar's likeness
on Grani leaped he ;
gold spurs glinted,
Gram was brandished.

25 La terre alors frémit ;
furieux grondements,
feu aux langues de flammes
vers les cieux s'élança.
Grani à robe grise
bondit en renâclant,
frappé à coups d'épée ;
le sol alors trembla.

The earth shivered ;
angry roaring
fire flaming-tongued
flashed heavenward.
With sword smitten
snorting leaped he,
Grani greyfell ;
the ground trembled.

26 Feu se fit hésitant ;
la flamme vacilla,
sombra dans le silence,
consumée, évanouie.
Ténébreuse était l'ombre
de Sigurd chevauchant ;
le heaume de terreur
portant haut, menaçant.

The fire flickered ;
flame wavered,
sank to silence
slaked and fading.
Swart lay the shadow
of Sigurd riding
in helm of terror
high and looming.

27 Sigurd était debout,
s'appuyant sur épée ;
Brynhild, qui attendait,
une dague tenait.
La vierge arborant heaume
du roi arborant heaume
voulut savoir le nom :
la nuit les recouvrit.

Sigurd stood there
on sword leaning ;
Brynhild waited
a blade holding.
There helméd [maiden
of helméd king
name demanded :
night fell round them.

Sigurd

28 « Gunnar, fils de Gjúki,
te loue et te salue.

« Gunnar Gjúki's son
greets and hails thee.

En reine me suivras,
accomplissant ma quête. »
Tel cygne étincelant
sur des mers incertaines,
assise, fort troublée,
sollicita conseil.

As my queen shalt [thou ride
my quest fulfilling. »
As on swaying seas
a swan glimmering
sat she sore troubled
seeking counsel :

Brynhild

29 « Que devrais-je répondre
en cette heure assombrie,
Gunnar, dis-tu, Gunnar,
aux lueurs dans les yeux ? »

« What shall I answer
in hour o'ershadowerd,
Gunnar, Gunnar,
with gleaming eyes ? »

Sigurd

« Anneaux d'or rougeoyant,
l'or du pays du Rhin,
considérable douaire
sera alloué ! »

« Redgolden rings,
Rhineland treasure,
mighty bridepricete
shall be meted thee ! »

Brynhild

30 « Gunnar, des anneaux d'or
ne veuille point parler !
Épées me sont plus chères
pour mes amours occire.
De tous hommes es-tu maître,
et tous les surpassant ?
À nul autre que lui
ne livrerai réponse. »

« Gunnar, speak not
of golden rings !
Swords were me dearer
to slay my loves.
Art thou all men's [master,
all surpassing ?
To only such
will I answer give. »

Sigurd

31 « Épées tu empourprais,
épées tu manieras ;
serments tu as prêtés,
serments respecteras.

« Yea, swords hast [thou reddened,
swords yet shalt wield ;
and oaths hast thou [sworn,
and oaths shalt keep.

Forteresse est franchie,
ton feu qui vacillait :
ton sort est d'épouser
celui qui a osé. »

Thy wall is ridden,
thy wavering fire :
thou art doomed him to [wed
who dared to pass. »

32 Dans un lit s'allongèrent
Sigurd et Brynhild,
séparés par épée,
par une lame nue.
Entre eux reposait Gram,
brillant hors du fourreau,
entre eux gisait le sort,
forgé indéfectible.

In a bed them laid
Brynhild, Sigurd ;
a sword them sundered
set there naked.
Gram lay between
gleaming sheathless,
fate lay between
forged unyielding.

33 Aube apparut sur terre,
jour se fit autour d'eux.
Du doigt de la dormeuse,
il dégagea l'anneau,
passa l'or d'Andvari,
ancien, enchanté,
à la main de Brynhild
comme gage d'amour.

Dawn came on earth,
day grew round them.
From sleeping finger
he slipped her ring,
and Andvari's gold,
old, enchanted,
on Brynhild's hand
bound in token.

Sigurd

34 « Réveille-toi, Brynhild !
radieux est le jour.
Je rentre en mon royaume
pour apprêter banquet. »

« Wake thou ! wake [thou !
Wide is daylight.
I ride to my realm
to array the feast. »

Brynhild

« Gunnar, dis-tu, Gunnar,
aux lueurs dans les yeux,
lors, au jour convenu,
je boirai avec toi. »

« Gunnar, Gunnar,
with gleaming eyes,
on day appointed
I shall drink with thee. »

*

IX

DEILD
(Combat)

1	Lors, au jour convenu, aube rouge poignit, soleil de feu surgit, se hâtant vers le sud. À Brynhild, sa promise, but en félicité Gunnar, fils de Gjúki, prodigue de son or.	On day appointed dawn rose redly, sun sprang fiery southward hasting. Bridal to Brynhild blissful drank he, Gunnar Gjúki's son, gold unsparing.
2	Orgueilleuse et ardente, et tous les surpassant, Brynhild était assise, en épouse et en reine. Maître de tous les hommes et tous les surpassant, Sigurd fit son entrée, tel soleil qui se lève.	All surpassing, proud and ardent, Brynhild sat there, a bride and queen. All men's master, all surpassing, in came Sigurd as sun rising.
3	Au côté de Gudrún, la fille de Gjúki, elle l'aperçut assis – un silence se fit. Telle pierre sculptée,	By Gudrún's side, Gjúki's daughter, she saw him seated – a silence fell. As stone graven

Le contempla, l'œil pâle,
aussi raide et transie
qu'une statue de pierre.

stared she palely,
as cold and still
as carven stone.

4 Quand de son cœur voilé
s'écartèrent les ombres,
se souvint des serments,
nul n'étant accompli.
Telle statue sculptée,
austère et inflexible,
il resta sans sourire,
ne faisant signe aucun.

From shrouded heart
the shadows parted ;
oaths were remembered
all unfulfilled.
As stone carven,
stern, unbending,
he sat unsmiling
no sign making.

5 Claires chansons, clameurs
de nouveau éclatèrent.
Hôtes se réjouissaient –
jugeant cela gaieté.
Ils virent en cette halle
de très puissants héros,
tout comme rois et reines,
couronnés de splendeur.

Clamour rose again,
clear the singing.
Men were joyful –
mirth they deemed it.
In that hall beheld
[they
heroes mightiest,
and kings and queens
crowned in splendour.

*

6 Sigurd chevauchait,
en cherchant la forêt,
où traquerait le cerf ;
des trompes retentirent.
Jusqu'aux rives du Rhin,
jusques aux vives ondes,
vinrent reines superbes
arborant peignes d'or.

Forth rode Sigurd,
the forest seeking,
to hunt the hart ;
horns were sounded.
To the Rhine-river,
to running water,
queens went comely
with combs of gold.

7 Leurs cheveux délièrent.
Longtemps, l'une resta

Their locks they
[loosened.
Long one waded

	dans des creux plus profonds,	to deeper pools
	aux sombres tourbillons :	darkly swirling :
	Brynhild	
	« Aux flots qui, de tes boucles,	« The water that hath [washed
	ont baigné la pâleur,	thy wan tresses
	messiérait de passer	shall not flow unfitting
	sur un plus noble front ! »	over fairer brow ! »
	Gudrún	
8	« C'est moi qui suis [plus reine,	« More queenly I,
	mon union plus royale !	more kingly wed ! –
	Tous surpasse en renom	fame all surpasses
	lui qui a tué Fáfnir ! »	he that Fáfnir slew ! »
	Brynhild	
	« Tous surpasse en bravoure	« Worth all surpasses
	qui ma foudre enflammée	who my wavering fire,
	et mon feu vacillant	flaming lightning
	a vaincu, intrépide ! »	fearless vanquished ! »
9	(Gudrún, fille de Grímhild,	(Grim laughed Gudrún
	eut un rire lugubre :)	Grímhild's daughter :)
	Gudrún	
	« Langue a dit vérité,	« True spake the tongue
	qui le vrai ignorait !	of truth unwitting !
	Ton feu qui vacillait,	Thy wavering fire
	flamboyant, déchaîné,	wildly flaming
	a bravé celui qui	he rode unrecking
	t'a offert cet anneau.	who that ring gave thee –
	Fut-il pris par Gunnar	did Gunnar get it
	sur le Gnitaheiði ?	on Gnitaheiði ?
10	Ah ! L'anneau d'Andvari,	Andvari's ring,
	ancien, enchanté,	old, enchanted,
	ornant main de Brynhild,	is on Brynhild's hand
	comme gage d'amour.	bound in token.

Gunnar m'offrit-il donc
cet anneau rutilant,
qui, ôté de ton doigt,
orne à présent le mien ? »

Did Gunnar give me
the gleaming ring
from thy hand he drew,
now here on mine ! »

11 Froide pâleur de mort
frappa alors la reine ;
dans silence de pierre,
s'éloigna du courant ;
depuis rives du Rhin,
depuis les vives ondes,
sombre, se morfondant,
gagna son pavillon.

Coldhued as death
the queen was stricken,
strode swift from [stream
as stone silent ;
from Rhine-river,
from running water,
her bower sought she
brooding darkly.

12 Obscur, le crépuscule,
soir dépourvu d'étoiles ;
son esprit, comme nuit
lors que seule pleurait ;
seule et sans lumière,
poussait lamentations :

Dim fell evening,
dusk was starless ;
her mind was as night
as she mourned alone ;
alone, lightless,
made lamentation :

Brynhild

« Cruel ! Cruel destin
créateur de nos jours !

« Fell ! fell the fates
that forged our days !

13 Me faut mien posséder,
ou angoisse souffrir,
ou souffrir angoisse,
de Sigurd ainsi perdre.
Mais il est à Gudrún
et moi, suis à Gunnar :
traître œuvre du destin
qui a tramé ma vie. »

Mine own must I have
or anguish suffer,
or suffer anguish
Sigurd losing.
Yet he is Gudrún's
and Gunnar's I :
foul wrought the fates
that framed my life ! »

14 Alitée, jours durant,
sans manger et sans boire,
comme en sommeil de mort

Daylong lay she
drinking nor eating,
as in dead slumber

ou pensée menaçante.
Suivantes s'étonnaient,
elle n'en avait cure.
Gunnar alla la voir ;
de mal gré elle l'ouït.

or dreadful thought.
Her maidens marvelled –
she minded not.
Gunnar sought her ;
grim she heard him.

15 Brynhild alors parla,
mue par pensées amères :

Then spake Brynhild
from bitter pondering :

Brynhild

« D'où vient donc cet or
aux bien pâles reflets ?
Qui détient l'anneau
retiré de ma main ? »
Gunnar point ne parla,
nul mot ne répondit.

« Whence came the [gold
here gleaming pale ?
Who holds the ring
from my hand taken ? »
Nought spake Gunnar,
no word answered.

Brynhild

16 « Le peuple te dit roi !
Tu fais plutôt un couard,
toi qui fuis, face au feu,
effarouché, tremblant !
Tu es sorti du sein
d'une sorcière-femme.
Grand malheur à Grímhild,
du malheur l'artisan ! »

« King men call thee !
A coward rather,
from fire flinching,
fearful, quaking !
From witch-woman's
womb thou camest.
Woe to Grímhild,
woe's contriver ! »

Gunnar

17 « Voilà viles paroles,
toi qui es Valkyrie,
qui as pour cœur épée,
qui fis hommes périr ! »

« Vile words to use,
thou Valkyrie,
thou slayer of men,
and sword-hearted !

Brynhild

« Posséderais-je épée
je te ferais périr,
pour trahison secrète
pour tes serments brisés !

« If sword I had,
I would slay thee now,
for thy secret treason,
for thy sundered oaths !

18 Nul autre je n'aimais
que lui qui tous surpasse ;
j'ai prononcé serment
de n'épouser nul autre,
de n'épouser nul autre
que de mon feu ardent
le valeureux vainqueur.
J'ai violé ma promesse.

Him only loved I
who all surpassed ;
an oath uttered,
him only to wed,
him only to wed
who mine ardent fire
vanquished valorous ;
I am vow-breaker

19 J'ai violé mon serment.
Humiliée, disgraciée,
je suis d'amour privée
et de vie suis maudite.
Jamais plus voix joyeuses
dans tes halles n'ouïras,
nulle reine superbe
à ta cour ne viendra. »

I am oath-breaker,
dishonoured,
[humbled ;
I am love-bereaved
and life-curséd.
In thy halls shalt thou
[hear
never happy voices,
no queen in thy courts
shall comely walk. »

20 Alitée de longs jours,
lançait lamentations ;
de loin gens l'entendaient
cruellement gémir.
Gudrún, honnissait,
Gunnar, méprisait,
Högni, elle raillait ;
haine était embrasée.

Long there lay she
in lamentation ;
afar heard folk
her fell mourning.
Gudrún she spurned,
Gunnar scorning,
and Högni mocking ;
hate was kindled.

*

21 Sigurd, rentrant de chasse,
s'en retournant chez lui,
trouva halles obscures
et les cœurs, assombris.

From the hunt rode
[Sigurd
home returning,
found halls unlit
and hearts darkened.

Fut mandé de la voir
pour douleur apaiser ;
mais l'humeur l'empêchait ;
n'alla qu'au lendemain.

They brought him to
[seek her
for sorrow's healing ;
his mood was loath,
on the morrow went
[he.

Sigurd

22 « Salut, rai de soleil
et lever de soleil ! Renonce à
ton sommeil délaisse ton
[chagrin ! »

(Il écarte la couverture de Brynhild et la réveille, comme il l'avait fait précédemment.)

« Hail, O sunlight and
sun's rising ! Sleep no
longer and sorrow cast
[thou ! »

(He draws back the coverlet from Brynhild and wakes her, as before he had done.)

Brynhild

« Sur le mont, je dormais,
ici je ne dors plus !
Que tes mots soient maudits,
misérable parjure ! »

« I slept on mountain,
I sleep no more !
Accursed be thy words,
cruel forswearer ! »

Sigurd

23 « Quel chagrin te tourmente,
entourée d'affection,
au glorieux Gunnar
de bon gré mariée ? »

« What grief ails thee
amid good liking,
who to glorious Gunnar
wert gladly wed ? »

Brynhild

« De bon gré ! De bon gré !
Honteusement tu railles.
Nul autre je n'aimais
que lui qui tous surpasse. »

« Gladly ! gladly !
Grim thou mockest me.
Him only I loved,
who all surpassed. »

Sigurd

24 « N'est pas moindre la gloire
du roi fils de Gjúki,

« Yet glory no less
hath Gjúki's son,

et mon frère de sang,
d'un excellent renom.
Il t'aime tendrement,
téméraire seigneur –
lève les yeux et vois
que jour brille déjà ! »

my blood-brother,
best renownéd.
Well he loves thee,
lord unfearing –
look now and learn
light yet shineth ! »

Brynhild

25 « Non, Fáfnir fut vaincu
par Sigurd, intrépide ;
dans mon feu vacillant,
deux fois il s'élança ;
il s'élança deux fois
dans ces langues de foudre :
jamais si grande gloire
Gunnar n'a remporté. »

« Nay, Fáfnir Sigurd
fearless conquered ;
my wavering fire
he waded twice ;
twice he waded
tongues of lightning :
so great glory
never Gunnar
[earned. »

Sigurd

26 « Que deux fois s'élança,
qui te l'a affirmé ?
Sigurd ne l'a pas dit –
pourquoi dis-tu cela ? »

« That twice he
[waded,
who told thee so ?
Sigurd hath not said
[it –
why saist thou this ? »

Brynhild

« Autour de nous, la nuit.
De tes yeux les lueurs,
les lueurs dans tes yeux
suscitaient mon angoisse.

« Gloom was round us.
Thy gleaming eyes,
thine eyes gleaming
anguish gave me.

27 Des voiles de noirceur,
ont eu raison de moi,
je suis de vie maudite
et d'amour suis privée.
Mais te maudis aussi,
misérable parjure,

Veils of darkness
they vanquished me.
I am life-curséd
and love-bereaved.
Yet I curse thee too,
cruel forswearer,

	qui donnas à une autre	who rendered to
		[another
	l'anneau que tu me pris.	the ring taken.
28	Gudrún, je maudis	Gudrún I curse
	pour ce cruel méfait	for cruel reproach
	d'avoir couche souillé,	of bed broken
	d'avoir son corps cédé.	and body yielded.
	Ta gloire et elle seule	Thy glory alone
	semble bonne à tes yeux ;	seems good to thee ;
	de toutes, tu me tiens	of all women the worst
	pour la plus détestable. »	thou weenest me. »
	Sigurd	
29	« Malheur soit des paroles	« Woe worth the words
	par femmes prononcées !	by women spoken !
	Malheur soit de l'instant	Woe worth the while
	où fut ourdie cette œuvre !	this work began !
	De redoutables toiles	Webs enwound me
	autour de moi s'enroulent,	woven dreadly,
	ombrageant mon esprit,	my mind shadowing,
	noircissant mon humeur.	my mood darkening.
30	Longtemps je t'ai aimée,	Long I loved thee,
	longtemps désirant,	long desiring.
	toi seule voulant mienne,	Thee only would I
		[hold,
	désormais, je sais tout.	now all I know.
	Maîtrisant mon humeur,	My mood mastering,
	dominant mon esprit,	my mind wielding,
	je restai sans sourire,	I sat unsmiling,
	ne faisant signe aucun.	no sign making.
31	Je cherchai réconfort,	This solace sought I,
	de te voir encore,	that I saw thee still,
	passant par cette halle,	the one hall walking
	bien qu'épouse d'un autre. »	though wife of other. »

Brynhild

« Trop tard ! Il est trop tard,
que tu parles d'amour !
Pour apaiser ce mal
il n'est remède aucun. »

« Too late ! too late,
love thou speakest !
To allay this evil
there leech is none. »

Sigurd

32 « Espoir est-il enfui,
réconfort est-il vain ?
Destin au cœur féroce
doit-il ainsi finir ? »

« Is hope all fallen,
is healing vain ?
Must fate fierce-
[hearted
thus find its end ? »

Brynhild

« Consolation du cœur,
cet unique espoir –
qu'une épée veuille mordre
Sigurd parjuré ! »

« This hope only,
this heart's comfort –
that Sigurd forsworn
a sword should bite ! »

Sigurd

33 « Épées dorment si peu,
puissé-je les sentir !
Mourrait alors Brynhild –
amer ce lui serait. »

« Swords lightly
[sleep,
soon may I feel them !
Then would Brynhild
[die –
bitter would she deem
[it. »

Brynhild

« Complaisants sont les mots
de qui ourdit malheur !
Bien peu de lumière
m'a laissé dans ma vie. »

« Well fall the words
from woe's maker !
Little light in life
hath he left to me. »

Sigurd

34 « Gunnar je pourfendrais
et Gudrún absoudrais,
pour de mort te garder,

« Yet Gunnar would I
[slay,
Gudrún forsake,
from death thee to keep,

vaincre notre destin ! »

our doom
[o'ercoming ! »

Brynhild

« De l'un étant l'épouse,
je n'épouse nul autre,
nul seigneur n'aimerai,
et Sigurd, encor moins ! »

« I am wife of one,
I wed no other.
No lord will I love,
and least Sigurd ! »

*

35 Sigurd alors sortit,
par l'angoisse habité,
poitrine palpitante ;
son cœur lourd lui pesait.
Serraient anneaux de maille,
qui son souffle entravaient,
s'enfonçant dans sa chair ;
cuisante douleur.

Forth went Sigurd
filled with anguish,
his heart was swollen
in heaving breast.
Mail-rings clutched
[him,
marred his breathing,
to his flesh cutting
fiercely straining.

36 Gudrún il rencontra,
de grâce lumineuse :

There stood Gudrún
gleaming-lovely :

Gudrún

« Brynhild dort-elle encore,
endurant maladie ? »

« Sleeps yet Brynhild,
sickness bearing ? »

Sigurd

« Brynhild ne dort point,
sombrement se morfond.
Se morfond et médite
notre malheur et fin. »

« Brynhild sleeps not,
brooding darkly.
She broodeth darkly
our bale and doom. »

37 Gudrún, d'un geste pâle,
l'attrapa, sanglotant :

Gudrún wanly
grasped him weeping :

Gudrún

« Que médite Brynhild,
quel malheureux dessein ? »

« What doth Brynhild
[brood,
what bale purpose ? »

Sigurd
« Tu devrais le savoir,
le demander est vain.
Malheur soit des paroles
par femmes prononcées !

« Thou shouldst know [it,
needless asking.
Woe worth the words
by women spoken ! »

38 (Gunnar alors parla,
dont cœur était lugubre :)
Gunnar
« Quel espoir d'apaiser,
de réparer le mal ?
Faut-il de l'or offrir,
de l'or et de l'argent ? »
Sigurd
« De l'or et de l'argent,
que Gunnar lui en offre !
Son seigneur et lui seul
doit savoir la guérir. »

(Then spake Gunnar
gloomy-hearted :)
« What hope of [healing
harm's amending ?
Hall we gold offer,
gold and silver ? »
« Gold and silver
let Gunnar offer !
Her lord alone
her leech must be. »

39 Lors, Gunnar lui offrit
de l'or et de l'argent,
de l'or et de l'argent
formant brillant trésor
Brynhild
« Gunnar, d'or et d'argent
ne veuille point parler !
Épées me sont plus chères
pour moi-même m'occire.

Then Gunnar offered
gold and silver,
gold and silver
gleaming-hoarded.
« Gunnar, speak not
of gold and silver !
Swords were me dearer
to slay my life.

40 Maître de tous les hommes
et tous les surpassant,
lui et lui seul jamais
gagnera mon amour.
Te voilà devenu
plus vil que ton lige,

All men's master,
all surpassing,
such only ever
shall earn my love.
Than thy liege lower
thou art less become,

serviteur d'un vassal,
écuyer d'un Völsung !

a Völsung's squire,
a vassal's servant !

41 Abandonnant ton lit,
à ta table humilié
je te laisserai seul
à la risée des hommes,
si tu accordes vie
à lige parjuré,
si tu ne tues Sigurd,
de Gudrún le seigneur. »

From thy bed parting,
at thy board humbled
I will leave thee alone
to laughter of men,
if life thou allowest
to liege forsworn,
if thou slay not Sigurd,
thy sister's lord. »

Gunnar

42 « Toi, farouche de cœur,
ennemie de la paix !
Des serments j'ai prêté,
promesses éternelles,
liens de fraternité
confirmés par le sang ;
bien que Brynhild l'ordonne,
les rompre je ne puis. »

« Fell-hearted thou,
and foe of peace !
I oaths have sworn
for ever lasting,
bonds of brotherhood
in blood mingled ;
though Brynhild bid it,
I may break them
[not. »

Brynhild

43 « Serments que j'ai prêtés,
promesses éternelles,
tu estimes bien peu !
Je suis d'amour trahie.
Tu m'as fait envoyer
Sigurd, ton frère juré ;
s'est glissé dans mon lit,
couché près mon corps,
a trahi ta confiance,
me trahissant aussi.

« Oaths too I swore
for ever lasting –
light thou heldest
[them !
I am love-betrayed.
Sigurd thou sent me,
thy sworn brother.
My bed he entered,
by my body laid him,
betrayed thy trust,
betraying me.

44 À Gudrún il l'a dit,
Gudrún point ne l'ignore.
De honte suis voilée,
et la honte est sur toi ! »
Gunnar lors s'éloigna,
dont cœur était chagrin,
gravement tout le jour
resta à se morfondre.

To Gudrún he told it,
Gudrún knoweth.
In shame am I
[shrouded,
and shamed art thou ! »
Gunnar came forth
grievous-hearted,
daylong he sat,
deeply brooding.

45 D'humeur en humeur
musardait son esprit,
de honte en honte aussi,
dépourvu d'amitié.
Il fit venir Högni
tenir conseil secret,
son frère véritable,
en qui fort il se fiait.

From mood to mood
his mind wandered,
from shame to shame
shorn of friendship.
Högni called he
to hidden counsel,
his true brother,
whom he trusted well.

Gunnar

46 « Sigurd a fait le mal,
des serments m'a prêté,
des serments m'a prêté,
dont il a tous fait fi ;
ma confiance a trahi,
en qui le plus me fiais,
désavouant vérité
qui m'était des plus vraies. »

« Evil wrought
[Sigurd :
oaths he swore me,
oaths he swore me,
all belied them ;
betrayed my trust,
whom I trusted most,
truth forswearing,
whom most true I
[deemed. »

Högni

47 « C'est Brynhild qui te leurre,
dont le cœur est funeste,
en concevant malheur,
au malheur te provoque ;
en haïssant Gudrún,

« Brynhild beguiles
[thee
baleful-hearted,
woe devising
to woe stings thee ;
loathing Gudrún,

	honnissant son amour, haïssant ton amour, te profère mensonges. »	her love grudging, thy love loathing, she lies to thee. »
	Gunnar	
48	« Brynhild, certes Brynhild, bien mieux je l'estime et que toutes les femmes et que tous les trésors. Plutôt que de la perdre, plutôt que vivre seul pour la risée des hommes, je quitterai la vie.	« Brynhild, Brynhild, I better hold her than all women, than all treasure. I will life sooner leave than lose her now, than live lonely for laughter of men.
49	Mettons à mort Sigurd – cet homme est un parjure ! De nos terres soyons de nouveau les seuls maîtres ! Mettons à mort Sigurd, pour tourment achever et rendons-nous seigneurs de son puissant trésor ! »	Let us slay Sigurd – forsworn is he ! Let us lords be alone of our lands again ! Let us slay Sigurd, this sorrow ending, and masters make us of his mighty hoard ! »
	Högni	
50	« Malheur soit des paroles par femmes prononcées ! Seigneurs non assaillis composaient notre ligue. Plus tard nous pleurerons de Sigurd la puissance, ainsi que les neveux que ce père nous fit. »	« Woe worth the words by women spoken ! Lords unassailed our league made us. The might of Sigurd we shall mourn later, and the sister-sons this sire had got us. »
51	Se tournant vers Gotthorm, de Grímhild l'enfant, un seigneur gris de cœur, Gunnar le salua :	To Gotthorm turning, Grímhild's offspring, greyhearted lord, Gunnar hailed him :

Gunnar

« Nul serment n'as prêté,
nul serment ne t'importe.
De son sang non mêlé,
son sang verse à présent ! »

« No oaths thou [sworest,
no oaths heedest.
With his blood [unblended
his blood now spill ! »

52 De l'or il lui promit
et grande seigneurie ;
son sang abâtardi,
assoiffé, bouillonnait.
Prirent chair de serpent,
sombrement la rôtirent,
viande de loup offrirent
et vin ensorcelé.

Gold he promised him
and great lordship ;
his bastard blood
burned with hunger.
Snake's flesh they [took,
seethed it darkly,
wolf-meat gave him,
wine enchanted.

53 Enivré de folie,
vorace et affamé,
mâchait en grimaçant,
faisait grincer ses dents.
Ruse ne méritant,
ruse n'imaginant,
mais malheur pressentant,
Sigurd marchait, maussade.

Drunk with madness,
dire and wolvish,
he grinned and [gnashed
his grinding teeth.
Of guile unworthy,
no guile dreaming,
yet doom foreboding,
drear went Sigurd.

54 Alla dans la forêt,
libéra son faucon,
chassa avec ses chiens
pour chagrin soulager.
Gotthorm qui passait là
Grani lors remarqua,
il assaillait Sigurd
d'insultes virulentes.

To the forest fared [he,
falcon loosing,
with hounds hunting,
for harm's solace.
Gotthorm rode there,
and Grani marked he,
assailing Sigurd,
with searing words.

Gotthorm

55 « Ô fils de loup-garou
et prisonnier de guerre,
quelle proie cherches-tu,
où le cerf se promène –
toi qui courtises femmes
et corromps les épouses,
qui voudrais seul régner
sur nos terres et reines ? »

« O werewolf's son
and war-captive,
what huntest here,
where hart roameth –
thou wooer of women
and wife-marrer,
who wouldst lord all
[alone
our lands and
[queens ? »

56 Sigurd, joues cramoisies,
porta main à l'épée ;
pâles phalanges, blanchies,
sur la poignée crispées :

Sword touched Sigurd
swart-red flushing ;
white blanched the
[knuckles
on hilt clenching :

Sigurd

« Toi, chien enivré,
ta dernière heure est proche,
rampe jusqu'à ta niche !
Que sommeil te dégrise. »

« Thou drunken dog,
doom hangs nigh thee !
Now slink to kennel !
Sleep may mend
[thee. »

57 Lors il laissa Gotthorm
grincer encor des dents ;
Sigurd s'en retourna,
pressentant quelque mal.
Nuit tomba sans étoiles,
nulle ne s'éveillait ;
et Gudrún endormie
près de Sigurd rêvait.

Gotthorm he left
to grind his teeth ;
back rode Sigurd
foreboding ill.
Night fell starless,
none were waking ;
asleep was Gudrún
by Sigurd dreaming.

58 Pâle poignit l'aurore :
par la haine enivré,
Gotthorm allait, guettant,

Dawn came wanly :
drunk with hatred
there Gotthorm stalked

	tel loup au regard noir.	as glowering wolf.
	Une épée nue surgit,	Word leaped naked,
	transperça le dormeur,	sleeping stabbed him,
	traversant matelas,	pierced through to [pillow,
	plantée non sans tourment.	pinned in anguish.
59	Loup recula d'un bond,	Forth sprang the wolf
	aveuglé, terrifié	by fear blinded
	par les yeux grand ouverts,	of awful eyes
	effrayants, de Sigurd.	that opened wide.
	L'épée Gram fut brandie,	Gram was brandished,
	puis maniée, luisante,	gleaming handled,
	s'élança, fendant l'air,	hissing hurled aloft
	vers le monstre fuyant.	at hasting beast.
60	Chancelant sur le seuil,	At the door he [tumbled
	lança cris effroyables ;	dreadly crying ;
	là, l'enfer l'emporta,	there hell took him
	démembré, morcelé.	hewn asunder.
	Tête roula devant,	Forth crashed the head,
	pieds churent en arrière ;	feet fell backward ;
	sinistre sang coulait	blood ran darkly
	au seuil du pavillon.	on bower threshold.
61	Dans une douce étreinte	In sweet embrace
	Gudrún avait dormi ;	to sleep she went,
	en s'éveillant, trouva	to grief unending
	un infini chagrin	Gudrún wakened,
	et son bonheur sombrant	to her bliss drowning
	dans le sang qui coulait,	in blood flowing,
	dans le sang s'écoulant,	in flowing blood
	du seigneur le plus noble.	of fairest lord.
62	Sa blanche et nue poitrine	Breast white and bare
	si brusquement frappa	she beat so sore

que Sigurd se dressa
sur matelas trempé :
Sigurd
« Point ne déplore, épouse,
malheur longtemps prédit !
Il te reste des frères –
ne les blâme point trop !

that Sigurd raised him
from soaking pillow :
« My wife, weep not
for woe foredoomed !
Brothers remain to [thee –
blame them lightly !

63 Brynhild en est la cause :
le mieux elle m'aimait,
le pire m'infligea,
le pire me fit croire.
Jamais Gunnar je n'ai
chagriné ni blessé ;
serments lui ai prêté,
tous les ai accomplis ! »

Brynhild wrought [this :
best she loved me,
worst she dealt me,
worst belied me.
I Gunnar never
grieved nor injured ;
oaths I swore him,
all fulfilled them ! »

64 Sigurd s'écroula, mort.
Gudrún épouvantée
lança cris angoissés,
l'appela vainement.
Épées frappèrent mur
et les dormeurs frémirent ;
en prairie verdoyante,
cris stridulants des oies.

Dead fell Sigurd ;
dreadly Gudrún
cried in anguish,
called him vainly.
Swords rang on wall,
and sleepers shivered ;
geese screamed shrill
in green meadow.

65 Écoutant dans son lit,
Brynhild poussa un rire,
où mettait tout son cœur –
la maison frissonna –
en entendant Gudrún
tourmentée de chagrin.
Gunnar lui répondit,
parlant d'un ton sinistre :

Then laughed [Brynhild
in her bed listening
with whole heart once –
the house shuddered –
Gudrún hearing
in grief's torment.
Gunnar answered
grimly speaking :

Gunnar

66 « C'est peu pour le plaisir
de l'âme que tu ris.
Ô farouche de cœur,
funeste tu me sembles.
Soudain ton teint pâlit,
froides sont tes pommettes
et froids sont tes conseils,
et maudits, tes avis. »

« Little thou laughest
for delight of soul,
O fell-hearted !
Fey I deem thee.
Thy colour blancheth,
cold thy cheeks are ;
cold thy counsels
and accursed thy [redes. »

Brynhild

67 « Maudits soient les Niflung,
misérables parjures,
Sigurd a fait serments,
tous les a accomplis.
Vous tous rencontrerez
un destin maléfique,
lors que l'honneur de tous
pour toujours il détient.

« Cursed are the [Niflungs,
cruel forswearers.
Oaths swore Sigurd,
all fulfilled them.
Ye all shall find
evil fortune,
while all men's honour
he for ever holdeth.

68 Liens de fraternité
confirmés par le sang
tu maintins par le meurtre.
Lui ne les omettait.
Une épée reposait
entre nous, lame nue.
Gram reposait, sinistre,
brillant hors du fourreau.

Bonds of brotherhood
in blood mingled
with murder kept ye ;
he remembered them.
A sword lay naked
set between us,
Gram lay grimly
gleaming sheathless.

69 Nulle vie maintenant
ne veux vivre avec vous,
l'amour m'ont dérobé
vos conseils mensongers.
Non sans honte souffrir,

Now life no longer
will I live with you ;
of love ye robbed me
with lying counsels.
Shorn I leave you,

je vous quitte, dépourvue
de foi et d'amitié,
de renommée terrestre. »

shame enduring,
of faith and friendship,
of fame on earth. »

70 Il la prit dans ses bras,
la priant, angoissé,
de chercher un espoir,
de sa main empêcher.
Elle repoussa les bras
se pressant autour d'elle,
ayant pour seul désir
son ultime voyage.

In arms he took her,
anguished begged her
her hand to stay,
hope to look for.
She thrust them from [her
who thronged round [her,
longing only
for her last journey.

71 (Högni était le seul
qui ne la retînt point :)

Högni

« Je n'empêcherai guère
son ultime voyage,
qu'elle reste là-bas
pour ne jamais renaître.
Perverse elle est sortie
de giron si maudit,
causant le mal de l'homme
et notre grand malheur. »

(Högni only
withheld her not :)

« Little would I hinder
her last journey,
so she bide in that land
never born again.
Crooked came she [forth
from curséd womb
to man's evil
and our mighty woe. »

*

72 Passa corselet d'or
et luisant haubert,
mit heaume sur sa tête,
en main prit une épée.
Se jeta sur l'épée,
et s'écroula, blessée :

Gold corslet she took,
gleaming hauberk,
helm set on head,
in hand a sword.
On the sword she cast [her,
sank down wounded :

Brynhild ainsi tua
sa brillante splendeur.

thus Brynhild ended
her bright splendour.

Brynhild

73 « Faveur je te demande,
cette faveur, enfin !
Prépare haut bûcher
sur la plaine érigé ;
de boucliers l'encercle,
d'éclatantes étoffes,
asperge-le de sang,
pour nous si bien versé !

« A boon I beg thee,
this boon at last !
Pile high a pyre
on the plain builded ;
shields hang round it
and shining cloths,
blood pour over it
for us brightly shed !

74 Chien de chasse à tes pieds ;
à chaque main, faucon,
dispose nos chevaux
occis, tout harnachés.
Étends-moi près de lui,
entre nous, une épée,
lame nue, luisante,
comme par nuit d'antan.

A hawk at each hand,
a hound at feet,
there harnessed set ye
our horses slain.
At his side lay me,
sword between us,
naked gleaming
as on night of yore.

75 Que brûle alors Brynhild
dans le feu embrasé,
qui dans flammes, au réveil,
trouva chagrin féroce.
Aux flammes fais porter
le plus noble seigneur
couché comme soleil,
qui tel lui se levait ! »

Burn there Brynhild
in the blazing fire
who in flames awoke
to fell sorrow.
In flames send forth
that fairest lord
now as sun setting
who as sun did rise ! »

76 Flamme fut allumée,
fumée tourbillonnait ;
un grand feu rugissant,
de sanglots entourés.
Sigurd ainsi périt,
descendant de Völsung,

Flames were kindled,
fume was swirling,
a roaring fire
ringed with weeping.
Thus Sigurd passed,
seed of Völsung,

là fut brûlée Brynhild :
le bonheur s'achevait.

there Brynhild burned :
bliss was ended.

*

77 La reine arborant heaume
se hâta vers l'enfer
pour ne jamais renaître
de ces mornes régions.
À Valhöll, les Völsung
faisaient un grand festin :
« Fils du fils, bienvenue,
toi, descendant d'Ódin ! »

On the hell-way [hastened
the helméd queen,
never born again
from bleak regions.
In Valhöllu
Völsungs feasted :
« Son's son welcome,
seed of Ódin ! »

78 Portant l'épée, bientôt
Sigurd pénétra
dans le joyeux Valhöll,
en saluant Ódin.
Depuis, l'élu du Monde,
siégeant près de son père,
en attendant la Guerre,
fait là un grand festin.

Thus soon came [Sigurd
the sword bearing
to glad Valhöll
greeting Ódin.
There feasts he long
at his father's side,
for War waiting,
the World's chosen.

79 Quand de Heimdal la corne
s'entendra retentir,
que Pont en proie aux flammes
ploiera sous cavaliers,
Brynhild le pourvoira
d'épée, de baudrier
coupe lui portera,
débordant de victoire.

When Heimdall's [horn
is heard ringing
and the Blazing Bridge
bends neath horsemen,
Brynhild shall arm him
with belt and sword,
a beaker bear him
brimmed with glory.

80 Là, au jour du Destin,
se tiendra immortel,

In the day of Doom
he shall deathless stand

qui goûta à la mort
et de mort fut guéri,
meurtrier du dragon
et descendant d'Ódin,
ne finira pas tout,
Terre ne périra.

who death tasted
and dies no more,
the serpent-slayer,
seed of Ódin :
not all shall end,
nor Earth perish

81 Sur sa tête, le Heaume ;
entre ses mains, la foudre,
son esprit embrasé,
la splendeur au visage.
Quand viendra la guerre
en monde reconstruit,
boira félicité,
qui goûta amertume.

On his head the
[Helm,
in his hand lightning,
afire his spirit,
in his face splendour.
When war passeth
in world rebuilt,
bliss shall they drink
who the bitter tasted.

82 Ainsi périt Sigurd,
descendant de Völsung,
héros des plus puissants
et espoir d'Ódin.
Mais de Gudrún, chagrin
se prolonge en ce monde,
tous entendront Gudrún
jusqu'à la fin des jours.

Thus passed Sigurd,
seed of Völsung,
hero mightiest,
hope of Ódin.
But woe of Gudrún
through this world
[lasteth,
to the end of days
all shall hear her.

*

COMMENTAIRE
SUR
VÖLSUNGAKVIÐA EN NÝJA

COMMENTAIRE SUR *VÖLSUNGAKVIÐA EN NÝJA*

Le sous-titre *Sigurðarkviða en mesta* signifie « Le Plus Long Lai de Sigurd » (voir p. 235).

Tout au long du commentaire, le poème *Völsungakviða en Nýja* est désigné par « le Lai » ou, parfois, « le Lai des Völsung » ; et la *Völsunga Saga* par « la Saga ». Le mot *Edda* renvoie toujours à l'*Ancienne Edda* ou *Edda poétique* ; l'œuvre de Snorri Sturluson est appelée *Edda en prose*.

Les neuf sections du poème qui suivent *Upphaf* sont désignées par des chiffres romains et les strophes, par des chiffres arabes : ainsi, « VII.6 » renvoie à la strophe 6 de la section *Gudrún*. Les notes renvoient non pas aux vers, mais aux strophes, et les notes relatives aux strophes individuelles sont précédées d'une note générale sur la section.

UPPHAF

Ce prélude au « Lai des Völsung » est un écho et un reflet du très célèbre poème de l'*Edda*, la *Völuspá*, dans laquelle la Völva, femme sage ou prophétesse, relate l'origine du monde, l'époque des dieux forts de leur jeunesse et la guerre des premiers temps ;

elle prédit le Ragnarök, le « Destin des dieux », suivi du renouveau de la Terre qui émergera une seconde fois des eaux profondes (voir la troisième partie du poème de mon père, *La Prédiction de la prophétesse*, reproduite dans l'appendice B, pp. 355 et suivantes).

Mais ici, les images présentes dans la *Völuspá* sont rassemblées en fonction d'un thème tout à fait original : la prophétesse déclare en effet (strophes 13-15) que la destinée du monde et l'issue de la Dernière Bataille dépendront de la présence d'un « immortel qui goûta à la mort et de mort fut guéri » ; il s'agit de Sigurd, « meurtrier du dragon et descendant d'Ódin », qui est « l'élu du Monde » et que les guerriers en cotte de mailles attendent à Valhöll (strophe 20). Comme le précise mon père dans sa note (iv) reproduite p. 68-69, Ódin a pour espoir qu'au Jour Dernier, Sigurd sera celui qui abattra Miðgarðsormr, le plus grand de tous les serpents (voir p. 183, la note à la strophe 12) et qu'à travers Sigurd, « un nouveau monde sera rendu possible ».

« Ce motif d'une fonction particulière de Sigurd est une invention du présent poète », fait remarquer mon père dans ce court texte. L'existence d'un lien avec sa propre mythologie semble extrêmement probable, du moins à mes yeux, en ceci que Túrin Turambar, qui met à mort le grand dragon Glaurung, est lui aussi voué à accomplir une destinée particulière : lors de la Dernière Bataille, il frappera mortellement Morgoth, le Seigneur Ténébreux, de son épée noire. Cette conception mystérieuse apparaît dans le vieux *Conte de Turambar* (1919 ou avant) et réapparaît sous forme de prédiction dans les textes du *Silmarillion* datés des années 1930 : de même, dans la *Quenta Noldorinwa*, « ce sera l'épée noire de Túrin qui apportera à Melko

[*Morgoth*] sa mort et fin ultime ; ainsi seront vengés les enfants de Húrin et tous les Hommes ». Cette conception apparaît sous une forme très frappante dans un court essai rédigé par mon père vers la fin de sa vie, où il écrit qu'Andreth, la femme sage de la maison de Bëor, prédit que « lors de la Dernière Bataille, Túrin reviendra d'entre les morts et avant de quitter pour toujours les Cercles du monde, défiera le Grand Dragon de Morgoth, Ancalagon le Noir, et lui portera le coup de grâce ». Cette extraordinaire transformation de Túrin apparaît également dans une entrée des *Annales d'Aman*, où il est dit que la grande constellation de Menelmakar, Épéiste du Ciel (Orion), est « un signe de Túrin Turambar, qui devrait venir au monde, et un présage de la Dernière Bataille qui aura lieu à la fin des Jours* ».

Au-delà de ce point, en l'absence (du moins à ma connaissance) de tout autre écrit de mon père ayant trait à cette mystérieuse conception de Sigurd, je crois qu'en spéculant sur son sens plus large, je m'écarterais des limites éditoriales que je me suis imposées dans cet ouvrage.

L'Ódin de mon père conserve bel et bien ce trait ancien selon lequel il rassemble ses « élus » à Valhöll pour faire d'eux ses champions lors du Ragnarök ; en outre, dans le *Lai des Völsung*, il apparaît en ennemi de Sigmund, père de Sigurd, et le désarme dans son ultime combat, si bien que Sigmund périt (IV. 8-11). La légende scandinave exprime une croyance selon

* Pour les références et les citations des volumes de l'*Histoire de la Terre du Milieu* (volumes X et XII, à ce jour inédits en français), voir *The Peoples of Middle-earth* (1996), pp. 374-375, et pour l'entrée des *Annales d'Aman*, voir *Morgoth's Ring* (1993), pp. 71 et 76.

laquelle Ódin, déloyal, ambigu et sinistre, partisan de la discorde au sein de sa famille et des familles, qui finit par se retourner contre ses favoris et abattre ceux qu'il a favorisés, a des raisons de se conduire ainsi : il a besoin des siens, besoin de ses favoris dans sa lutte lors du Ragnarök (voir IX. 77-78, et p. 241, note).

Mais à partir de l'extraordinaire ensemble de notions qui entourent Ódin dans l'Antiquité scandinave (et qui suggère de multiples strates de croyances et de symbolisme fluctuants), on aperçoit dans l'œuvre de mon père un dieu qui n'a pas conservé grand-chose de la déité ingénieuse, lugubre et mystérieuse des écrits anciens : le dieu de la guerre, le maître des Valkyries ; l'aiguillon de la folie ; l'initié, le seigneur de la potence ; celui qui se sacrifie ; le maître de la magie obscène, l'inspirateur de poèmes ; le changeur de forme, le vieillard borgne, l'ami déloyal et, au Jour Dernier, la victime du Loup. « Sachant malheurs futurs, accablé de sagesse » (*Upphaf*, 18) et vu par mon père (se référant à son propre poème et à son traitement de l'ancienne légende) comme symbole de la prudence et de la sagesse à côté de la malignité et de la folie de Loki, Ódin ressemble plus au Manwë de sa propre mythologie – il les appelle d'ailleurs tous deux « Seigneur des Dieux et des Hommes ».

1 Sur cette strophe, voir p. 246. Elle fait écho à la troisième strophe de la *Völuspá* ; en citant la strophe scandinave lors d'une conférence, mon père la fit suivre de cette première strophe d'*Upphaf*, avec quelques différences : « vagues frémissantes », « cieux non élevés ».

11 Dans l'*Edda en prose*, Snorri raconte que Heimdal (Heimdallr) était le gardien ou la sentinelle des dieux

(Æsir) et résidait près de Bifröst (« le chemin qui tremble »), l'arc-en-ciel tenant lieu de pont entre l'Ásgard, le royaume des Ases, et Midgard, le monde des hommes (voir ci-dessous note à la strophe 12), qu'il protège contre les géants de pierre ; mais que lors du Ragnarök (« Destin des dieux »), Bifröst sera traversé par les armées venues de Múspell, terre du feu, et qu'il s'écroulera sous leur passage. La partie rouge de l'arc-en-ciel est en flammes. La corne de Heimdal s'appelle Gjallarhorn, ses notes retentissent à travers tous les mondes ; c'est avec elle qu'il sonnera l'avènement du Ragnarök.

Le frêne, c'est Yggdrasill, l'Arbre du Monde, dont les branches se déploient pour recouvrir la terre et le ciel. Le loup est Fenrir (nommé à la strophe 13), enchaîné par les dieux. Mais lors du Ragnarök, il brisera ses chaînes et dévorera Ódin.

12 Surt (Surtr) : le grand démon du feu qui, lors du Ragnarök, sort de Múspell, terre du feu, pour combattre les dieux.

Le « serpent qui sommeille » est Miðgarðsormr, le serpent de Midgard, qui, traversant toutes les mers qui bordent Midgard (monde des hommes), s'enroule autour de celui-ci. Le nom scandinave Miðgarðr correspond au vieil anglais Middan-geard, Middaneard, étymon de la forme tardive Middle-Earth (Terre du Milieu).

Le « vaisseau tel un spectre » est Naglfar, fait d'ongles de cadavres.

13 Frey (Freyr) : principal dieu de la fertilité, de la paix et de l'abondance, en Norvège et en Suède ; il a pour sœur Freyja (17).

Le « dragon indompté » est le serpent de Midgar (voir ci-dessus note relative à la strophe 12).

I

ANDVARA-GULL
(L'Or d'Andvari)

Le récit de la section 1 du *Lai des Völsung* puise ses sources dans le poème eddique connu sous le titre de *Reginsmál*, le « Lai de Regin », composé en réalité moins d'un poème que de fragments de poèmes anciens raccordés entre eux par de la prose ; dans un passage de la version de la légende des Völsung proposée par Snorri Sturluson dans l'*Edda en prose* ; enfin, dans la *Völsunga Saga*. Les quelques vers du *Reginsmál* qui ont trait à cette partie du récit (dialogue entre Loki et Andvari, puis entre Loki et Hreidmar après que l'or lui a été remis) servent ici et là de modèle au *Lai*, mais seuls les vers 5 à 8 de la strophe 8 en sont une traduction (*Andvari ek heiti, Óinn hét minn faðir*).

Hormis cela, l'*Andvara-gull* du *Lai* est un poème nouveau. Comme il est très allusif et ce, à dessein, je donne ici, sous forme abrégée, le déroulement de l'histoire tel qu'on le connaît par les récits en prose : pour l'essentiel, les deux versions diffèrent peu.

On raconte que trois Ases, Ódin, Hœnir et Loki, se rendirent dans le monde et parvinrent à une cascade connue sous le nom de « Chutes d'Andvari », Andvari étant le nom d'un Nain qui pêchait là, sous l'aspect d'un brochet (à ce stade, Snorri ne dit rien d'Andvari). Au même endroit se trouvait une loutre qui avait attrapé un saumon et le mangeait au bord de la rivière ; mais Loki jeta une pierre à la loutre et la tua. Puis les Ases ramassèrent le saumon et la loutre, et poursuivirent leur chemin jusqu'à ce qu'ils parviennent à la maison d'un certain Hreidmar. Snorri décrit celui-ci comme un fermier, homme prospère et fort habile en magie ; dans la *Saga*, il s'agit simplement d'un homme important et riche, alors que dans la note précédant cette section du *Lai*, c'est un « démon ».

Les Ases demandèrent à Hreidmar de les héberger pour la nuit en disant qu'ils avaient suffisamment à manger avec eux, et montrèrent leur prise à Hreidmar ; mais la loutre était Otr, fils de Hreidmar, qui avait pris l'aspect de cet animal tandis qu'il pêchait (le nom Otr et le terme norrois *otr*, « loutre », ne faisant évidemment qu'un). Puis Hreidmar appela ses autres fils, Fáfnir et Regin, qui s'emparèrent des Ases et les attachèrent, exigeant qu'ils payent eux-mêmes leur rançon en remplissant d'or la peau de la loutre, mais aussi en recouvrant d'or sa surface, afin qu'aucune partie ne demeurât visible.

Ici, les versions en prose divergent. Selon Snorri (qui n'a pas mentionné Andvari auparavant), Ódin envoya alors Loki au Svartálfaheim, Pays des Elfes Sombres : c'est là qu'il retrouva le Nain Andvari, « sous la forme d'un poisson dans l'eau » et Loki le prit dans ses mains. En revanche, dans la *Saga*, Loki avait pour mission d'aller voir Rán, l'épouse d'Ægir, dieu de la mer, afin qu'elle lui donne le filet avec lequel elle attirait les hommes qui se noyaient dans la mer ; c'est donc avec ce filet qu'il captura le Nain Andvari, alors qu'il pêchait dans sa cascade sous la forme d'un brochet. Voilà l'histoire suivie par mon père (strophe 7).

Andvari paya sa propre rançon grâce à l'or de son trésor, tout en essayant de conserver un unique petit anneau d'or, que Loki, cependant, aperçut et lui prit (strophe 9). C'est seulement dans le récit de Snorri qu'Andvari demande à conserver l'anneau, car grâce à lui, il peut multiplier tout seul sa richesse, mais Loki répond qu'il ne doit pas garder un sou.

Andvari déclara que cet anneau causerait la perte de quiconque le possédait ou possédait une quelconque partie de son or. Selon Snorri, « Loki répondit que cette condition serait valable, pourvu que lui-même la formulât à l'oreille de ceux qui recevraient l'anneau ». Puis Loki retourna chez Hreidmar et lorsqu'Ódin aperçut l'anneau, il en eut envie et le déroba au trésor. La peau de la loutre fut remplie et recouverte de l'or d'Andvari, mais en la regardant de très près, Hreidmar aperçut un poil de moustache et exigea qu'il fût recouvert également. Ódin sortit alors l'anneau d'Andvari (*Andvaranaut*, « la possession d'Andvari ») et couvrit ce poil. Mais lorsqu'Ódin eut pris sa lance et Loki, ses chaussures, et qu'il ne leur resta plus aucun motif de crainte, Loki déclara que la malé-diction d'Andvari serait accomplie. Ce qui explique, conclut Snorri, pourquoi l'or s'appelle *otrgjöld*, « la rançon de la loutre » ou *nauðgjald ásanna,* « le paiement forcé des Ases » (voir p. 47).

Une différence majeure entre les deux versions en prose réside dans le fait que Snorri débute son récit de la légende des Völsung par *L'Or d'Andvari*, tandis que dans la *Saga*, cet épisode est introduit beaucoup plus tard et devient une histoire racontée par Regin (fils de Hreidmar) à Sigurd, avant que celui-ci n'attaque le dragon. Mais si mon père a suivi Snorri sur ce point, il a néanmoins suivi la *Saga* en faisant brièvement répéter par Regin *L'Or d'Andvari* à l'attention de Sigurd, dans la cinquième section du poème, où un certain nombre de vers sont repris tels qu'ils apparaissent la première fois (voir V. 7-11).

1 De toutes les divinités scandinaves, *Loki* est la plus énigmatique ; étant donné que les textes scandinaves anciens abondent en références à Loki et à des récits le concernant, il n'est pas possible de le décrire en quelques lignes. Mais puisque Loki n'apparaît qu'à cet endroit des poèmes, sinon dans les propos de mon père à son sujet (reproduits p. 68-69), il semble à la fois opportun et suffisant de citer la description qu'en fait Snorri Sturluson dans l'*Edda en prose* :

« Parmi les Ases figure également Loki, que certains appellent l'instigateur du mal en Ásgard, le premier père du mensonge, qui fait honte aux dieux et aux hommes. Loki est beau et agréable de visage, mais mauvais de tempérament et inconstant dans sa conduite. Il surpasse tous les autres par cette intelligence appelée ruse et dispose d'artifices pour chaque situation. À maintes et maintes reprises, il a plongé les dieux dans de grands tourments, mais les en a souvent sauvés par sa ruse. »

Dans cette strophe, il est appelé « Loki aux pieds légers » et dans la version de Snorri, comme nous l'avons déjà signalé, il est dit qu'après le paiement de la rançon à Hreidmar, Ódin prit sa lance « et Loki, ses chaussures ». À un autre endroit, Snorri parle de « ces chaussures avec lesquelles Loki courait à travers les airs et à la surface de l'eau ».

Du dieu Hoenir, le *Lai* ne dit rien, sinon qu'il marche à la droite d'Ódin, tandis que Loki marche à sa gauche. Dans l'interprétation quelque peu mystérieuse que donne mon père (voir [iv], pp. 68-69), il appelle ce compagnon d'Ódin qui marche à sa droite « une ombre sans nom », mais il doit certainement s'agir de Hœnir, ou au moins d'un personnage dérivé de lui. Cependant, si les récits mythologiques scandinaves n'en finissent pas d'évoquer Loki, on peut aujourd'hui dire bien peu de choses de Hœnir ; et à ce que je comprends, parmi les vestiges qui subsistent, il n'existe rien pour mettre en lumière cette « ombre sans nom » qui marche au côté d'Ódin.

6 L'Ásgard est le royaume des dieux (les Ases).

7 Rán est l'épouse d'Ægir, dieu de la mer (voir pp. 186-187).

8 « Je t'offre » : *I bid thee*.

13-15 Dans ces dernières strophes, les références à l'espoir d'Ódin et au choix d'Ódin n'ont bien entendu aucun équivalent dans les textes scandinaves.

II

SIGNÝ

Ce passage est une réécriture en vers des éléments du récit figurant dans les premiers chapitres de la *Völsunga Saga.* Il n'existe aucun texte poétique ancien racontant ou mentionnant cet épisode, à l'exception d'une seule demi-strophe (voir la note aux strophes 37-39), mais l'on peut considérer que cette section du *Lai des Völsung* en est une création. Il s'agit d'une sélection d'épisodes dotés d'une force dramatique, et de nombreux éléments de la *Saga* en prose ont été omis ; les traits les plus violents du récit, en particulier, ont été éliminés (voir notes aux strophes 30-32, 37-39).

Les Gauts de la note de tête, page 84, de cette section sont, en vieux norrois, les Gautar, qui résident dans le Gautland, région du sud de la Suède actuelle, au sud des grands lacs. Le nom Gautar est historiquement identique au vieil anglais Geatas, qui désigne le peuple de Beowulf*.

---

* Voir la note du traducteur, dans *Les Monstres et les Critiques et autres essais, op.cit.*, p. 26 : « Le terme de *Gètes*, qui rappelle celui de “Goths”, désigne la tribu scandinave du sud de la Suède dont Beowulf fait partie. »

1-2 Ces deux strophes constituent une réduction à l'extrême des premiers chapitres de la *Saga*, qui évoquent les ancêtres immédiats de Völsung selon une forme en prose, ce que mon père trouvait clairement inadapté à son objectif.

2 « Enfant né du désir » : l'épouse de Rerir demeura longtemps stérile.

4 Dans la *Saga*, l'arbre qui est au cœur du palais du roi Völsung est appelé Barnstock ; cet arbre aurait été un pommier.

7 « Gais chantaient les oiseaux » : les oiseaux se sont posés parmi les branches du grand arbre qui soutient le palais ; de même strophe 11 (cf. p. 87) ; voir aussi III.2.

10 Le roi Siggeir et plusieurs autres invités viennent au festin des noces qui a lieu dans la grand'salle du roi Völsung (Nous avons traduit « grand'salle » par « halle » pour des raisons de métrique. [*N.d.T.*])

12-13 La *Saga* décrit le vieillard en des termes révélant qu'il n'est autre qu'Ódin, mais sans le nommer. Ici, dans le *Lai*, il est Grímnir, « le Masqué », nom d'Ódin qui n'apparaît jamais dans la *Saga*, mais dérive du poème eddique *Grímnismál*.

À la strophe 13, vers 3, le « mât qui se dresse » est le tronc de Barnstock, dans lequel Ódin plante son épée.

14 « Gaut ainsi que Völsung » : les enfants et toute la lignée de Völsung sont souvent appelés les Völsungar, les Völsung, comme dans le titre de la *Saga*, ainsi que dans la note précédant cette section.

16 Cet épisode marque la naissance de la haine et constitue la raison pour laquelle Siggeir attaque Völsung et ses fils lorsqu'ils arrivent en Gautland, à son invitation (21-23) ; Siggeir est furieux de la réponse de Sigmund, mais (selon la *Saga*), « il était homme plein de ruse et se comporta comme s'il avait été indifférent ».

« Offrir » : *bade* (cf. *I bid thee*, « je t'offre », I.8) ; « requête » : *boon.*

17-22 Il est dit dans la *Saga* qu'au lendemain de la nuit du festin des noces (« Hier soir, je m'allongeais/ là où m'était odieux », 19), Siggeir s'en va très brusquement et rentre en Gautland accompagné de Signý, après avoir invité Völsung et ses fils à venir lui rendre visite en Gautland (21). Lorsqu'ils débarquent, Signý va à leur rencontre afin de les avertir de ce que Siggeir leur a préparé (22), mais (selon la *Saga*), Völsung refuse d'écouter la prière de Signý, qui le supplie de regagner instamment son propre pays et lui demande l'autorisation de rester auprès de son propre peuple au lieu de rejoindre Siggeir.

20 « pays » : *homestead.*

29 Dans la *Saga*, les fils de Völsung sont attachés à des pieux, dans la forêt, attendant la vieille louve qui vient chaque nuit. Le dixième jour, Signý envoie sa fidèle suivante trouver Sigmund, le seul encore vivant, afin qu'elle lui enduise le visage de miel et en verse dans sa bouche. En arrivant, la louve lui lèche le visage et enfonce sa langue dans sa bouche, sur quoi Sigmund la lui mord. La louve recule dans un violent sursaut, appuyant les pattes sur les pieux auxquels est attaché Sigmund, de sorte qu'ils se fendent en deux, mais Sigmund continue à mordre la langue de la louve, si bien qu'elle est arrachée par la racine et que la bête meurt. Selon la *Saga*, « d'aucuns disent que cette louve était la mère du roi Siggeir, qui avait ainsi changé d'apparence, par sorcellerie ».

Si, à ce stade de la *Saga*, les pieux constituent un élément important du récit, rien dans le *Lai* ne suggère des pieux, mais seulement des chaînes et des fers ; la louve est « lacérée et sans langue », mais « par l'arbre fendue ». (Voir ci-contre, la note afférente aux strophes 30-32.)

30-32 Ce passage étant très fortement condensé, des éléments de la *Saga* essentiels au récit sont passés sous silence. Ainsi, dans la *Saga*, Signý découvre Sigmund dans les bois et ils décident de manière explicite que Sigmund se construira une maison sous la terre, où Signý pourvoira à ses besoins. La *Saga* ne contient aucun élément qui expliquerait les propos de Signý dans le *Lai* : « Maître parmi les Nains, / Veuille m'ouvrir ta porte ! » Dans le passage en prose qui ouvre cette section (p. 84), il est dit que « Sigmund demeura dans une grotte, sous l'apparence d'un Nain forgeron. »

À cet égard, il est pour le moins curieux de constater que dans le poème de William Morris, L'*Histoire de Sigurd le Völsung*, la demeure de Sigmund est explicitement décrite comme une « caverne de pierre » qui fut jadis « une maison de Nains ». Ce poème indique également (voir la note à la strophe 29) que sur ordre de Siggeir, les hommes qui emmènent les fils de Völsung dans la forêt abattent le plus grand chêne qu'ils puissent trouver et les y attachent « avec des liens de fer » ; quand la louve vient chercher Sigmund, « il [*fait*] sauter ses liens » avant de la tuer à mains nues.

Signý a eu deux fils de Siggeir et quand l'aîné atteint l'âge de dix ans, elle l'envoie rejoindre Sigmund dans la forêt pour lui prêter main-forte, au cas où il tenterait de venger Völsung, mais le garçon, à qui Sigmund a ordonné de faire le pain pendant que lui-même sort chercher du bois, a peur de toucher le sac de farine car il recèle quelque chose de vivant. Lorsque Sigmund rapporte l'incident à Signý, elle lui dit de tuer le garçon, puisqu'il n'a pas de cœur, ce que fait Sigmund. L'année suivante, Signý lui envoie dans la forêt le second fils qu'elle a eu avec Siggeir et les choses se déroulent de la même façon.

Ensuite, Signý échange son apparence avec celle

d'une sorcière et celle-ci, sous les traits de Signý, partage la couche de Siggeir trois nuits durant, tandis que Signý partage celle de son frère. Le fils ainsi conçu se nomme Sinfjötli.

33 Sur les vers 5-6 de cette strophe, lire la note consacrée aux strophes 35-36.

« écorce » : *bast,* écorce souple, utilisée pour fabriquer des paniers et qui peut servir de lien.

33-34 Dans la *Saga*, Sigmund soumet Sinfjötli à la même épreuve que les fils de Siggeir ; quand il regagne la maison souterraine, Sinfjötli a fait cuire le pain, mais dit qu'il a cru percevoir quelque chose de vivant dans la farine avant de commencer à pétrir. Sigmund rit et répond que Sinfjötli ne devrait pas manger le pain qu'il a fait cuire, « car [*il a*] pétri avec la pâte un serpent fort venimeux ». La *Saga* ne mentionne nulle part que Sinfjötli apporte l'épée de Sigmund (voir 37-39, note).

35-36 La *Saga* consacre un long passage aux féroces exploits de Sigmund et de Sinfjötli dans la forêt, où ils deviennent des loups-garous ; il est important de signaler que Sigmund croit que Sinfjötli est le fils de Signý et Siggeir (cf. p. 94 : « De ton père, jeune homme, / Tu n'as point le visage ! »), et qu'il possède l'énergie et l'audace des Völsung, mais le méchant cœur de son père.

37-39 Dans la *Saga*, Sigmund et Sinfjötli pénètrent dans la grand'salle de Siggeir et se cachent dans la première pièce, derrière des tonneaux de bière. Les deux jeunes enfants de Siggeir et de Signý s'amusent avec des jouets en or qu'ils font rouler sur le sol de la grand'salle en courant à côté ; un anneau d'or se glisse dans la pièce où sont assis Sigmund et Sinfjötli. En courant après l'anneau, l'un des enfants aperçoit « l'endroit où sont assis deux hommes sévères, portant heaumes saillants et cottes de mailles rutilantes » ; il s'empresse alors d'aller le dire à son père.

En entendant la nouvelle, Signý emmène ses enfants dans la pièce et presse Sigmund et Sinfjötli de les tuer, puisqu'ils ont trahi leur cachette. Sigmund dit qu'il ne les tuera pas, l'eussent-ils dénoncé, mais le terrible Sinfjötli, faisant fi de cette réponse, tue les deux enfants et jette leur cadavre dans la grand'salle.
Sigmund et Sinfjötli ayant enfin été capturés, Siggeir fait édifier un grand tertre funéraire de pierres et de tourbe, au milieu duquel est placée une énorme dalle de pierre, si bien que quand ils s'y trouvent placés, ils sont séparés et ne peuvent passer de l'autre côté, mais ils peuvent s'entendre. Cependant, avant que le tertre ne soit recouvert, Signý jette à Sinfjötli une botte de foin dans laquelle est dissimulée de la viande. Dans l'obscurité du tertre, Sinfjötli découvre que, dans ce morceau de viande, a été plantée l'épée de Sigmund ; ils arrivent à trancher la dalle au moyen de cette épée.
J'ai dit qu'il n'existe aucun texte poétique ancien relatant cet épisode, hormis une demi-strophe, dont les vers sont cités à cet endroit par l'auteur de la *Saga* :

ristu af magni
mikla hellu
Sigmundr, hjörvi,
ok Sinfjötli.

« Ils tranchèrent avec force la grande dalle, Sigmund et Sinfjötli, avec l'épée. »
Quand ils sortent du tertre, il fait nuit et tout le monde dort ; ils ramènent du bois et mettent le feu à la grand'salle.

40-41 Dans la *Saga*, c'est à ce moment-là, tandis que Sigmund ordonne à Signý de sortir, qu'elle révèle la vérité au sujet de Sinfjötli, ce qui est sans aucun doute suggéré à la strophe 34 du *Lai* : « Sinfjötli, qui es fils,

/ Sigmund, qui es père ! » Selon la *Saga*, dans ses derniers propos, avant de retourner dans la grand'salle en flammes, elle déclare avoir si puissamment œuvré pour accomplir la vengeance de Völsung qu'il lui est désormais impossible de vivre plus longtemps.

III

DAUÐI SINFJÖTLA
(Mort de Sinfjötli)

Après la mort de Signý et de Siggeir intervient désormais, dans la *Saga*, l'histoire de Helgi Hundingsbani, personnage indépendant à l'origine et raccordé à la légende des Völsung en devenant le fils de Sigmund et de Borghild (uniquement appelée « la Reine » dans cette section du *Lai*). En cela, la *Saga* suit les « Chants de Helgi » de *l'Edda* ; mais dans son poème, mon père ayant entièrement éliminé cet ajout, Helgi n'est pas mentionné.

Cette section du *Lai* trouve sa source dans la *Saga* et dans un court passage en prose de l'*Edda*, intitulé *Frá dauða Sinfjötla* (« De la mort de Sinfjötli ») : en l'absence de toute strophe, il a manifestement été rédigé par le compilateur du *Codex Regius* de l'*Edda* afin de conclure les histoires de Sigmund et de Sinfjötli. Il n'y a pas de différences majeures entre le *Lai* et les récits anciens.

1-2 Dans la *Saga*, en rentrant dans son propre pays, Sigmund chasse un usurpateur qui s'y est installé.

3 « Le présent de Grímnir » : voir II. 13 et la note.

4 Dans *Frá dauða Sinfjötla* ainsi que dans la *Saga*, l'épouse du roi Sigmund s'appelle Borghild ; dans le *Lai*, aucun nom ne lui est attribué (peut-être parce que mon père considérait Borghild comme n'étant pas un nom authentique selon la légende, mais introduit par l'irruption de Helgi). Les sources n'indiquent pas qu'elle est prisonnière de guerre.

6 Dans les deux sources, Sinfjötli tue le frère de Borghild et non son père : tous deux prétendent à la main de la même femme. Dans la *Saga*, il est dit que Borghild désire faire chasser Sinfjötli du pays et que même si Sigmund ne le permet pas, il lui offre de grandes richesses pour se faire pardonner ; c'est au cours du banquet funéraire du frère de Borghild que Sinfjötli est assassiné.

7 La *Saga* raconte qu'au moment de l'incident de la fabrication du pain, au cours duquel Sinfjötli pétrit un serpent venimeux dans la pâte (voir note II. 33-34), Sigmund ne peut être atteint par le poison, ni à l'intérieur, ni à la surface de son corps, alors que Sinfjötli ne peut supporter l'ingestion d'un poison ; *Frá dauða Sinfjötla* et l'*Edda en prose* disent de même.

9-10 Dans les deux sources, quand Borghild offre pour la troisième fois à boire à Sinfjötli, Sigmund dit à ce dernier : *Láttu grön sía, sonr* (« Filtre-la dans ta barbe, mon fils »). Sigmund était alors très ivre, dit la *Saga*, et « c'est pourquoi il parla ainsi ».

12 Le passeur n'est autre qu'Ódin (les vers le décrivant p. 100 sont répétés avec une variation, IV.8), ce que les sources anciennes ne disent pas. Dans ces textes, le passeur propose à Sigmund de lui faire traverser le fjord, mais sa barque étant trop petite pour transporter à la fois Sigmund et le cadavre de Sinfjötli, le cadavre est transporté en premier. Sigmund marche le long du fjord, mais le bateau

disparaît. La *Saga* dit que Borghild est bannie et meurt peu après.

13 « à Valhöllu » : *in Valhöllu* : la terminaison du datif norrois est conservée pour des raisons de métrique. (Voir aussi p. 240 la note à la strophe IX. 77. [*N.d.T.*].)

IV

FŒDDR SIGURÐER
(Naissance de Sigurd)

Après avoir banni Borghild, Sigmund prend une autre femme, beaucoup plus jeune que lui (IV.2) ; c'est elle qui est la mère de Sigurd. Dans la *Saga* et dans *Frá dauða Sinfjötla*, elle s'appelle Hjördis, fille du roi Eylimi, alors que dans le *Lai*, c'est Sigrlinn. Cette différence relève de l'idée que des noms ont été intervertis et qu'à l'origine, dans les légendes scandinaves, Hjördis était la mère de Helgi (voir l'introduction aux notes de la section III), tandis que Sigrlinn était l'épouse de Sigmund et la mère de Sigurd. Suite à cette interversion, Sigrlinn est devenue la mère de Helgi. Dans le *Nibelungenlied*, poème allemand rédigé vers le début du XIIIe siècle, Sielind (Sigrlinn) est l'épouse du roi Siegmund et la mère de Siegfried (Sigurd).

Dans cette section du *Lai*, le récit a été modifié et réduit par rapport à celui de la *Saga* (auquel ne correspond aucun poème de l'*Edda*). Dans la *Saga*, le roi Lyngvi rivalise avec Sigmund pour obtenir la main de Hjördis, mais Hjördis l'éconduit ; en outre, c'est Lyngvi, et non les sept prétendants, « fils de rois » du *Lai* (strophes 3 et 5), qui, escorté de renforts, va livrer bataille à Sigmund dans son propre pays.

Hjördis, accompagnée seulement d'une serve, est envoyée dans la forêt, où elle demeure le temps de ce cruel affrontement. Dans la *Saga* comme dans le *Lai* (strophes 8-9), Ódin apparaît ; l'épée de Sigmund (« Le présent de Grímnir », 5) se brise contre la lance brandie par le dieu et Sigmund meurt (sur la signification de l'intervention d'Ódin, voir la note à la section *Upphaf*, p. 182).

Dans la *Saga* comme dans le *Lai*, Hjördis (Sigrlinn) découvre Sigmund gisant sur le champ de bataille, mortellement blessé ; il lui parle, disant qu'il n'y a aucun espoir de guérison et qu'il n'en désire pas, puisqu'Ódin le réclame (strophe 11) ; il parle aussi de Sigurd, le fils qu'elle n'a pas encore mis au monde, et lui dit de garder les fragments de son épée, qu'il faudra refondre.

Immédiatement après la mort de Sigmund, une autre flotte accoste la rive, sous le commandement d'Alf, fils du roi Hjálprek du Danemark, dit la *Saga* (strophe 14 du *Lai*, où les nouveaux arrivants ne sont pas nommés). En voyant cela, Hjördis ordonne à sa serve d'échanger ses vêtements avec les siens et de déclarer qu'elle est la fille du roi. Quand Alf regagne son pays en compagnie des femmes, toujours déguisées, la vérité sur ce subterfuge éclate. Alf promet d'épouser Hjördis après la naissance de son enfant et c'est ainsi que Sigurd est élevé dans la maison du roi Hjálprek. Dans le *Lai*, le curieux épisode du déguisement de Sigrlinn (Hjördis) se réduit aux propos suivants (voir p. 105) : « L'épouse de Sigmund / sous l'aspect d'une serve / traversa tristement / les flots retentissants. »

11 « désespoir » : *wanhope.*

13 Dans la *Saga*, c'est Sigmund qui donne le nom de « Gramr » à l'épée censée être forgée à partir des fragments ; ce fait apparaît dans la section suivante du *Lai*, V.18.

V

REGIN

Les sources du récit présenté dans cette section du *Lai* ne résident pas seulement dans la *Völsunga Saga*, mais aussi dans les poèmes de l'*Edda* dont s'inspire la *Saga* : la conclusion du *Reginsmál* (voir l'introduction à la section I, p. 185) et du *Fáfnismál* ; dans l'*Edda en prose*, Snorri Sturluson expose aussi brièvement cet épisode, par lequel il explique pourquoi, en poésie, l'or est appelé « la demeure de Fáfnir » et « le fardeau de Grani ».

En termes strictement narratifs, cette partie du *Lai* comporte peu d'éléments que l'on ne retrouve pas dans ces sources, et par endroits (notamment dans le dialogue entre Sigurd et Regin après la mort de Fáfnir), le contenu des strophes du *Fáfnismál* est respecté ; mais ces strophes n'y correspondent de manière réellement étroite qu'ici et là.

La légende de *L'Or d'Andvari* telle qu'elle est rapportée dans la section I du *Lai* ne s'étend pas au-delà du moment où les Ases quittent la maison de Hreidmar, une fois payée la rançon de son fils Otr. Dans la note à cette section (pp. 187-188), j'ai signalé que dans sa version de la légende des Völsung, Snorri Sturluson commençait par *L'Or d'Andvari*, alors que dans la *Saga*, celui-ci n'est intégré que bien plus tard, sous forme d'un épisode raconté par Regin lui-même, le fils de Hreidmar, à Sigurd, avant que celui-ci n'attaque le dragon. Voilà jusqu'où nous mène cette section du *Lai*.

Après avoir dit que Sigurd a grandi dans la maison du roi Hjálprek, la *Saga* n'ajoute plus rien, sinon que Regin devient son père adoptif et qu'il enseigne à Sigurd maintes compétences, y compris la connaissance des runes et de nombreuses langues (voir strophe 2). En revanche, Snorri poursuit l'histoire de Hreidmar et de l'or d'Andvari au-delà du moment où mon père l'interrompt, à la fin de la section I du *Lai*.

« Que dire de plus sur l'or ? » écrit Snorri avant de raconter cette histoire : Hreidmar prit l'or, mais ses autres fils, Fáfnir et Regin, réclamèrent chacun une partie de la somme remise en compensation du meurtre de leur frère. Hreidmar ne voulant rien leur donner (« D'anneaux d'or rougeoyant / je serai le seul maître », I. 15), Fáfnir et Regin tuèrent leur père. Puis Regin exigea de Fáfnir qu'il partageât équitablement le trésor avec lui, mais Fáfnir répondit qu'il y avait peu de chances qu'il le fasse, puisqu'il avait tué son père afin de l'obtenir ; enfin il ordonna à Regin de partir, sans quoi il subirait le même sort que leur père.

Fáfnir prit alors le heaume qui avait appartenu à Hreidmar et le mit sur sa tête – heaume dénommé *œgishjálmr*, « heaume de terreur », redouté de toutes les créatures vivantes. Puis, en montant au Gnitaheiði, il s'aménagea un repaire, se transforma en dragon et s'allongea sur son or (comme le fait Glaurung à Nargothrond). Mais Regin s'enfuit, alla trouver le roi

Hjálprek et devint son forgeron ; Sigurd était son fils adoptif.

Ayant déjà raconté l'histoire des origines du trésor, Snorri poursuit dorénavant par celle des rapports entre Regin et Sigurd, et de la mise à mort de Fáfnir. C'est de ce récit que traite cette section du *Lai*, mais avant d'y venir, comme nous l'avons précédemment observé (voir pp. 187-188), mon père suit la *Saga* en introduisant ici l'histoire de l'or d'Andvari (ou, dans le cas du *Lai*, l'introduit de nouveau) sous forme de récit narré par Regin en réponse à Sigurd, qui lui demande pourquoi il l'a exhorté à tuer Fáfnir. Lors de cette seconde occurrence du récit dans le *Lai*, certains vers sont répétés ou presque, de manière caractéristique (comparer I.2-6 et V.7-11), mais les Ases en ont été exclus et Loki est remplacé par un « Un voleur qui rôdait, / aux mains impitoyables » (8). Cependant, à la strophe V, 12-14, le récit de Regin introduit le meurtre de Hreidmar (par Fáfnir : le fait que Regin y ait pris part n'est mentionné ni dans la *Saga*, ni dans le *Lai*), la lutte entre les fils et la transformation de Fáfnir en dragon, « sur le Gnitaheiði ».

Un élément important de l'histoire telle que rapportée par la *Saga* est entièrement absent de cette section du *Lai*. Après la fabrication de l'épée Gram et l'acquisition du cheval Grani, Sigurd déclare à Regin qu'il refuse d'attaquer Fáfnir avant d'avoir vengé son père ; ce qu'il fait, une fois en route, escorté d'une armée et d'une flotte immenses (fournies par le roi Hjálprek), lors d'une bataille sanglante durant laquelle il tue le roi Lyngvi. Mais le *Lai* fournit une variante de l'histoire de la vengeance de Sigurd à un stade ultérieur du récit (VII.24-29).

14 « Gnitaheiði » : le second élément de ce nom en vieux norrois (Gnitaheiðr), *heiðr* (« la lande »), est diversement anglicisé sous les formes Gnitaheid, Gnitaheith ou encore Gnitaheath. Il apparaît à plusieurs reprises dans les poèmes de mon père, mais toujours dans l'expression « sur le Gnitaheiði ». Il peut s'agir du maintien de la forme dative, ou bien d'un recours à la forme islandaise moderne de ce terme, qui est *heiði*.

17-18 C'est Sigurd qui brise les deux épées en les frappant contre une enclume ; sur quoi, selon la *Saga*, il va chez sa mère et comme il lui demande s'il est vrai que Sigmund lui a confié les fragments de son épée, elle les lui remet. Sur le nom « Gram » (Gramr), voir la note à la strophe IV.13.

20 Snorri Sturluson et la *Saga* indiquent tous deux que Sigurd éprouve le tranchant de Gram : l'épée coupe un brin de laine flottant sur l'eau et qui dérive sur la lame ; mais le fleuve n'est appelé Rhin (Rín en norrois) que dans le *Lai*.

« pure » : *sheer*.

21 « Veux-tu bien m'aviser » : *Now rede me*. (Nous avons choisi de traduire systématiquement par « aviser » ce verbe désormais inusité signifiant « conseiller, recommander », parce que *to counsel* est employé par ailleurs, et qu'il s'agit à chaque fois de conseils que les personnages se sentent obligés de suivre. [*N.d.T.*])

22-24 Le récit de la façon dont Sigurd entre en possession de Grani, son cheval gris (très souvent nommé dans les poèmes de l'*Edda*), n'apparaît que dans la *Saga*. Le vieillard, une fois de plus, n'est autre qu'Ódin (comparer II.12, III.12, IV.8 avec la description faite ici.)

Le nom Busiltarn est emprunté à la *Saga* ; la forme norroise en est Busiltjörn, qui était la première forme écrite par mon père dans le manuscrit du *Lai* et corrigée ensuite au crayon. Le mot anglais *tarn*, désignant un petit lac, est dérivé du terme norrois ; mais dans la *Saga*, il est dit que Busiltarn est une rivière, comme tel est aussi manifestement le cas dans le *Lai*.

Sleipnir est le nom du cheval à huit jambes appartenant à Ódin.

25 Gand, le cheval de Regin n'est nommé nulle part, mais il doit s'agir du vieux norrois *gandr* (présent dans « Gandalf »). Son sens primaire ou originel n'est pas certain, mais il renvoie à la sorcellerie et à la magie, à la fois aux êtres et aux choses, et tout particulièrement à la baguette utilisée en sorcellerie ; il s'emploie aussi pour les loups. Le mot *gandreið* désigne le vol nocturne des sorcières.

Dans une conférence sur le texte du *Fáfnismál*, mon père attire l'attention sur la hauteur immense de la falaise depuis laquelle boit Fáfnir : il y voit un détail intéressant de la *Saga*, certes absent du poème, puisque c'est là que Sigurd « a pour la première fois une idée de ce qui l'attend. »

26 « Resta longtemps tapi » : il s'agit de Sigurd. Dans le *Codex Regius*, selon le préambule en prose du *Fáfnismál*, comme dans la *Saga* et dans le bref résumé de Snorri Sturluson, Sigurd creuse une fosse sur le chemin emprunté par le dragon tandis que celui-ci rampe en direction de l'eau (la « fosse » des strophes 26-27, 29, dont il n'est pas dit qu'elle a été faite par Sigurd) ; dans la *Saga*, un vieillard (Ódin) s'approche de Sigurd pendant qu'il est à l'œuvre et lui conseille de creuser d'autres tranchées pour évacuer le sang du dragon. Lors d'une conférence, mon père relève à ce propos :

> « Toutefois, puisque Ódin et ses conseils ne semblent pas très intelligibles, l'intrusion d'Ódin a peut-être été imitée selon d'autres passages (par

exemple le choix de Grani). Les diverses fosses ne paraissent pas très utiles : en tous les cas, Sigurd doit être dans l'une d'elles seulement et ce n'est que dans celle où il se trouve (immédiatement sous la blessure) que le sang est susceptible de s'écouler. La version de la *Saga* résulte du fait qu'elle se raccroche toujours à Ódin, et d'un jugement selon lequel l'intrigue dont elle hérite ne dépeint pas le meurtre du dragon par Sigurd (souvent mentionné par la suite comme son grand titre de gloire) sous son meilleur jour. Ce passage ne pouvant être modifié dans sa forme, il faut donc magnifier le dragon et sa nature venimeuse ; mais l'opération n'est pas très réussie. »

Mon père considérait que la fosse avait pour objectif premier de permettre à Sigurd d'échapper à l'ouragan de flammes qui passe au-dessus de sa tête (cf. 27, 1-3).

30 Dans le *Fáfnismál* et de nouveau dans la *Saga*, Sigurd répond à la question de Fáfnir en affirmant qu'il s'appelle *göfugt dýr*, à savoir « noble bête » ; de plus, une note en prose à cet endroit du *Codex Regius* explique que « Sigurd cacha ce nom, parce que dans les temps anciens, on croyait que la parole d'un mourant était susceptible d'avoir un grand pouvoir s'il maudissait son ennemi en prononçant son nom. » Mon père remarque que cette note est « sans aucun doute parfaitement correcte pour l'auteur originel du poème, dont les auditeurs étaient probablement suffisamment hommes des "temps anciens" pour ne pas avoir besoin d'explication ! » Il dit aussi que « les termes mystérieux *göfugt dýr* se veulent probablement obscurs, voire absurdes », bien qu'ils puissent être « une énigme signifiant "homme" ».

33 « ensorcelé » : *glamoured.*

34 Les propos de Sigurd dans cette strophe renvoient à l'*ægishjálmr*, au « heaume de terreur » que possédait

Hreidmar et que Fáfnir a pris pour le porter lui-même (voir pp. 204-205 et strophe 14). Au son des mots : « que l'enfer t'engloutisse ! », Fáfnir meurt.

36-41 Mon père éclaircit les « sous-entendus » des « propos obscurs » de Regin évoqués dans son préambule à cette section du *Lai* ; en outre, dans des notes relatives à une conférence (griffonnées au crayon et désormais plus tout à fait lisibles), il examine en détail le rapport entre la *Saga* et *Fáfnismál* dans cet épisode, en cherchant à déterminer non seulement comment l'auteur de la *Saga* a condensé et modifié ces strophes, mais aussi pourquoi il l'a fait. Je reproduis ici une partie de cette analyse, très légèrement amendée, puisqu'elle illustre bien le traitement critique qu'il propose de ces questions soulevées par l'*Edda*.

Il commence par un résumé du dialogue, fourni par la *Saga*, entre Regin et Sigurd après la mort de Fáfnir. (J'indique entre crochets les références aux strophes et aux vers du *Lai*) :

> « Après la mort de Fáfnir, Regin va voir Sigurd et lui dit : "Tu as remporté une grande victoire : la gloire que tu en retires sera éternelle" [*35, 1-4*]. Puis, soudain, Regin est (ou fait semblant d'être) frappé d'inquiétude : "il baisse les yeux vers le sol un long moment" et dit avec force émotion : "c'est mon frère que tu as tué et je ne puis en être tenu innocent" [*36, 5-8*]. Sigurd essuie son épée sur l'herbe et se contente de répondre : "Tu étais bien loin au moment où j'ai éprouvé cette épée" (ce qui implique donc : "assez innocent !") [*37, 1-4*].
>
> « Regin rétorque que c'est lui qui a fabriqué l'épée [*37, 5*] ; Sigurd riposte : "En bataille, cœur vaillant vaut mieux qu'épée tranchante" [*38, 3-4*].
>
> « Regin n'objecte rien, mais répète encore "avec force émotion" presque exactement ses propos : "Tu

as occis mon frère, (…)" Puis Regin tranche le cœur du dragon, boit le sang du dragon et demande à Sigurd comme unique faveur (pour laquelle n'est fourni aucun genre de motif) de faire rôtir ce cœur pour lui.

« La répétition par Regin des mots "Tu as tué mon frère et je puis difficilement être tenu pour innocent" *ne figure pas* dans le *Fáfnismál*. Répond-elle à un objectif artistique ou est-elle juste fortuite, due à une confusion dans les sources de l'auteur de la *Saga*, ou lors de la transmission de la saga ? Elle est probablement volontaire et peut-être pas mauvaise. L'auteur de cette saga a élaboré l'image d'un Regin qui prévoit déjà d'éliminer Sigurd et tente, en quelque sorte, de se justifier à ses propres yeux. Délesté de toute part de responsabilité par un Sigurd méprisant, il se contente de simplement se répéter, persistant dans ses remords et dans sa formule : "Tu as occis mon frère" – à savoir dans sa vengeance.

« Après de tels propos, Sigurd ne devrait pas avoir besoin des *igður* [*les oiseaux dont il peut comprendre les voix, cf. 41, 8 et 43, 1-3*]. En Scandinavie, on apprenait presque au sein de sa mère, sans aucun doute sur les genoux de son père, que le frère d'une personne que l'on avait tuée était dangereux – surtout quand il se donnait la peine de vous le faire remarquer.

« On relève une curieuse absence d'explication quant à la raison pour laquelle Sigurd doit faire rôtir le cœur. La vraie raison en est bien sûr que Sigurd doit faire cuire ce cœur afin d'entendre les oiseaux. Le *Fáfnismál* fournit un motif non impérieux mais suffisant : *ek mun sofa ganga* [*Je vais m'endormir*] (après la puissante rasade de sang de dragon, pouvons-nous supposer) [*39, 5-8 et 40*]. Nous ne sommes peut-être plus en mesure de dire s'il a jamais existé une meilleure raison, liée à ce vestige de croyance très ancienne : la consommation de la chair et du sang (particulièrement de ceux des ennemis) afin de s'approprier leur sagesse et leur pouvoir [*40, 5-8 ; 46, 1-4*]. »

On peut observer que, d'après Snorri Sturluson, Regin propose expressément à Sigurd de lui faire rôtir le cœur en signe de réconciliation après le meurtre de Fáfnir.

39 « Ridil » : Riðill en vieux norrois, l'épée de Regin ; Snorri l'appelle « Refill ».

42-44 Dans le *Fáfnismál*, lors d'un passage de transition en prose, sept strophes sont attribuées aux paroles des oiseaux (d'une espèce dite *igður*, de sens incertain) qui pépient dans le fourré et dont Sigurd comprend les voix dès l'instant que le sang échappé du cœur du dragon touche sa langue ; mais ces strophes sont écrites dans deux mètres différents. Le poème *Fáfnismál* n'est pas rédigé en mètre *fornyrðislag* dans lequel est écrite la majorité des poèmes de l'*Edda*, mais en *ljóðaháttr*. Selon cette forme, la strophe se divise en deux parties de trois vers chacune et dont le troisième comporte généralement en soi, dans chaque hémistiche, trois éléments accentués et une double (ou triple) allitération. Seules trois de ces « strophes des oiseaux » sont en *ljóðaháttr*, les autres étant en *fornyrðislag* ; en outre, mon père a fait valoir avec force et dans le détail que les strophes en *fornyrðislag* émanaient d'un autre poème (voir pp. 213-214, la note consacrée aux strophes 49-54).

Les trois strophes en *ljóðaháttr*, explique-t-il, sont prononcées par deux oiseaux et retiennent deux motifs essentiels : l'or, la peur de la trahison et de nouveau l'or. Voilà qui constitue le fondement de ces trois strophes dans le *Lai* (bien qu'à la strophe 42, 5-6, la suggestion que Sigurd lui-même devrait manger le cœur soit introduite à partir de l'une des autres strophes), mais, de manière assez étrange, elles sont composées en *ljóðaháttr*, ce qui les distingue apparemment comme ne faisant pas partie de l'ensemble, puisque le *Lai* est écrit en *fornyrðislag*. Pour illustrer cette forme telle qu'elle apparaît en vieux norrois, je reproduis ici la première des trois strophes en *ljóðaháttr*, accompagnée d'une traduction exacte :

Höfði skemra l áti inn hára þul
Fara til heljar heðan !
Öllu gulli þá kná hann einn ráða,
fjölð, því er und Fáfni lá.

(Plus petit d'une tête / qu'il envoie le sorcier aux cheveux gris / d'ici en enfer ! Tout l'or / alors peut-il posséder seul, / la richesse, qui sous Fáfnir reposait.)

46-48 Dans la *Saga*, Sigurd ne mange qu'une partie du cœur du dragon et met l'autre de côté. L'objectif de ce geste est révélé plus tard dans le récit, où il est dit qu'à un certain moment, après le mariage de Sigurd et de Gudrún, « Sigurd donna à manger à Gudrún une partie du cœur de Fáfnir, après quoi elle devint bien plus austère qu'auparavant, et aussi plus sage. » Cet élément a été exclu du *Lai*, mon père le considérant comme « un mécanisme ajouté tardivement pout expliquer la psychologie confuse de Gudrún ».

Ces strophes sont inspirées d'un passage en prose du *Fáfnismál*, étroitement similaire à celui de la *Saga* et qui raconte qu'après la mort de Regin, Sigurd enfourche Grani et suit la piste de Fáfnir jusqu'à son repaire, dont l'entrée est ouverte. Les portes et leurs montants sont en fer, de même que toutes les poutres du logis, creusé profondément dans la terre (46). Sigurd découvre là une grande réserve d'or dont il remplit deux énormes coffres ; il prend le heaume de terreur et une cotte de mailles d'or ainsi que maint autre objet précieux, et les charge sur Grani. Mais le cheval refuse de bouger tant que Sigurd n'a pas bondi en selle.

49 « leur esprit ne savait » (cf. p. 122) : *their wit he knew not* : cet usage très inhabituel du mot « esprit » (*wit*) semble en faire un équivalent, dans ce contexte, de « sens », « signification ».

49-54 Dans le *Fáfnismál*, une fois que Sigurd a tué Regin et mangé le cœur du dragon, il entend de nouveau les *igður* ; ces cinq strophes sont de nouveau en *fornyrðislag* (voir p. 211, la note consacrée aux strophes 42-44). Il n'y a aucune indication du nombre d'oiseaux qui parlent, mais les deux premières strophes concernent Gudrún et les trois dernières, une Valkyrie endormie dans un cercle de feu, sur le mont Hindarfell : Ódin l'a piquée d'une épine pour avoir abattu un guerrier contrairement à ses ordres. (Voir p. 214, la note consacrée à la strophe 54.)

Mon père prétend que ces strophes, tout comme les « strophes des oiseaux » en *fornyrðislag,* dérivent d'un poème « qui développait la situation en tentant probablement, à travers la tradition des oiseaux, d'en dire plus sur l'histoire » – trace d'un poème qui tente de « condenser une bonne partie du récit en un seul épisode ». Tout en admettant qu'il soit « inutile de discuter avec l'oiseau qui parle », il estime que l'hypothèse selon laquelle un premier oiseau dit les strophes concernant Gudrún et un second, celles concernant la Valkyrie, « en vaut bien une autre ».

Toutefois, dans le *Lai*, il conserve bel et bien ce second groupe de « strophes d'oiseaux » (ou, plus précisément, il compose des strophes qui en reflètent le sens), les attribuant à un corbeau (concernant la Valkyrie) et à un pinson (concernant Gudrún). Mais il les déplace afin de *suivre* Sigurd qui pénètre dans le repaire de Fáfnir et charge sur Grani le trésor qu'il découvre, de telle sorte que ces oiseaux parlent de choses susceptibles d'arriver à Sigurd tandis qu'il s'éloigne du Gnitaheiði ; alors que dans le *Fáfnismál*, le passage en prose cité à la note 46-48 suit le second groupe de « strophes d'oiseaux ».

54 « Exerçant son pouvoir, / donnant ou non victoire / en tant que Valkyrie ». Dans la légende et la poésie scandinaves, le déroulement et l'issue des batailles sont régis par les Valkyries, guerrières démoniaques envoyées comme émissaires d'Ódin.

Le mot *Valkyrja* signifie « qui choisit les tués » : c'est à elles qu'il revient de décider qui doit mourir et d'accorder la victoire. L'exemple le plus frappant de cette conception se rencontre peut-être dans le *Hákonarmál*, poème composé au xe siècle à l'occasion de la mort du roi Hákon le Bon de Norvège, fils du roi Harald le Blond. Le poème débute ainsi :

> Göndul et Skögul Gautatýr envoya
> pour choisir qui, des rois de la race d'Yngvi
> rejoindrait Ódin et demeurerait à Valhöll.

Göndul et Skögul sont des Valkyries ; Gautatýr est l'un des noms d'Ódin. Dans ce poème, le roi Hákon est représenté assis par terre, le bouclier fendu et la cotte de mailles entaillée, qui écoute les propos des Valkyries :

> Göndul dit alors, appuyée sur la hampe de sa [lance :
> « À présent la puissance des dieux va s'ac- [croître,
> puisqu'ils ont convié Hákon avec une grande [armée
> en leur demeure. »
> Le roi ouït ce que disaient les Valkyries
> assises sur leur monture, l'air de méditer,
> le heaume sur la tête, le bouclier brandi.

Hákon s'adresse alors à la Valkyrie nommée Skögul :
« Pourquoi avoir ainsi décidé du combat, Geirskögul ?
Nous avons mérité la victoire des dieux. »
« Nous en sommes la cause », dit Skögul, « que vous avez résisté et que vos ennemis ont fui.
À présent, nous devons chevaucher jusqu'aux vertes maisons des dieux, pour dire à Ódin qu'un puissant roi vient jusqu'à lui. »

VI
BRYNHILDR

Dans la note à la strophe V. 46-48, j'ai reproduit le contenu du passage en prose fourni par le *Codex Regius* et décrivant la façon dont Sigurd pénètre dans le repaire de Fáfnir pour y dérober l'or de son immense trésor, avant de le charger, dans des coffres, sur son cheval Grani. Dans certaines éditions de l'*Edda*, ce passage est considéré comme la conclusion du poème *Fáfnismál* ; mais en réalité, il se poursuit, sans interruption ni nouveau titre, et enchaîne sur le récit de la rencontre de Sigurd avec la Valkyrie endormie sur le mont Hindarfell – cette partie étant considérée comme l'introduction en prose à un texte étrange, auquel est attribué le titre *Sigrdrífumál*.

Cette dernière partie du passage en prose, que l'on retrouve sous une forme étroitement similaire dans la *Saga*, raconte que Sigurd et son cheval gravissent le Hindarfell (Hindarfjall) et tournent en direction du sud. Sur la montagne, il aperçoit une grande lumière, semblable à celle d'un feu, qui illumine le ciel ; et lorsqu'il parvient à cette lumière, il voit devant lui un rempart de boucliers (*skjaldborg*) surmonté d'un étendard. En pénétrant à l'intérieur du *skjaldborg*, Sigurd aperçoit un homme qui dort, allongé, tout en armes. Il lui ôte d'abord le heaume qu'il a sur la tête et voit que c'est une femme. Son haubert est si serré qu'il semble s'être incrusté dans sa chair. Puis, de son épée Gram, il découpe le haubert à partir de l'encolure et le long des deux manches, puis le retire : c'est alors que la femme s'éveille, se redresse et aperçoit Sigurd.

On remarquera que les strophes 2-4 du *Lai* suivent assez étroitement le contenu de ce passage en prose, avec le « rempart / de boucliers mêlés », l'étendard et « le corselet serré / comme en chair incrusté » (voir p. 125), mais le saut de Grani par-dessus les flammes est un ajout du *Lai*, emprunté à la seconde visite de Sigurd à Brynhild, lorsqu'il va la retrouver sous les traits de Gunnar. Sur l'épisode de sa première visite à Brynhild, les sources disent seulement qu'il « pénétra à l'intérieur » du *skjaldborg*. Ce mot, que l'on rencontre à la fois dans la *Saga* et dans le passage en prose de l'*Edda*, est souvent interprété comme signifiant ici une tour, une forteresse, mais dans d'autres écrits, mon père cite souvent Brynhild comme s'étant « entourée d'un rempart de flammes ».

C'est sur les premiers mots de la Valkyrie à Sigurd que débutent les strophes dudit *Sigrdrífumál* :

Hvat beit brynju ?
Hvat brá ek svefni ?
Hverr feldi af mér
fölvar nauðir ?

Qu'est-ce qui a mordu la broigne ?
Qu'est-ce qui m'a tirée de mon sommeil ?
Qui a écarté de moi
les pâles liens ?

Dans cette première strophe, Sigurd répond alors qu'elle a été libérée par le fils de Sigmund, armé de l'épée de Sigurd. Cette strophe est en *fornyrðislag*, mais le poème qui suit est en *ljóðaháttr* (voir la note aux vers 42-44), avec quelques strophes en *fornyrðislag*. La Valkyrie célèbre son éveil par des vers auxquels font écho les strophes 5-6 du *Lai*, avant de déclarer :

Longtemps ai-je dormi, longtemps ai-je été plongée
[dans le sommeil,
les maux des hommes durent longtemps !
Ódin a ordonné que je ne puisse briser
les runes du sommeil.

Dans le manuscrit du *Codex Regius* suit alors un autre passage en prose, débutant par : « Elle se donnait pour nom Sigrdrífa et c'était une Valkyrie » ; elle dit à Sigurd que deux rois ont combattu, qu'Ódin a promis la victoire à l'un d'eux, mais que la Valkyrie l'a abattu durant le combat. Pour se venger, « Ódin l'a piquée de l'épine du sommeil » (comme selon les termes du corbeau, V.52) en déclarant que plus jamais elle ne remporterait de victoire au combat, mais qu'elle se marierait. « Et j'ai répondu à Ódin qu'en échange, je faisais vœu de n'épouser aucun homme qui connût la peur » (la *Saga* utilise les mêmes termes). Dans la version de Snorri Sturluson, elle fait vœu de n'épouser personne, sinon l'homme qui osera chevaucher à travers les flammes entourant sa demeure. Dans le *Lai* (VI.8), le texte original de son serment indiquait : « la renommée du monde » ; j'ai adopté le changement ultérieur en « élu » et mis une majuscule au « m ».

Le nom de la Valkyrie endormie, Sigrdríf ou Sigrdrífa, a donné lieu à de nombreux débats quant à son interprétation. Dans la dernière des cinq « strophes des oiseaux » qui constituent la fin du *Fáfnismál* (et qui sont représentées par les strophes 50-54 du *Lai*), il est fait référence au « sommeil de Sirgdríf » ; dans le passage en prose qui vient d'être cité, elle est nommée Sirgdrífa à deux reprises. On a supposé que ce nom était erroné, qu'il s'agissait d'une confusion de la part du compilateur du *Codex Regius*, qui aurait pris le mot de la strophe du *Fáfnismál* pour un nom propre alors que c'est en fait un terme décrivant une Valkyrie, appliqué à Brynhild et signifiant, peut-être, « donneuse de victoire ». Dans la *Saga*, la Valkyrie de Hindarfell s'appelle Brynhild, alors que, selon Snorri Sturluson, elle se donne pour nom Hildr (ce qui signifie : « bataille »), mais ajoute : « elle s'appelle Brynhild et c'est une Valkyrie ».

En revanche, on a prétendu que « Sigrdrífa » et « Brynhild » étaient à l'origine deux êtres distincts qui furent identifiés l'un à l'autre seulement par la suite ; c'est ainsi que « Sigrdrífa » devient un élément du problème le plus insoluble de la légende scandinave des Völsung : le traitement des sources de Brynhild de deux manières complètement distinctes et incompatibles entre elles. Le *Lai* lui-même ne fournit aucun témoignage de l'idée que mon père se faisait du nom « Sigrdrífa », qui n'apparaît pas dans ce texte. (Voir p. 243, la note sur Brynhild.)

Après les propos de la Valkyrie à Sigurd concernant son vœu, le passage en prose du *Codex Regius* s'achève sur la demande qu'il lui fait de « lui enseigner la sagesse » ; vient alors une strophe dans laquelle Brynhild lui apporte de la bière mêlée de bons sortilèges et de *gamanrúna*, que l'on peut traduire par

« runes joyeuses » ou « runes de gaieté ». Voilà le fondement de la strophe 12 du *Lai*, dont les derniers vers, « toute bordée des runes / du rire ruisselant » (voir p. 128), suggèrent que mon père songeait aux runes gravées sur la coupe.

Au sujet du *Sigrdrífumál*, il observe : « Ce poème, plus que pratiquement tout autre dans l'*Edda*, est un ensemble hétérogène qui s'est développé de manière plus ou moins accidentelle et non tel que l'a laissé un seul poète. » La strophe où la bière est apportée est suivie d'une longue série de strophes traitant de la science des runes (l'utilisation magique des runes, par exemple des runes de la victoire, des runes de la parole, des runes des vagues, des runes de la naissance, ainsi que des endroits où elles doivent être gravées). « Nul besoin de beaucoup insister, dit-il, pour se laisser convaincre que tout ce matériau est un *agglomérat*. Il est sans rapport avec la vie de Sigurd par la suite. Il a pour cause les *gamanrúna*. Il est d'un grand intérêt et d'une grande importance, mais ne concerne pas les Völsung. »

Il est frappant de constater que l'auteur de la *Völsunga Saga* inclut toutes ces strophes relatives à la science des runes sous forme de strophes dans son texte. Mon père voit là un bon exemple de la méthode de l'auteur de cette saga : « Presque tout cela est dénué d'intérêt ou de signification pour le récit, consiste probablement en un ajout tardif et ne sied guère à la prose ; le compilateur eût-il été inspiré par un dessein proprement artistique, il avait là une occasion d'omettre, s'il en était. »

On ne trouve naturellement aucune trace de ces strophes dans le *Lai*. Dans le poème de l'*Edda*, la Valkyrie prodigue désormais à Sigurd une série de onze conseils. Cet élément apparaît dans le *Lai*, bien que sous une forme extrêmement réduite (strophes 15-16) : mon père croyait que contrairement aux strophes relatives à la science des runes, ces conseils faisaient partie du poème originel, puisqu'ils peuvent, pour la plupart, être rattachés à l'histoire de Sigurd.

Au-delà des conseils qu'elle lui donne, il n'y a rien de plus à apprendre sur la première rencontre entre Sigurd et la Valkyrie dans le *Sigrdrífumál*, puisqu'il ne subsiste rien d'autre de ce poème : c'est là que débute la « grande lacune » de l'*Edda poétique*. Il s'agit de la perte désastreuse de toute une liasse du *Codex Regius*, contenant probablement huit feuillets (voir p. 37) : mon père imaginait que ces feuillets comprenaient peut-être 200 à 300 strophes. Il n'existe pas de poèmes eddiques relatant cette partie, d'une importance capitale, de la légende des Völsung, hormis peut-être quatre strophes en *fornyrðislag* citées dans la *Völsunga Saga* ; à partir de là, les sources en sont la *Saga* et la très courte version fournie par Snorri Sturluson dans son *Edda en prose*. Concernant le *Lai*, cette lacune prend fin à la strophe 46 de sa dernière section.

Mon père croyait que l'échange de serments entre Sigurd et Brynhild (strophe 19), qui survient dans la *Saga* immédiatement après une paraphrase en prose des conseils de Brynhild, s'inspire de la conclusion disparue du *Sigrdrífumál*.

20-23 Après les mots : « et voilà ce qu'ils se jurèrent l'un l'autre, par serment », la *Saga* poursuit immédiatement : « Désormais, Sigurd s'éloigne. » La conclusion de cette section du *Lai*, évoquée dans le préambule en prose qui la précède (« Ils partent ensemble, mais dans son orgueil, Brynhild prie Sigurd de partir et de ne la rejoindre que lorsqu'il aura conquis l'honneur de tous les hommes, ainsi qu'un royaume »), constitue un développement tout à fait particulier du *Lai*.

VII

GUÐRÚN

Dans le *Lai*, quand Sigurd s'éloigne de Brynhild, il poursuit délibérément son parcours vers le pays des Gjúking (ou fils de Gjúki), comme l'indiquent les vers (VI.23) : « Verdoyantes, les routes / que parcourait Grani » de même que ceux du pinson (V. 51) : « Verdoyantes, les routes / vers pays de Gjúki ». Il en va de même dans le récit fortement condensé de Snorri.

En revanche, dans la *Saga*, il quitte Hindarfell et chevauche jusqu'à ce qu'il parvienne à la maison d'un grand seigneur du nom de Heimir. Celui-ci est marié à Bekkhild, la sœur de Brynhild, qui reste chez elle et réalise de fins travaux d'aiguille, tandis que Brynhild porte heaume, haubert, et part au combat (d'où leurs noms, en norrois : *bekkr*, « banc », qui désigne les longs sièges de l'ancienne grand'salle scandinave, et *brynja*, « haubert, cotte de mailles »). Sigurd demeure longtemps dans cette maison, tenu en haute estime.

Nous apprenons alors que Brynhild est la fille adoptive de Heimir, qu'elle est revenue chez lui, où elle vit à l'écart et travaille à une tapisserie représentant les exploits de Sigurd, la mise à mort du dragon et la prise du trésor. Un jour, le faucon de Sigurd s'envole vers une haute tour et se pose près d'une fenêtre. Sigurd grimpe le chercher et en apercevant à l'intérieur une femme d'une grande beauté qui travaille à une tapisserie où figurent ses exploits, il sait que c'est Brynhild.

Le lendemain, il va la voir et à l'issue d'une étrange conversation, elle lui dit : « Le destin n'est pas que nous demeurions ensemble ; je suis vierge au bouclier et je porte le heaume, parmi les rois guerriers. Je leur prête secours au combat ; le combat ne m'est pas odieux. » Mais quand Sigurd répond que s'il en est ainsi, « la douleur en lui est plus pénible à porter que tranchante épée », Brynhild répond qu'elle rassemblera des hommes pour le combat, « mais [qu'il épousera] Gudrún, la fille de Gjúki. » « Nulle fille de roi ne m'abusera, répond Sigurd, je ne suis pas inconstant et je jure par les dieux que tu seras mienne, ou bien nulle autre femme. » Brynhild s'exprime alors de même et Sigurd lui remet ensuite un anneau d'or, *ok svörðu nú eiða nýju*, « et ils renouvelèrent leur serment ». Puis Sigurd s'en va. Ainsi s'achève le chapitre de la *Saga*.

Brynhild est ici la fille du roi Budli (Buðli) et la sœur d'Atli (Attila), ce que dit Snorri également.

Le *Lai* ne porte aucune trace de ce développement extraordinaire de l'histoire de Sigurd et Brynhild ; mais je diffère l'étude du traitement de cette partie de la légende par l'auteur de la *Saga* à la fin de mon commentaire sur le *Lai* (voir note sur Brynhild, p. 241).

La *Saga* s'intéresse désormais à Gjúki et son royaume, qui s'étend « au sud du Rhin », à son épouse Grímhild (décrite comme une sorcière, et de tempérament lugubre), à ses trois fils Gunnar, Högni et

Gotthorm, et à sa fille Gudrún (Guðrún). Il est dit qu'un jour, Gudrún parle à l'une de ses suivantes et raconte qu'elle se sent abattue, en raison d'un rêve.

Si c'est par le rêve de Gudrún qu'enchaîne le *Lai*, au début de la section VII, mon père traite cet épisode sous une forme très différente de celle que lui confère la *Saga*. Dans celle-ci, Gudrún a rêvé qu'elle avait dans la main un merveilleux faucon au plumage d'or : elle ne désirait rien autant qu'un faucon et eût préféré perdre sa richesse plutôt que cet oiseau. La femme interprète ce songe : il signifie que le fils d'un roi viendra bientôt demander sa main : ce sera un homme beau qu'elle aimera de tout son cœur. Gudrún dit alors : « Je suis chagrinée de ne pas savoir qui il est, mais allons voir Brynhild, car elle, elle le saura. »

C'est ce qu'elles font. Gudrún et sa suite se rendent à la grand'salle de Brynhild, érigée sur une colline et tout entière ornée d'or. Là, Gudrún relate son rêve à Brynhild, mais non celui qu'elle a évoqué auparavant : à présent, elle parle du grand cerf au pelage doré, que l'on trouve dans le *Lai*. Mais dans son poème (VII.1-5), mon père associe et enchevêtre les deux épisodes, tout en écartant le rêve du faucon ; quant à l'interprète du ou des rêves, ce n'est ni sa suivante, ni Brynhild, mais Grímhild, sa mère. Dans le *Lai*, le rêve du cerf (VII.2-4) dérive son contenu de la *Saga*, mais comporte une différence essentielle : dans la *Saga*, Gudrún dit à Brynhild que c'est « toi » qui « as abattu » le cerf à ses pieds, et que c'est « toi » qui lui « as donné » un louveteau qui l'a éclaboussée du sang de ses frères ; alors que dans le *Lai*, c'est une « femme qui chevauchait / furieusement le vent » qui a abattu le cerf doré, et que c'est d'un « ils » non identifié qu'elle a reçu le loup. (Pour des raisons de métrique, nous avons omis ce pronom dans notre traduction du *Lai*. [*N.d.T.*])

Dans la *Saga*, après que Gudrún a narré ce songe, Brynhild lui dit : « Je vais l'expliquer tel qu'il va se réaliser. Sigurd, que j'ai choisi pour époux, va venir te voir. Grímhild lui donnera de l'hydromel ensorcelé, ce qui causera grand malheur à nous tous. Il sera tien, mais tu le perdras bientôt ; puis tu seras mariée au roi Atli. Tu perdras tes frères, puis tu occiras Atli. » Gudrún exprime alors le sentiment de « douleur accablante » né du fait de savoir pareilles choses et regagne la maison de son père.

Il se peut que l'auteur de la *Saga* ait emprunté cet épisode à un poème dans lequel l'essentiel de l'histoire était narré à titre de prédiction, comme on le constate ailleurs dans l'*Edda* ; mais en tant que simple élément du récit témoignant du pouvoir de prédiction de Brynhild, il est grotesque. Comme le fait observer mon père, « la connaissance anticipée est un élément dangereux dans un récit. » Dans le *Lai*, il s'est bien entendu intégralement débarrassé de la visite de Gudrún à Brynhild, et Grímhild ne propose pas d'interprétation du songe, mais tente de la rassurer en recourant à des propos apaisants concernant le temps qu'il fait (tout comme la suivante de la *Saga*) et à l'idée que « songes souvent désignent / la nuit par la lumière / et le bien par le mal » (voir p. 133). Est également omise Bekkhild, la sœur de Brynhild ; Atli, fils de Budli, disparaît comme frère de Brynhild. On ne nous dit pas où demeure celle-ci après avoir quitté Sigurd : « Splendide et solitaire, / en son pays rentra », « Son pays regagna, / longtemps elle attendit. » Au début de la section VIII, on l'aperçoit à sa cour, riche de « biens et splendeur », qui attend Sigurd (1-2).

Dans la *Saga* comme dans le *Lai*, Sigurd arrive désormais à la grand'salle du roi Gjúki, sur son cheval Grani, qui porte son trésor. Il est reçu avec honneurs ; puis il part en terre étrangère avec Gunnar et Högni ; des trois, il est le plus éminent. Grímhild remarque combien son amour pour Brynhild est profond, et combien il parle d'elle, mais songe combien il serait judicieux que ce soit lui, doué de grandes qualités et d'une immense richesse, qui épouse Gudrún et reste parmi eux. Elle prépare donc une potion qu'elle donne à boire à Sigurd et qui lui fait perdre tout souvenir de Brynhild.

Dans le *Lai*, lors des festivités célébrant son arrivée, un élément nouveau est intégré en la présence des chants exécutés par Gunnar (sur la guerre entre les Goths et les Huns, 14-15) et par Sigurd (sur Fáfnir et l'or du trésor, et sur Brynhild à Hindarfell, 16-18) au son de la harpe ; puis nous avons un récit de la campagne menée par Sigurd dans l'ancien pays des Völsung afin de venger la mort de Sigmund (24-29). Dans la *Saga*, cet épisode, qui a lieu bien plus tôt, est accompli avec l'aide du roi Hjálprek (voir p. 205) ; alors que dans le *Lai*, Sigurd est assisté par les Gjúking. Ódin apparaît à cet endroit, dans le *Lai* comme dans la *Saga*, mais son rôle est tout à fait différent. Dans la *Saga* (inspirée des strophes du *Reginsmál*), les navires sont pris dans une violente tempête, mais Ódin, debout sur un cap, leur lance un appel et quand ils l'accueillent à bord, la tempête se calme. Dans le *Lai* (28-29), Ódin apparaît à la fin du combat, s'adresse à Sigurd qui se trouve dans la vieille demeure des Völsung, désormais privée de toit et dont l'arbre immense qui la soutenait est mort, afin de le prévenir que son sort ne se jouera pas sur la terre de ses ancêtres ; mais il dit : « Désormais, tu es roi / que rois ont engendré ; / t'appelle une promise / par-delà mers enflées » (voir pp. 139-140) et une fois rentré, Sigurd se rappelle les paroles de Brynhild : « J'étais reine jadis, / un roi épouserai » (VII.35).

8 « En seigneur des Niflung, / en pays des Niflung » et 12 (« des Niflung ») : sur le nom Niflungar, Snorri Sturluson est explicite. *Gjúkingar, þeir eru ok kallaðir Niflungar* : « les Gjúking, qui sont également appelés Niflung ». Dans ce commentaire conçu assez strictement comme une élucidation du traitement de la légende norroise des Völsung dans le *Lai* de mon père, il n'est pas nécessaire d'aborder ne serait-ce que rapidement la question complexe des origines qui se cache derrière le nom Niflung (en allemand : Nibelungen, « Nibelung ») ; cependant, il en est dit quelques mots dans l'appendice A, pp. 347-354.

14 Forêt Noire : non mentionné dans la *Saga*, le nom norrois Myrkviðr, anglicisé sous la forme « Mirkwood », était utilisé pour désigner une sombre forêt frontalière qui séparait les peuples. On le rencontre utilisé à divers endroits des poèmes de l'*Edda* ; mais il semble probable qu'à l'origine, il ait représenté dans la légende héroïque un souvenir de la grande forêt qui séparait le pays des Goths du pays des Huns, loin au sud et à l'est. Voilà ce que ce nom signifie dans le poème eddique *Atlakviða*, « Lai d'Atli » (Attila), d'où sa présente occurrence dans le *Lai*.

« Danpar » : tout comme Mirkwood, ce nom n'apparaît pas dans la *Saga*, mais se trouve dans l'*Atlakviða* et ailleurs dans la poésie norroise (voir plus loin la note à la strophe 86 du *Lai de Gudrún*). C'est une survivance du nom gotique du Dniepr, fleuve russe.

15 « Les seigneurs des Burgondes » : cette expression se retrouve à la strophe 20. Mon père l'emprunte aux propos remarquables d'une strophe de l'*Atlakviða*,

où Gunnar est appelé *vin Borgunda*, « seigneur des Burgondes ». Nulle part en norrois Gunnar n'est désigné comme Burgonde et ce nom n'apparaît pas non plus comme étant celui d'un peuple ; mais la même expression se rencontre de façon très frappante dans le poème en vieil anglais *Waldere*, ou Guðhere est appelé *wine Burgenda*. Le vieux norrois Gunnarr et le vieil anglais Guðhere dérivent tous deux du nom du roi historique des Burgondes, Gundahari, qui fut tué par les Huns en 437. (Voir le résumé des origines historiques des Gjúking, appendice A, pp. 327 et suiv.)

« frère de Budli » : dans la *Saga*, le meurtre du frère du roi Budli, père d'Atli et de Brynhild, par les Gjúking, est mentionné à un endroit ultérieur du récit.

28 « et aveugle d'un œil » : Ódin n'a qu'un œil, dit le mythe selon lequel il a donné l'un de ses yeux en gage afin d'obtenir de boire à la source de Mímir, l'eau de la sagesse qui coule au pied de l'Arbre du Monde.

38 Il n'est pas dit dans le *Lai*, comme il l'est dit dans la *Saga*, qu'après avoir bu la potion de Grímhild, Sigurd perd tout souvenir de Brynhild : « Vida corne en riant, / puis resta sans sourire », mais d'après IX.4, le sens est clair.

39 « charmé » : *glamoured* : « enchanté », terme utilisé à la section V.33 et 47, dans le sens d'être en proie à un sortilège. (Ailleurs, nous avons rendu ce terme par « ensorcelé » en raison du contexte. [*N.d.T.*])

VIII

SVIKIN BRYNHILDR
(Trahison de Brynhild)

La *Saga* se poursuit par le mariage de Sigurd et de Gudrún, et le serment de fraternité entre Sigurd et les fils de Gjúki (strophes 7-10 du *Lai*) ; il est dit qu'à ce moment-là, Sigurd habite chez les Gjúking depuis deux ans et demi. Après leur mariage, Sigurd donne à manger à Gudrún une partie du cœur de Fáfnir (voir pp. 212-213, la note concernant la strophe V.46-48). Ils ont un fils du nom de Sigmund.

La visite d'Ódin à Brynhild, parmi les rois prétendants (2-5), est spécifique au *Lai*. Il semble (strophe 6) que c'est seulement après cette visite que le feu s'élève dans sa grand'salle, feu que Brynhild a conçu comme une barrière contre tous les arrivants, excepté Sigurd. Dans le *Lai*, la description du feu ressemble à celle de VI.2, lorsqu'à Hindarfell, le feu de Brynhild apparaît à Sigurd comme une « enceinte de foudre » qui s'élève « jusqu'au ciel, / vacillant, crépitant ».

Dans la *Saga* viennent ensuite les conseils que Grímhild donne à Gunnar afin de courtiser Brynhild (strophes 12-17 du *Lai*) ; quant à Sigurd, on dit qu'il est aussi désireux de cette union que Gjúki et ses fils. Mais ils vont d'abord chez le roi Budli, père de Brynhild, pour obtenir son consentement, avant de se rendre à la grand'salle de Heimir, père adoptif de Brynhild (voir p. 223). Heimir dit que la grand'salle de celle-ci n'est pas loin et que selon lui, elle épousera uniquement l'homme capable de chevaucher à travers les flammes qui l'entourent. Dans le *Lai*, bien entendu, Budli et Heimar sont absents.

Le *Lai* respecte le récit de la *Saga* concernant le refus du cheval de Gunnar de traverser les flammes, le prêt de Grani, le refus de Grani de porter Gunnar et l'art de la métamorphose que leur a enseigné Grímhild. À cet endroit, la *Saga* cite deux strophes d'un poème inconnu évoquant le soudain grondement du feu et les tremblements de la terre au moment où Sigurd pénètre dans les flammes, qui retombent ensuite (épisode repris dans les strophes 25-26 du *Lai*).

Le contenu du dialogue entre Sigurd et Brynhild (28-31) est essentiellement inspiré de la *Saga* : Brynhild qui doute de la façon dont elle doit répondre, Sigurd qui lui promet un grand douaire, Brynhild qui exige qu'il tue tous ceux qui ont été ses prétendants (strophe 30, vers 3-4) et Sigurd qui lui rappelle le serment qu'elle a prêté. Dans la strophe 31, il est fortement suggéré que Brynhild a fait vœu de n'épouser personne, sinon celui qui oserait franchir les flammes et, à ce stade de la *Saga*, Sigurd lui rappelle explicitement qu'elle a juré de suivre l'homme qui le ferait. Voilà à quoi il faut comparer les paroles de Brynhild à Sigurd, sur le mont Hindarfell (VI.8) :

Serment j'ai prononcé,
pour toujours durera,
de n'épouser personne,
sinon l'élu du Monde.

Nous devons comprendre que dans la pensée de Brynhild, celui qui chevauche les flammes doit être « l'élu du Monde », à savoir Sigurd ; mais comme il s'agit de Gunnar, elle est « fort troublée » et, dans ses doutes, comparée à un cygne « sur des mers incertaines ».

Dans la *Saga*, Sigurd, qui a pris l'aspect de Gunnar, reste trois nuits au côté de Brynhild ; ils dorment dans le même lit. Mais il a placé entre eux l'épée Gram et quand Brynhild lui demande pourquoi, il lui répond qu'il est de son destin de célébrer ainsi ses noces, sans quoi il trouvera la mort.

Une différence importante entre la *Saga* et le *Lai* réside dans ce qui est rapporté de l'échange des anneaux. La *Saga* nous dit (voir p. 224) que lors de leur rencontre dans la grand'salle de Heimir, « Sigurd lui donna un anneau d'or », mais sans aucune autre précision, et indique maintenant qu'au moment de son départ, « il lui ôta l'anneau Andvaranaut qu'il lui avait donné, et lui donna un autre anneau, provenant du trésor de Fáfnir ». En revanche, dans le *Lai* (33), il lui ôte pendant son sommeil l'anneau qu'elle porte au doigt et le remplace par Andvaranaut. En cela, le *Lai* est conforme au récit de Snorri : « au matin, il donna à Brynhild, en guise de présent de mariage, le même anneau que celui que Loki avait pris à Andvari, et en prit un autre de la main de Brynhild, en souvenir. » (Voir pp. 155-156, IX.9-10.)

Ensuite, dans la *Saga*, Sigurd chevauche de nouveau

à travers les flammes, puis Gunnar et lui retrouvent leur propre apparence ; mais Brynhild retourne chez Heimir, son père adoptif, et lui raconte ce qui s'est passé en exprimant ses doutes : « Il a chevauché à travers mon feu vacillant… et il a dit qu'il s'appelait Gunnar ; mais j'ai répondu que seul Sigurd en était capable, à qui j'ai juré fidélité sur la montagne. » Quand Heimir dit que les choses doivent demeurer telles qu'elles sont, Brynhild répond : « Áslaug, fille de Sigurd et la mienne, sera élevée ici chez toi. » Mon père considérait l'introduction d'Áslaug comme un « grave préjudice » au récit (voir aussi p. 243, [6]). Il s'agit incontestablement d'une invention visant à relier Sigurd et Brynhild au viking le plus célèbre de la légende, Ragnar Loðbrók : dans la *Ragnars Saga*, récit essentiellement imaginaire, il est dit d'Áslaug qu'elle est l'une de ses épouses et mère de plusieurs de ses nombreux fils viking.

4 « souffert », *dreed* : auquel on est soumis ; enduré. « Choisissant non les morts » : référence à Brynhild en tant que Valkyrie.

17 Au vers 6, le « t' » (*thee*) se rapporte à Gunnar ; au vers 8, « vous » (*you*) est un pluriel qui se rapporte à Gunnar et Sigurd.

20 « rouelle », *rowel* : petite roue hérissée de pointes, à l'extrémité de l'éperon.

29 « alloué », *meted* : alloué, distribué.

IX

DEILD
(Combat)

Comme je l'ai dit (voir p. 221), la grande lacune du *Codex Regius* a pour conséquence la perte de toute la poésie norroise concernant la partie centrale de la légende de Sigurd. Le manuscrit ne reprend que vers la fin d'un lai de Sigurd connu sous le titre de *Brot* (*af Sigurðarkviðu*) ou « Fragment » (d'un lai de Sigurd). Seule une vingtaine de strophes de ce poème nous sont parvenues, qui surviennent tardivement dans le déroulement de la tragédie : après la « querelle des reines » qui se lavent les cheveux dans les eaux du Rhin. Mon père remarque que, d'après ce qui reste du *Brot*, on constate la perte de l'essentiel d'un « poème ancien et très vigoureux – par exemple la suprême vigueur et la puissante concision de

Mér hefir Sigurðr
selda eiða,
eiða selda
alla logna...

Ces propos de Gunnar, que l'on rencontre presque au début de la partie préservée du *Brot*, trouvent un fidèle écho dans le *Lai*.

On a beaucoup débattu du contenu des pages disparues du *Codex Regius*. L'existence dans ce manuscrit d'un poème intitulé *Sigurðakviða en skamma*, « Le Court Lai de Sigurd » constitue un élément important ; mais il compte 71 strophes, ce qui en fait presque le lai le plus long de l'*Edda*. Ce titre doit avoir été utilisé en opposition à un autre texte, très probablement du même recueil. Si l'opinion de mon père sur la question a été argumentée dans le détail, il l'a exprimée timidement : selon ses termes, « on doit se souvenir que tout ce genre de choses (comme la datation de poèmes isolés, sur laquelle chaque spécialiste semble donner, avec une égale certitude, un avis différent) est très "flou" et douteux ». Il croyait qu'il avait pu y avoir trois lais de Sigurd : le *Sigurðarkviða en skamma*, conservé dans le *Codex Regius* ; le *Sigurðarkviða en meiri*, « Le Plus Long Lai de Sigurd », totalement perdu, et « un poème ancien, laconique, principalement centré sur la tragédie de Brynhild », dont la conclusion est conservée dans le *Brot*. (Il a donné à son propre poème un second titre, écrit en dessous du titre premier, sur la page de garde du manuscrit du *Lai* : *Sigurðarkviða en mesta* : « Le Plus Long Lai de Sigurd » car c'est dans ce lai qu'est racontée toute l'histoire.)

Quoi qu'il en soit, en ce qui concerne presque tout le récit, depuis l'arrivée de Sigurd à la cour des Burgondes (les Niflung, les Gjúking) jusqu'au début du *Brot* (Gunnar déclarant à Högni que Sigurd a rompu ses serments), nous sommes largement tributaires de la *Völsunga Saga* : Snorri Sturluson raconte l'histoire de manière très concise et le lai de Sigurd qui nous est parvenu, *Sigurðarkviða en skamma*, traite essentiellement de la mort de Sigurd et de Brynhild. Selon mon père, on peut supposer que, dans la mesure où les chapitres de la *Saga* concernés avaient pour fondement l'*Edda*, ils relèvent d'une poésie très étroitement semblable à celle emportée par les feuillets manquants du *Codex Regius*.

Ainsi, pour récapituler, la poésie eddique évoquant la mort de Sigurd et de Brynhild est en grande majorité conservée dans le *Sigurðarkviða en skamma* et dans la conclusion (le *Brot*, ou « Fragment ») d'un autre lai de Sigurd. Ces textes furent bien entendu utilisés par l'auteur de la *Saga*, mais mon père a élaboré sa version de manière indépendante à partir de ces sources.

3-4 Selon la *Saga*, à la fin de la célébration des noces de Gunnar et Brynhild, Sigurd se rappelle tous les serments qu'il a prêtés à Brynhild, mais ne fait aucun signe. La *Saga* ne comporte aucune allusion à ce que suggère la strophe 3.

6-11 La querelle entre Brynhild et Gudrún au moment où elles se lavent les cheveux dans le fleuve est conforme à l'histoire telle que la racontent Snorri Sturluson et la *Saga*, hormis sur la question des anneaux qui révèlent la vérité à Brynhild (voir ci-dessous la note aux strophes 9-10). Dans la *Saga*, le long dialogue qui s'ensuit entre Brynhild et Gudrún est absent du *Lai*.

9-10 Dans la *Saga*, comme je l'ai signalé précédemment (voir p. 232), Sigurd, qui a pris les traits de Gunnar, ôte la bague Andvaranaut à Brynhild et lui en donne une autre, provenant du trésor de Fáfnir ; alors que dans le *Lai*, qui s'inspire de Snorri Sturluson, c'est l'inverse. Ainsi, à cet endroit, selon les termes de Snorri, « Gudrún rit, puis elle dit : “Tu crois que c'est Gunnar qui a chevauché à travers ton feu vacillant ? Mais je crois que celui qui a couché avec toi est celui qui m'a donné cet anneau d'or ; mais l'anneau d'or que tu as au doigt et que tu as reçu comme présent de mariage s'appelle Andvaranaut ; je ne crois pas que ce soit Gunnar qui l'ait pris sur le Gnitaheiði." » (Sur le Gnitaheiði, voir V.14).

12-20 Le moment où Brynhild se retire dans sa chambre, au milieu d'un silence noir, gisant comme une morte, et sa querelle avec Gunnar lorsqu'il vient la voir sont dans l'ensemble inspirés de la *Saga* ; mais le long reproche qu'elle lui adresse dans la *Saga* diffère grandement du passage équivalent du *Lai* (strophes 15-19). Dans la *Saga*, quand elle se laisse enfin convaincre par Gunnar de parler, elle commence par lui demander : « Qu'as-tu fait de l'anneau que je t'avais donné, que le roi Budli m'avait donné quand nous nous sommes séparés pour la dernière fois, lorsque les Gjúking sont venus le voir en promettant de mettre sa grand'salle à feu et à sang, à moins que tu ne me conquières ? » Puis elle dit que Budli lui a soumis deux possibilités : qu'elle se marie comme lui le désire, ou bien qu'elle perde sa propre richesse et la faveur qu'il lui accorde. Voyant alors qu'elle ne peut lutter contre lui, elle promet d'épouser celui qui, chevauchant Grani chargé du trésor de Fáfnir, traversera les flammes dont elle s'entoure. Cette confusion supplémentaire, qui résulte d'une « double » vision de Brynhild, est une fois encore absente du *Lai*, tout comme d'autres détails du récit de la *Saga* : la mise aux fers de Brynhild par Högni, après qu'elle a menacé de tuer Gunnar, et le fait qu'elle déchire sa tapisserie.

20 Vers 3-4 : dans la *Saga*, Brynhild ordonne que la porte de sa chambre soit maintenue ouverte, de sorte que ses lamentations puissent être entendues au loin.

21-34 Le dialogue entre Sigurd et Brynhild emprunte l'essentiel de ses éléments au dialogue de la *Saga*, mais dans le *Lai*, il est bien plus condensé et bien plus cohérent. Dans la *Saga*, Brynhild ne maudit pas Gudrún et Sigurd ne dit pas qu'il serait même prêt à tuer Gunnar.

26 Dans la *Saga*, Brynhild dit qu'elle s'émerveille à la vue de l'homme qui pénètre dans sa grand'salle et qu'elle croit reconnaître les yeux de Sigurd, mais sans pouvoir le distinguer clairement car « sa fortune est voilée ».

27 Vers 7-8 : voir VIII.33, vers 3-4 et IX.10, vers 5-8.

29 Vers 1-3 : « Malheur soit » : maudites soient. « Malheur soit de l'instant » : malédiction adressée au temps. Voir également les strophes 37 et 50.

30 Vers 7-8 : « Je restais sans sourire, / ne faisant signe aucun » : voir IX.3-4.

35 Ici, l'auteur de la *Saga* cite le vers d'un poème qu'il intitule *Sigurðarkviða*, où il est dit que le chagrin de Sigurd est si grand que les liens de sa cotte de mailles éclatent. Mon père fait observer que cette strophe ne lui semble pas être écrite de la même main que le *Brot* ; il l'attribue donc à la *Sigurðarkviða en meiri*, par ailleurs entièrement perdue (voir p. 235). Dans le *Lai*, comme on peut s'y attendre, cette image exagérée se trouve atténuée.

39-40 Les strophes 39 (5-8) et 40 (1-4) font écho à VIII.30.

39-50 Des éléments de la répartition de ce dialogue ayant été modifiés dans le *Lai*, il se déroule sous un jour plus clair et sous un angle plus précis. Le mensonge de Brynhild à Gunnar, selon lequel Sigurd l'aurait possédée (43), entraîne les propos de Gunnar à Högni (46) : « Des serments m'a prêtés, / dont il a tous fait fi », qui sont pratiquement les premiers mots du *Brot* (voir p. 234).

51-64 Le récit du meurtre de Sigurd existe en deux versions différentes, chacune représentée dans les poèmes de l'*Edda*. Dans le *Brot*, il est tué hors de chez lui et Högni a son rôle à jouer (en dépit de son sentiment que Brynhild a menti à Gunnar, ce qui figure dans une strophe du *Brot*, reprise à la strophe 47 du *Lai*) ; mais dans le *Sigurðarkviða en skamma* et autres poèmes, il est assassiné dans son lit par Gotthorm (voir plus loin p. 244). À la fin du *Brot*, le compilateur du *Codex Regius* ajoute une note concernant cet épisode :

> Dans ce poème est racontée la mort de Sigurd et ici, l'histoire veut qu'il ait été occis hors de chez lui ; mais d'aucuns disent qu'il fut occis chez lui, dans son lit, pendant son sommeil. Toutefois, les Germains disent qu'il fut occis dehors, dans la forêt ; et de même, il est aussi dit dans *Guðrúnarkviða en forna* (« L'Ancien Lai de Gudrún ») que Sigurd et les fils de Gjúki avaient chevauché jusqu'au lieu du rassemblement lorsqu'il fut occis. Mais tous s'accordent sur ceci qu'ils rompirent le serment qu'ils lui avaient fait et se précipitèrent sur lui, au dépourvu, tandis qu'il se reposait.

La *Saga* suit l'histoire du meurtre chez lui, pendant son sommeil ; de même, le *Lai* adopte cette version, mais introduit un court épisode (55-57) au cours duquel Gotthorm rencontre Sigurd qui chasse dans la forêt et lui hurle des injures – peut-être pour donner de la couleur à ce qui est dit dans la *Saga* et repris aux strophes 52-53, à savoir que le régime de loup et de serpent dont il a été nourri l'a rendu téméraire et féroce à l'excès.

51 « De Grímhild l'enfant » : l'auteur de la *Saga*, qui considère Gotthorm (*Gottormr*) comme le frère à part entière de Gunnar et de Högni, fait dire à Gunnar qu'ils devraient persuader Gotthorm de commettre l'acte, puisqu'il est jeune et qu'il n'a prêté aucun serment. Ici, mon père suit la tradition présente dans le poème *Hyndluljóð*, selon laquelle Gotthorm, étant « de Grímhild l'enfant », est le demi-frère de

Gunnar et Högni ; Snorri Sturluson dit, lui aussi, que Gotthorm est le beau-fils de Gjúki.

58-59 Dans la *Saga*, Gotthorm se rend deux fois dans la chambre de Sigurd, au matin, mais Sigurd le regarde et Gotthorm n'ose pas l'attaquer en raison de son regard perçant ; quand il vient une troisième fois, Sigurd dort.

67-69 Ces strophes font écho aux strophes finales du *Brot*, qui ne s'étend pas au-delà de la mort de Brynhild.

73 Dans la *Saga*, qui s'inspire du *Sigurðarkviða en skamma*, Brynhild, à l'agonie, prédit toute l'histoire qui sera celle de Gudrún ; cet élément n'a pas sa place dans le *Lai*.

77 Les vers 5-7 sont une répétition exacte des vers 3-5 de III.13, où le « fils du fils » est Sinfjötli, sauf qu'à la strophe 13, on lit *Völsung* et non « les » *Völsung*. Si la forme plurielle est clairement lisible dans ce cas, elle peut néanmoins être erronée. Sur la forme *Valhöllu*, voir p. 199, la note afférente à III.13. (Cette forme, dont nous avons conservé la première occurrence, a été omise ici pour des raisons de métrique. [*N.d.T.*])

77-82 Le passage final est bien entendu propre au *Lai*. Pour les strophes 79-81, cf. *Upphaf*, la section d'ouverture du *Lai*, strophes 11, 14 et 15.

77-78 Dans un poème fragmentaire du xe siècle racontant la mort du féroce Eirik Hache de Sang, fils du roi Harald le Blond et frère de Hákon le Bon (voir p. 214, note concernant la strophe 54 de la section V), on découvre une image frappante de l'arrivée d'un « Ódin héros » à Valhöll. Le poème s'ouvre sur le personnage d'Ódin, qui déclare avoir fait un rêve dans lequel il préparait Valhöll à recevoir une visite de guerriers occis. On entend le grand vacarme de nombreux hommes approchant la grand'salle ; Ódin ordonne alors aux héros morts, Sigmund et Sinfjötli, de se lever

immédiatement pour aller à la rencontre du défunt roi qui arrive, disant qu'à son avis, il s'agit d'Eirik.
Sigmund dit à Ódin : « Pourquoi espères-tu voir arriver Eirik plutôt que d'autres rois ? » À quoi le dieu répond : « Parce qu'il a empourpré son épée dans maint pays. »
Sigmund demande alors : « Pourquoi lui as-tu dérobé la victoire, alors que tu savais qu'il était brave ? » À quoi Ódin répond : « Parce qu'on ne peut clairement le savoir… » À ce moment-là (en tout cas, tel que se présente le texte), il s'interrompt et conclut : « Le loup gris contemple les demeures des dieux. » (Cf. le commentaire sur *Upphaf* [« Commencement »], p. 180.)

*

Note sur Brynhild

Dans ce qui suit, j'ai établi, en l'amendant légèrement, le contenu de certaines remarques griffonnées par mon père au crayon gras et difficiles à déchiffrer, au sujet de son interprétation des récits enchevêtrés et contradictoires qui constituent la tragédie de Sigurd et Brynhild, de Gunnar et Gudrún. Je vais reprendre ici ce que j'ai dit dans mon avant-propos : on ne trouve dans ces notes, ni dans aucune concernant ses conférences sur la littérature norroise, rien qui se rapporte à la question de savoir s'il avait écrit ou envisageait d'écrire des poèmes relatifs à la légende des Völsung ; cependant, les vues qu'il exprime dans ses conférences peuvent assez naturellement éclairer son traitement des sources dans ses *Lais*.

Dans mon commentaire sur la dernière partie du *Lai*, j'évoquais (p. 235) l'opinion de mon père selon laquelle le fragment d'un lai de Sigurd connu sous le titre de *Brot*, par lequel reprend le *Codex Regius* après la « grande lacune », est la conclusion d'un « poème ancien, laconique, principalement centré sur la tragédie de Brynhild ». Pour évoquer ce poème, il utilise dans ses notes le titre *Sigurðarkviða en forna*, « L'Ancien Lai de Sigurd. » Dans ses papiers destinés à une conférence sur le contenu de la liasse perdue, il suggère (à l'instar du grand spécialiste Andreas Heusler) que le poème débutait probablement par l'arrivée de Sigurd à la grand'salle de Gjúki, suivie de son accueil, son serment de fraternité avec les fils du roi et son mariage avec Gudrún : tout cela sans doute brièvement *et sans référence au fait que Sigurd connaît déjà Brynhild*. Il suggère que les éléments majeurs du personnage de Brynhild dans ce poème sont les suivants :

(1) Figure semi-mythique, en définitive empruntée à une légende de Valkyries.

(2) Elle s'entoure d'un rempart de flammes et fait vœu de n'épouser que le héros qui le franchira, en espérant que ce sera Sigurd.

(3) Son rempart de flammes est bel et bien franchi par Sigurd, mais sous les traits de Gunnar. Elle est liée par son serment. Elle se console à la pensée de l'exploit de Gunnar.

(4) Cette consolation échoue et sa fierté est mortellement blessée quand elle découvre qu'en réalité, c'est bien Sigurd qui a franchi les flammes ; de plus, on lui a fait rompre par ruse le serment qu'elle avait fait d'épouser le véritable cavalier.

(5) Sa vengeance prend la forme suivante : puisque, désormais, elle ne peut être à Sigurd, elle le détruira (et, ce faisant, infligera une blessure mortelle à Gudrún, objet naturel de sa haine) ; mais par cet

acte même, elle se vengera de Gunnar en l'impliquant dans un atroce parjure, si bien que, tout cela étant terminé, Sigurd étant mort et elle-même sur le point de mourir, elle peut se retourner et dire : « Sigurd est pur de toute cette vilenie ; toi seul, Gunnar, es couvert de honte » (sur quoi s'achève le *Brot*, repris dans les strophes 67-69 de la section IX du *Lai*).

(6) Pour ce faire, elle profère de terribles mensonges à l'encontre de Sigurd et d'elle-même. Elle l'accuse de parjure lorsqu'elle l'accueillit dans son lit, après qu'il eut franchi les flammes. C'est le seul moyen dont elle dispose pour inciter Gunnar à le tuer [voir strophes 43, 46 et 49 de la section IX du *Lai*). Par la suite, elle révèle la vérité (strophe 68, vers 5-8).

Voilà pourquoi, dans la *Saga*, Áslaug constitue un ajout si déplorable, même si elle est engendrée au sommet de la montagne et non lorsque Sigurd franchit les flammes une seconde fois (voir p. 232-233).

Je crois que nous devrions accepter (écrit-il) une telle conception en ce qui concerne ce poème, dont seules demeurent les vingt strophes du *Brot*, l'un des plus anciens vers de la tradition. La résolution de la question du couple Brynhild-Valkyrie ne réside pas dans l'hypothèse que l'une est mortelle (Brynhild) et que l'autre est une Valkyrie dérivée d'un « mythe » plus ancien devenu confus par la suite. La solution, selon moi, est que la Valkyrie constitue l'élément majeur de toute l'histoire, qui est présent dans tous les cas. (Dans une note séparée, mon père écrit : « Brynhild ne peut être un personnage humain mythifié [ni confondu avec la Valkyrie Sigrdrífa]. C'est une Valkyrie humanisée. »)

Mais elle est traitée d'au moins deux façons différentes. Il y a l'éveil de la Valkyrie enchantée par Ódin, au sommet de la montagne (peut-être la conception la plus typiquement scandinave et, par conséquent, la plus tardive, puisqu'à l'origine, le récit n'est pas scandinave). Il y a aussi l'orgueilleuse princesse prise au piège de son propre stratagème (quand Sigurd chevauche les flammes, mais sous les traits de Gunnar) – le traitement le plus méditerranéen. L'idée que le poème disparu qui s'achève sur le *Brot* représente cette version antérieure, « plus méditerranéenne », est probablement confirmée par un point important sur lequel elle s'accorde avec les versions non scandinaves, à savoir que Sigurd est assassiné hors de chez lui, dans un bois, et que Högni a son rôle à jouer (dans le *Brot* lui-même, Gudrún apparaît debout à la porte de la grand'salle pendant que ses frères reviennent).

Il est révélateur de constater que le compilateur du *Codex Regius* intègre une note sur cette question qui, de toute évidence, le laisse aussi perplexe que ses contemporains (voir p. 239, note aux strophes 51-64). Il remarque que l'*Ancien Lai de Gudrún* dit la même chose : dans ce cas, Sigurd est occis au *thing* (« lieu du rassemblement ») ; en outre, il n'ignore pas qu'il s'agit de la version « méditerranéenne » (*þyðvestur menn*, les Germains). L'autre récit, l'assassinat de Sigurd au lit, dans les bras de Gudrún, conforme au penchant scandinave pour l'élément intime et la concentration de l'action en temps et en lieu, est représenté par le *Sigurðarkviða en skamma*, le lai de Sigurd qui subsiste (voir p. 235), et telle est la version suivie (sans aucun commentaire) dans la *Saga*, de même que dans le *Lai* (voir p. 239).

Dans ses notes, mon père n'aborde pas les modes contradictoires (visibles dans la *Saga*) selon lesquels la tradition scandinave a développé l'histoire de Sigurd et

Brynhild. Mais son avis sur cette question essentielle apparaît clairement dans une remarque faite ailleurs, en passant, où il considère que le philtre d'oubli donné à Sigurd a été « inventé par l'auteur du *Sigurðarkviða en meiri* désormais perdu [*voir p. 235*] afin de justifier les difficultés posées par les précédentes fiançailles de Sigurd et Brynhild ».

Pour conclure, il écrit : « Par conséquent, il ne nous reste plus désormais qu'à exprimer notre étonnement du fait que l'auteur de la *Saga*, qui a su opter de façon si décisive et si résolue pour l'un des deux récits contradictoires du meurtre, n'ait su opter pour une conception unique de Brynhild. Puisque le choix d'une conception unique du meurtre doit résulter d'une préférence artistique, on ne fait peut-être que rendre justice à l'auteur de la *Saga* en supposant que le caractère vague et incertain de la position de Brynhild n'est pas pure maladresse de sa part. Il recherchait un ensemble de motifs et d'émotions contradictoires destinés à la tragédie centrale et, afin de les obtenir, il s'est contenté de laisser dans le vague les précédentes relations de Sigurd et Brynhild. Il le fallait, puisque chacune des théories contribuait à fournir des motifs à cette dernière.

« Dans la *Saga*, son explosion de rage et de chagrin résulte en partie de son orgueil – elle n'a pas épousé le héros suprême (ce pour quoi elle hait Gudrún) – mais en outre, elle a été mariée par ruse (ce pour quoi elle hait Gunnar et Sigurd). Son serment a été rompu et elle s'abhorre elle-même. Elle aime réellement Sigurd et lui seul : le désir de son cœur étant frustré, elle préfère tuer l'objet de son amour plutôt que de le laisser en partage à une rivale. Ses fiançailles avec

Sigurd ont été rompues par tous les deux – à la fois par le destin et par la magie. Voilà pourquoi elle est furieuse contre Sigurd (et contre elle-même) et refuse en tout cas de davantage supporter d'être l'épouse de Gunnar. Derrière tout cela se cachent Ódin et sa destinée, et la vanité des vœux de Brynhild : c'est lui qui l'a condamnée à se marier. La malédiction de l'or est inextricablement mêlée à l'ensemble.

« Franchement compliqué ! Et bien que, dans sa construction, cet épisode soit essentiellement le fruit du hasard, son maintien est peut-être une affaire de goût. Nous pouvons accepter cette idée, même si nous risquons toujours un peu de nous tromper en affirmant qu'un artiste plus talentueux aurait su conserver tout ce qu'il fallait des deux héroïnes divergentes représentées par Brynhild, sans les rendre aussi obscures, voire contradictoires et incompréhensibles. »

Premières ébauches de *Völsungakviða en nýja*

Le texte du premier manuscrit d'*Upphaf* n'est pas facile à interpréter. Il existe deux versions classées d'emblée l'une à la suite de l'autre : par commodité de référence, je les appellerai « texte A » et « texte B ». Si le premier, ou texte A, intitulé *Upphaf*, compte presque autant de strophes que sous sa forme définitive, celles-ci ne sont pas toutes dans le même ordre et la formulation diffère constamment, bien que légèrement dans l'ensemble. La strophe d'ouverture est parmi celles à avoir subi le plus de changements avant de parvenir à sa forme définitive :

Avant les ans béaient
époques sans années,
sans sables et sans mers
silencieuses, vides ;
Terre non façonnée
et Cieux non arqués :
abîme grand ouvert
et sans même un brin d'herbe.

La strophe 4 (« C'était joie sans mélange… ») n'y figure pas. La strophe 13 (12 dans le texte A) donne ceci :

Ódinn, je vois qu'un loup
lors de la fin du monde (> attend, qui ne dort pas)
et le feu de Surtur,
Frey, de blonde splendeur ;
le Dragon seul porte
la destinée de Thór :
il ne restera rien
et Terre périra.

Bien que le manuscrit ne l'indique pas, c'est manifestement ici que s'achèvent les paroles de la Prophétesse, et les strophes 14-15, dans lesquelles celle-ci évoque le rôle de Sigurd lors du Ragnarök, ne figurent pas ici. Suivent alors, dans le texte A, les strophes 16-20 de la version définitive, la conclusion d'*Upphaf*, dans laquelle les dieux se préparent pour la Dernière Bataille, selon la prédiction, et qui s'achève sur les mots : « attendaient, attablés / un homme, l'élu du Monde ». Dans le texte A, à ce stade, le sens de ces paroles n'est pas explicité. Mais dans cette version, ce sont les strophes 14-15 du texte définitif (absentes ici de la prédiction de la Prophétesse) qui constituent la conclusion d'*Upphaf*. La première donne ceci :

Au jour du Destin
doit être un immortel
qui mort avait goûté
pour de mort se guérir ;
meurtrier du dragon
et descendant d'Óðinn,
défendeur des remparts,
un homme, l'élu du Monde.

Quant à la strophe finale du texte A, c'est pratiquement la même que la strophe 15 du texte définitif. Ainsi, la prédiction concernant Sigurd figure dans le texte A, mais non comme parole de la Prophétesse.

Le second texte, ou texte B, n'est pas intitulé *Upphaf* mais L'*Ancienne Edda* (la raison en sera fournie bientôt). Il est bien plus proche de la forme définitive dans le détail de sa formulation : en effet, il ne diffère que par endroits. D'après les corrections effectuées au crayon sur le texte A et reprises sur le texte B tel qu'il est rédigé, il est clair qu'il s'agit d'un développement à partir du texte A. Mais il est bien plus court que le texte A. La première strophe n'y figure pas ; le poème débute par « Les Grands Dieux un jour / se mirent à l'ouvrage » mais la forme définitive de la strophe 1 (« Jadis était un temps/où n'était que du vide ») est griffonnée au crayon dans la marge. Manque également la strophe 4 (« C'était joie sans mélange... »), tout comme dans le texte A, mais, fort curieusement, l'ensemble de la prédiction de la Prophétesse (strophes 10-15) fait défaut. Ainsi le texte B ne comprend-il que 12 strophes. La dernière débute par : « Nombreux sont les hôtes » et ses derniers vers ne sont pas : « attendaient, attablés / un homme, l'élu du Monde » comme dans le texte A et la version définitive, mais « attendant fort longtemps / la dernière bataille ». Ainsi, le motif de Sigurd dans le rôle de sauveur lors du Ragnarök (selon l'espoir d'Ódin) fait défaut.

Cette version tronquée d'*Upphaf* marque l'ouverture d'une conférence prononcée, ou peut-être plus probablement destinée à être prononcée, devant une *society*, vraisemblablement à Oxford. Les premiers mots suivant le poème sont :

« Et voilà, je crois, tout ce que j'ai à dire (pour ma part) concernant l'*Ancienne Edda*. Il y a l'ancienne métrique et l'ancienne strophe dans lesquelles elle est rédigée, pour l'essentiel – dans lesquelles fut jadis composée notre propre poésie et dans lesquelles elle peut l'être encore si nous voulons bien en apprendre l'art (qui n'a rien d'aisé) – il y a, en arrière-plan, l'imaginaire de ses poètes ; et bien qu'il ne s'agisse pas d'une traduction d'un poème eddique, cela y ressemble ; on peut trouver dans cet ouvrage tous les éléments, la plupart dans le tout premier poème qui traite directement de ce thème même. »

Seuls les premiers paragraphes de cette conférence ont été conservés, soit parce qu'ils ont été écrits sur la même page que la dernière strophe du poème et que le reste a été détruit, soit parce que cette conférence n'a jamais été développée au-delà, en tout cas sous cette forme.

Il n'existe aucune indication de date. Il n'existe pas non plus de moyen de savoir avec certitude pourquoi mon père a condensé le poème de cette façon ; mais une explication plausible se présente peut-être d'elle-même. Le premier texte, ou texte A, introduit cette conception très étrange et très caractéristique de « la fonction particulière de Sigurd », « invention du présent poète », selon ses propres termes (voir commentaire, p. 180). Mon père eut alors l'idée d'introduire sa conférence en récitant brièvement une partie de sa propre poésie « scandinave » ; mais utiliser l'*Upphaf* à cette fin eût requis d'omettre toutes les strophes relatives à la notion d'« élu du Monde », « fonction particulière de Sigurd » – qui impose une nouvelle signification au mythe.

En l'écrivant, considérait-il ce court texte comme le prélude à un long poème consacré à la légende de Sigurd ? Cela semble impossible à dire (le titre *Upphaf* ne l'implique pas nécessairement : il peut se rapporter au contenu du poème, comme j'ai tendance à le supposer).

Les autres textes préliminaires qui subsistent, cités plus haut p. 52, la section I du *Völsungakviða en nýja*, *L'Or d'Andvari*, et les neuf premières strophes de la section II, *Signý*, entretiennent le même rapport à la forme définitive que le texte A d'*Upphaf* en ceci qu'ils diffèrent constamment dans le détail du vocabulaire et de la formulation.

GUÐRÚNARKVIÐA EN NÝJA
eða
DRÁP NIFLUNGA

GUÐRÚNARKVIÐA EN NÝJA

1 Fumée s'était enfuie,
tourbe se consumait ;
sous le souffle du vent
refroidissaient les cendres.
Comme soleil couchant
Sigurd avait passé ;
Brynhild avait brûlé
comme feu flamboyant.

Smoke had faded,
sunk was burning ;
windblown ashes
were wafted cold.
As sun setting
had Sigurd passed ;
and Brynhild burned
as blazing fire.

2 Leur bonheur n'était plus ;
leur malheur, achevé ;
de Gudrún, le chagrin
était toujours plus grand.
Vie elle haïssait,
mais vie point ne s'ôta ;
elle errait, hors d'esprit,
seule dans la forêt.

Their bliss was over,
their bale ended ;
but Gudrún's grief
ever grew the more.
Life she hated,
but life took not,
witless wandering
in woods alone.

*

3 Voici qu'Atli se lève,
commandant ses armées,
son pouvoir se déploie
aux portes du Levant.

Atli ariseth
armies wielding ;
on the marches of the
[East
his might waxeth.

	Il piétine les Goths, pillant, volant leur or, ses hordes à cheval se hâtent vers l'ouest	Goths he tramples, gold despoiling, his horsemen countless hasten westward.
4	Lui, le fils de Budli, se rappelle qu'épées furent fléau de celle du frère de Budli ; lui, tant assoiffé d'or, roi lugubre de cœur a eu vent du trésor se trouvant sur la Lande.	He, Budli's son, blades remembers that of Budli's brother were the bane of old ; he, gold-greedy, grimhearted king hath heard of the hoard on the Heath that lay.
5	Du trésor de Fáfnir gloire se répandait ; le gardaient les Niflung en pays des Niflung ; de Gudrún la beauté de grâce lumineuse ; de Gjúki, vieillissant, cheminant vers la tombe.	Of Fáfnir's treasure fame was rumoured, that Niflungs held in Niflung-land ; of Gudrún's beauty gleaming-lovely ; of Gjúki aged to his grave passing.

*

6	De forte Forêt Noire vint sinistre message : « Voici qu'Atli se lève, rassemblant ses armées ; ennemis prennent armes et la haine s'éveille ; le pays des Huns tremble sous le pas des chevaux ! »	From mighty [Mirkwood came message darkly : « Atli ariseth armies mustering. Hate awakens, hosts are arming ; under horses' hooves Hunland trembles ! »
7	Gunnar alors parla, dont cœur était lugubre :	Gunnar spake then gloomy-hearted :

Gunnar
« Cruel sera combat
et féroce, l'assaut !
De l'or et de l'argent
feront taire sa soif,
de l'or et de l'argent,
ou rutilantes lames ? »

« Fierce will the feud
[be,
fell the onslaught !
With gold and silver
shall his greed be
[stayed,
with gold and silver
or gleaming swords ? »

8 Alors parla Högni,
arrogant chef de clan :
Högni
« Pour finir, nous pleurons
de Sigurd la puissance !
La victoire sans cesse
accompagnait Völsung.
Désormais, guerre seule
défendra notre terre. »

Then spake Högni,
haughty chieftain :
« The might of Sigurd
we mourn at last !
Victory rode ever
with the Völsung lord ;
now alone will war
our land defend. »

9 Alors parla Grímhild,
cheveux gris de sagesse :
Grímhild
« Gudrún est ravissante,
de grâce lumineuse –
lions-le donc à nous :
un frère par alliance,
cherchant notre assistance
en la reine des Huns ! »

Then spake Grímhild
grey with wisdom :
« Gudrún is fair,
gleaming-lovely –
let us bind him in
[bonds
as brother wedded,
in Hunland's queen
our help seeking ! »

10 Gudrún allèrent voir,
la trouvèrent, chagrin,
dans sa maison des bois,
qui tissait, solitaire ;
tissait somptueuses toiles
aux brillants personnages,

Gudrún they sought,
grieving found her
in woodland house
weaving lonely ;
weaving wondrous
webs bright-figured

de malheur emmêlées
et de travaux d'antan.

with woe tangled
and with works of old.

*

11 Ódin elle figurait
en vieillard, manteau bleu ;
Loki aux pieds légers,
avec boucles de flammes ;
cascade d'Andvari
dans un cadre d'argent,
quant à l'or d'Andvari,
le tissait rutilant.

Ódin she wrought
old, blue-mantled ;
Loki lightfooted
with locks of flame ;
the falls of Andvari
framed of silver,
the gold of Andvari
she gleaming wove.

12 La maison de Völsung,
immense, était de bois,
branches enchevêtrées
de l'Arbre s'agitaient.
Là, Sigmund se tenait
austère et inflexible,
brandissant de Grímnir
le flamboyant présent.

The house of
[Völsung
huge was timbered,
the Tree there tossed
tangled branches.
There Grímnir's gift
gleaming brandished
Sigmund standing
stern unbending.

13 La halle de Siggeir
s'embrasait jusqu'au ciel,
encerclée par le feu,
dévorée par les flammes.
Là se tenait Signý
faisant signe à Sigmund,
autour d'elle, le feu,
derrière elle, les flammes.

The hall of Siggeir
high was burning
fire-encircled
flame-devouréd.
Signý stood there
Sigmund greeting,
fire about her,
flame behind her.

14 Le vaisseau de Sigmund
avait écus d'argent ;
les vagues s'affolaient,

Shields of silve
had the ship of
[Sigmund ;
wild the waves were,

	par le vent ondulées.	wind them twisted.
	Là voguait lentement	Sailed there slowly
	sur les mers déchaînées	Sinfjötli's bier
	et par Ódin guidé	through stormy seas
	le défunt Sinfjötli.	steered by Ódin.
15	Là, près des rouges braises,	There Regin wrought
	Regin travaillait ;	by the red embers ;
	là était forgée Gram,	there Gram was
		[hammered
	parmi force étincelles.	amid gleaming sparks.
	Dominait tête atroce :	High loomed the head
	dragon arborant heaume ;	of helméd dragon ;
	et sous son ventre noir	under black belly
	se trouvait éclat d'or.	there was blink of
		[gold.
16	Cavalier solitaire	Long lay the shadow
	et son ombre allongée,	of lone rider
	brandissant l'épée Gram,	golden-harnessed
	en armure dorée ;	Gram brandishing ;
	Sigurd, brillant soleil,	sun-bright Sigurd
	descendant de Völsung,	seed of Völsung,
	entrant, chevauchant Grani,	on Grani riding
	dans la cour de Gjúki.	into Gjúki's courts.

*

17	Gunnar lui apporta	Golden weregild
	compensation en or	Gunnar brought her,
	et l'arrogant Högni	haughty Högni
	humblement se courba.	humbly bent him.
	Gunnar et Högni	Gudrún they hailed,
	saluèrent Gudrún :	Gunnar and Högni ;
	ne tourna point la tête,	head she turned not,
	toujours haine brûlait.	hate still burned her.

18 Entra alors Grímhild,
au cœur empli de ruse :

Grímhild

« Notre fille très chère,
cesse de te morfondre !
Brynhild morte au bûcher,
malheur est achevé ;
brille toujours la vie,
tu es encor gracieuse ! »

In came Grímhild
guileful-hearted :

« Dearest daughter
droop no longer !
Burnt is Brynhild,
bale is ended ;
life yet shineth,
thou art lovely still ! »

19 Gudrún alors leva
regard plein de chagrin
par les pleurs embué,
par le deuil assombri.
Par sagesse assombri,
par dessein, plus profond,
dardait à travers elle,
le regard de Grímhild.

Gudrún lifted
her grieving eyes,
dimmed with weeping,
dark with mourning.
Dark with wisdom,
deep with purpose
were Grímhild's eyes
gazing through her.

Grímhild

20 « Voici qu'Atli se lève,
commande ses armées,
roi d'innombrables peuples
de pays du Levant.
Sa reine régnera
sur des cours de splendeur,
plus que toute autre femme
sur terre sera louée. »

« Atli ariseth,
armies wieldeth,
king of Eastland's
countless peoples.
His queen shall rule
courts of splendour,
over all women else
on earth upraised. »

Gudrún

21 « Tout d'or étaient les jours,
tout d'or et tout d'argent,
tout d'argent et dorés,
avant que vînt Sigurd.
Jeune fille entre mille,
je marchais en gaieté,

« Of gold were the [days,
gold and silver,
silver and golden,
ere Sigurd came.
A maid among maids
in mirth walked I ;

	seuls songes et ombres,	only dreams and [shadows,
	seuls songes m'attristaient.	only dreams vexed me.
22	J'ai vu un cerf en songe,	A hart I dreamed
	pelage d'or, immense :	high and golden :
	la flèche est décochée	now is sped the shaft
	et le sang est versé.	and spilled the blood.
	Lors tu m'offris un loup	A wolf thou gavest me
	pour malheur consoler,	for woe's comfort,
	m'empourpra, m'aspergeant	in my brethren's blood
	du sang de mes deux frères.	he bathed me red.
23	Bien peu je les aime	I love them little,
	et point je ne les crois,	I believe them not,
	mais le sang de mes frères	but my brethren's [blood
	ne m'est remède aucun.	is no boot for me.
	Comment de ma blessure	How shall husband [heal me
	époux me guérira,	of harm I bear
	chez les Huns, haïssables,	in hateful Hunland
	moi qui suis sans espoir ? »	who am hopeless [now ? »
	Grímhild	
24	« Ne blâme point tes frères !	« Thy brothers blame [not !
	Brynhild en est la cause,	Brynhild wrought it,
	ton offense et souffrance –	thy wrong and sorrow –
	le regret les afflige.	it rues them sore.
	Songes ne sont que songes,	And dreams are but [dreams,
	ou annoncent malheur,	or else doom foretell ;
	malheur il faut subir,	yet doom must be dreed,
	bien qu'aperçu en songe.	though dreams [foreshow.

25 L'or des Huns est brillant,
pays des Huns est vaste,
des rois sur cette terre
Atli est le plus grand.
L'or est un réconfort
bien que cœur il chagrine,
mieux vaut couche de reine
que froid lit dépouillé ! »

Hungold is bright,
Hunland is wide,
Atli mightiest
of earthly kings.
And gold is healing,
though grieve the
[heart ;
a queen's bed better
than one cold and
[bare ! »

Gudrún

26 « Pourquoi m'incites-tu,
d'un regard qui me darde,
sinistre en son dessein,
à destin devancer ?
À Sigurd m'as donnée
douleur s'en est suivie ;
ainsi laisse ta fille,
laisse-moi en repos ! »

« Why drivest me on
with daunting eyes
dire of purpose,
doom forestalling ?
To Sigurd thou gavest
[me,
to sorrow it turned ;
now leave me to rest,
leave thy daughter ! »

Grímhild

27 « Nul repos pour qui vit,
nul endroit pour les larmes,
pour qui, fier, décidé,
s'oppose à son destin !
Nul repos je n'accorde !
Écoute mes avis
ou regrette à jamais
d'être faite terrestre ! »

« No rest for the
[living,
no room for tears,
who with pride and
[purpose
oppose their fate !
No rest I grant thee !
My redes hearken,
or rue for ever
thou wert wrought on
[earth ! »

28 Sombre était son regard,
profond et effroyable,
au sinistre dessein,
dardant Gudrún sans cesse.
Car nul mot n'attendait,
sagesse connaissant,
de sa fille Gudrún
Grímhild s'éloigna.

Dark hung her eyes
daunting Gudrún,
deep and dreadful,
dire with purpose.
For no word she [waited,
wisdom knew she ;
forth went Grímhild
from Gudrún's side.

*

29 De Gudrún la beauté
contentait fort Atli ;
de l'or il se rêvait,
obscurément gardé ;
le trésor du dragon,
que Sigurd léguait,
l'épouse de Sigurd,
la plus belle des femmes.

Of Gudrún's beauty
glad was Atli ;
of gold he dreamed [him
guarded darkly ;
of the serpent's hoard
that Sigurd left her,
of the wife of Sigurd
of women fairest.

30 Boisson de fiançailles
il but, le cœur comblé,
à la pâle Gudrún
en atours lumineux.
À chacun de ses frères
il prêta des serments,
promit durable trêve
et ligue de parent.

Bridal drank he
blissful-hearted
to Gudrún pale
in gleaming robes.
Oaths he swore them,
to each her brothers,
and lasting truce,
league of kinship.

31 Obscures et splendides,
menaçants édifices
aux échos loin portant
étaient halles d'Atli.
Assis à ses côtés,
rois, innombrables chefs

Dark and splendid,
dreadly builded,
and echoing vast
were Atli's halls.
Kings sat neath him,
countless chieftains,

et Huns cavaliers
en lugubres armures.

and Hunnish horsemen
harnessed grimly.

32 Gudrún trônait très haut,
maîtresse du pays,
froidement se couchait
en reine du pays.
Son seigneur l'aimait,
elle était gracieuse,
rire méconnaissait,
mais blancs étaient ses
[membres.

High sat Gudrún
Hunland's mistress,
cold lay Gudrún
queen of Hunland.
Her lord loved her,
lovely was she ;
laughter she knew not,
yet her limbs were
[white.

33 Mais d'Atli la soif d'or
demeura plus longtemps,
de l'or il se rêvait,
obscurément gardé.
Jamais il ne reçut
le trésor du dragon,
gardé par les Niflung
en pays des Niflung.

But longer him lasted
his lust of gold,
the gold he dreamed
[him
guarded darkly.
The serpent's treasure
they sent it never,
the Niflungs kept it
in Niflung-land.

34 Longtemps il médita,
jusqu'à ce qu'or l'emporte ;
maux furent ravivés
et conflits anciens.
Longues nuits, allongé,
Gudrún il regardait ;
sombres nuits, assoupi,
l'or en songe il voyait.

Long he pondered,
till lust swayed him ;
woes were wakened
and wars of old.
Long nights lying
he looked on her ;
dark nights drowsing
he dreamed of gold.

35 Serments avait prêté,
le mal il méditait ;
le dessein de son cœur
pourtant dissimulait.
Des mots il murmurait

Oaths he had uttered,
evil he pondered ;
but his heart's purpose
was hidden under.
Yet words he muttered

en sommeil vagabond ;
Gudrún les distinguait,
augures de malheur.

in wandering sleep ;
Gudrún guessed them,
gloom foreboding.

36 Banquet fit préparer,
qu'il proclama au loin ;
en halle aux si hauts murs
hôtes furent conviés ;
tous ceux qu'il connaissait
vinrent le saluer,
pour anneaux recevoir,
partager vins et rires.

A feast he fashioned,
far proclaimed it ;
to high-builded halls
his hosts were bidden ;
all kith and kindred
called to greet him,
to dealing of rings,
drink and laughter.

*

37 Sur un vaillant cheval,
le véloce Vingi,
héraut parmi les Huns,
se hâtait vers l'ouest.
Il parvint chez Gunnar,
puissant fils de Gjúki,
dans ses halles du Rhin,
aux grands remparts dorés.

On valiant horse
Vingi swiftly,
herald of Hunland,
hasted westward.
To Gunnar came he,
Gjúking mighty,
to halls of Rhineland
high and golden.

38 Ils buvaient tout leur saoul ;
regard sombre lancèrent,
entendant résonner
le langage des Huns.
Lancé à pleine voix,
glacial tomba le cri
du héraut, sous son heaume,
en salut à Gunnar.

There drank they [deep ;
dark they eyed him,
Hun-speech hearing
in their hall ringing.
Cold fell his cry
calling loudly
under helm standing
hailing Gunnar.

Vingi

39 « Atli m'a envoyé
en pressante mission,

« Atli hath sent me
on errand speedy,

sur cheval se hâtant
par la grise forêt ;
Gunnar il salue bien,
Gunnar et Högni ;
vous prie de vous réjouir,
veuillez ouïr sa requête !

40 Banquet fait préparer,
noblement apprêter,
où tous ceux qu'il connaît
viendront le rencontrer.
Anneaux prodiguera,
selles d'argent ornées,
de la pourpre du sud
et habits de grand prix.

41 Vous choisirez écus
et chemises de mailles,
lances à lisse pointe
et de splendides heaumes.
Présents vous offrira,
terres considérables,
épées à garde d'or
et argent ciselé. »

42 Gunnar pencha la tête,
interrogeant Högni :
Gunnar
« Et Högni, qu'en dit-il ?
Entend-il l'injonction ?
Cet or qui rutilait
sur le Gnitaheiði

on horse hasting
through hoar forest.
Gunnar he greeteth,
Gunnar and Högni.
Be blithe he bids you,
to his boon hearken !

A feast he fashions,
fair he dights it,
all kith and kindred
calls to meet him.
Rings will he deal,
raiment costly,
saddles silverlaid,
and southern purple.

Shields shall ye
[choose there
and shirts of mail,
spears smooth-
[shafted
and splendid helms.
Gifts will he give you,
graven silver,
gold-hilted swords,
and goodly lands. »

His head bowed
[Gunnar,
to Högni speaking :
« What saith Högni ?
Doth he hear the
[summons ?
Is not gold that
[glimmered
on Gnitaheiði

ne suffit aux Niflung ?
Nous faut-il quelque don ?

enough for Niflungs ?
Need we bounty ?

43 Est-il épée à l'Est
qui mon épée égale ?
Est-il heaume aussi haut
chez les Huns que les nôtres ?
D'Atli sommes-nous liges
en recevant des terres
de maître parmi Huns ?
Högni, veuille répondre ! »

Is there sword in the [East
that my sword [matcheth ?
Are there helms in [Hunland
so high as ours ?
Are we lieges of Atli,
lands receiving
from Hun master ?
Högni answer ! »

Högni

44 « Moi, je songe à Gudrún –
tristes pensées s'éveillent !
Anneau m'a envoyé,
un anneau seulement.
Poil de loup, tout autour,
y est entortillé,
loups attendent, tapis,
tout au bout du chemin. »

« Of Gudrún I think –
grim thoughts awake !
A ring she hath sent [me,
a ring only.
Wolf's hair winds it,
woven round it,
wolves lie in wait
at the way's ending. »

Gunnar

45 « Pourtant, runes m'envoie,
runes de réconfort,
sur du bois, mots à lire
si savamment gravés,
nous priant promptement
de banqueter, joyeux,
oubliant maux d'antan
et anciennes offenses. »

« Yet runes she sends [me,
runes of healing,
words well-graven
on wood to read ;
fast bids us fare
to feast gladly,
old woes forgetting
and ancient wrong. »

*

46 Gunnar prodigua dons,
royales récompenses ;
pria gens d'apporter
vin à l'homme épuisé.
Ils burent tout leur soûl
au jour qui s'achevait,
insouciants du destin ;
vacarme résonnait.

Gifts gave Gunnar,
guerdon kingly ;
wine bade men bring
to weary guest.
Deep there drank they
to day's ending,
doom they recked not ;
din resounded.

47 Alors entra Grímhild,
cheveux gris de sagesse,
les runes elle lut,
témoignages transcrits.
Ses sourcils se froncèrent ;
pressentant quelque mal,
à Gunnar elle parla,
d'une voix lente et grave.

In came Grímhild
grey with wisdom,
the runes she read,
the written tokens.
Her brows darkened
boding evil ;
to Gunnar spake she
grave and slowly.

Grímhild

48 « De ces runes je doute :
écrites avec ruse,
salies et sinueuses,
étrangement noircies.
Dessous en étaient d'autres,
désormais recouvertes –
qui, si je les lis bien,
étaient runes de ruine. »

« These runes [I doubt :
they are writ with [cunning,
strangely twisted,
stained and darkened.
There were others [under,
now overlaid –
if I read them right
they were runes of [ill. »

49 Gunnar, qui avait bu,
se tourna vers son hôte :

Gunnar had drunken,
to his guest turned he :

Gunnar

« Vous, Huns, n'avez de vin
comme on en verse ici !
Il nous fâche d'aller
votre bière lamper ;
dans vos cornes, rien que
[ruse –
Gunnar ne viendra pas ! »

« Ye Huns have no
[wine
such as here runneth !
It irks us to ride
to your ale-quaffing ;
guile fills your horns –
Gunnar comes not ! »

50 Vingi dit en riant :

Laughing said Vingi :

Vingi

« Dirai-je à mon seigneur
qu'à la cour de Gjúki
il ne reste aucun roi ?
Y gouverne une reine
qui runes fait parler ;
du roi, graves propos
femme jugerait-elle ?

« My lord shall I tell
that in courts of Gjúki
no kings are left ?
There rules a queen,
a rune-conner ;
his weighty words
a woman judgeth ?

51 Déjà je dois partir
et ne vous cacherai
qu'Atli avance en âge,
mais Erp est encore jeune :
pour le fils de ta sœur,
seulement sept printemps –
il lui faut fortes mains
pour diriger royaume.

I must haste away,
so will hide it not,
that Atli is old,
but Erp is young
Thy sister's son
is but seven winters –
strong hands he
[needs
to steer his realm.

52 En Gunnar espérait
trouver guide et secours,
et du fils de sa sœur
le gardien assuré.
Son royaume il comptait
que vous gouverneriez –

In Gunnar hoped he
for guide and help,
of his sister's son
the safe keeper.
He weened ye might
[wield
his wide kingdom –

	mais en proie à la peur,	ye are fallen afraid,
	les ombres redoutez. »	and fear shadows. »
53	Högni lui répondit,	Högni him answered
	dur et plein de mépris :	hard and scornful :
	Högni	
	« Quels impudents propos	« Daring speeches
	par le vin engendrés !	and drink-begotten !
	Ni grisonnant, ni las	Nor hoar nor weary
	n'est le roi en ce lieu,	is here the king,
	bien qu'en pays du Rhin,	though queens in
		[Rhineland
	reines soient dites sages.	be counted wise.
54	Atli je n'ai ouï dire	Yet Atli I heard not
	trop âgé pour ruser,	too old for guile,
	concevoir une guerre	war to ponder,
	ou convoiter richesses.	or wealth to covet.
	Funeste est ma pensée :	And fey saith my
		[thought :
	"Le jour n'est pas venu	"Far lies the day
	où Erp, sinon Eitill	ere Erp or Eitill
	régnera après lui !" »	after Atli rule !" »
55	Mais Gunnar s'écria,	But loud cried Gunnar
	riant, plein de mépris,	laughing scornful,
	ayant bu tout son saoul,	deep had he drunken
	sombrement hasardant :	darkly musing :
	Gunnar	
	« Que des Niflung, les loups	« Let wolves then
		[wield
	gouvernent les richesses !	wealth of Niflungs !
	Ours ils abriteront	Bears shall harbour
	dans de stériles cours.	in barren courtyards.
56	Vents iront, vagabonds,	Winds shall wander
	où vin nous avons bu,	where wine we drank,

	mais Gunnar partira	but Gunnar will go
	pour retrouver Gudrún.	Gudrún seeking.
	Nous suivrons promptement	We fast shall follow
	ta piste, ô Vingi,	thy feet, Vingi !
	nos trompes s'entendront,	Our horns shall be [heard
	ameutant pays Hun. »	Hunland rousing. »
57	(Du fond de son cœur lourd,	(From heavy heart [then
	Högni lors répondit :)	Högni answered :)
	Högni	
	« Je vais avec Gunnar	« I go with Gunnar,
	bien que de mauvais gré.	though glad I am not.
	De Grímhild, avis sombres	Oft Grímhild's redes
	souvent avons ouïs	we have grimly heard.
	et toujours observés,	We took them ever,
	bien qu'aient mal abouti ;	though they turned [awry ;
	à présent que dit vrai,	truth now she teacheth,
	nous ne la croyons pas. »	and we trust her not. »
58	Vœu fit alors Vingi	Then vowed Vingi
	à langue de venin –	the venom-tongued –
	insouciant des serments,	oaths he recked not,
	lui, souvent parjuré :	the oft forsworn :
	Vingi	
	« Que m'emporte l'enfer,	« May hell have me
	et la haute potence,	and the high gallows,
	que corbeaux me dévorent	may ravens rend me,
	s'il est que runes mentent ! »	if the runes should [lie ! »

*

59	Du pays des Niflung	Niflungs rode forth
	les Niflung s'éloignèrent ;	from Niflung-land ;

	rapide, leur périple ;	fast their journey,
	peu les accompagnèrent.	few went with them.
	Grímhild se tenait là,	Grímhild stood there
	grisonnante et âgée,	grey and aged,
	ses yeux sombres, embués,	dark eyes were [dimmed
	voyant déjà la mort.	death foreseeing.
60	Leur mot fut prononcé,	Their word was [spoken,
	volontés, affermies ;	wills were hardened ;
	guidés par le destin,	fate drove them on,
	condamnés, se quittèrent.	fey they parted.
	Nul n'eût pu empêcher	None might hinder
	foule de s'approcher,	near them thronging,
	seigneurs, ni même sages ;	lords nor wisemen ;
	riant, ils s'éloignèrent.	with a laugh they rode.
61	Les coursiers avançaient ;	Steeds went striding,
	au sol, éclats ignés,	stonefire glinted,
	les rochers résonnaient,	rocks were ringing,
	routes retentissaient.	roads resounding.
	Dans les grises forêts	In hoar forests
	les cerfs furent surpris ;	harts were startled,
	sur collines, vallées,	over hill and valley
	sabots claquaient au sol.	hooves were beating.
62	Ramèrent sur le fleuve,	Over river rowed they
	qui rugissait toujours,	roaring onward ;
	leurs rames se courbaient	oars were bending
	au point de se briser.	urged to breaking.
	Éclairs, éclats d'écume	Foam flew from prow,
	giclaient depuis la proue ;	flashed and sparkled ;
	barques abandonnèrent	at bank unbound
	sur berge, sans amarres.	the boats left they.

63 Dans la grise forêt
ils sonnèrent la trompe,
ameutant pays Hun ;
sabots claquaient au sol.
Les armures dorées
luisaient et rutilaient ;
les coursiers arrivaient,
qu'éperons rendaient fous.

In the hoar forest
horns they sounded
Hunland rousing ;
hooves were beating.
Golden harness
gleamed and sparkled ;
steeds came striding
stung to madness.

*

64 Du haut d'une colline,
aperçurent des halles,
remparts et tours de guet,
merveilles d'édifices.
Autour d'elles, forêts ;
devant, porteurs de lance ;
les chevaux lors hennirent,
les heaumes scintillaient.

From hill upon high
halls they looked on,
walls and watchtowers
wondrous-builded.
They were forest-
[girdled,
fenced with spearmen ;
horses neighed there,
helms were glinting.

65 Dans les cours, des clameurs,
glacial fracas d'acier ;
lances furent secouées,
boucliers répondirent.
Portail virent barré,
tristes portes de fer ;
frappant férocement,
Högni les pourfendit.

There was clamour in
[the courts,
cold rang the steel ;
shafts were shaken,
shields them answered.
Gates found they
[barred,
grim doors of iron ;
Högni smote them,
hewed them fiercely.

66 (Lors s'avança Vingi
à langue de venin :)
Vingi
« Nul besoin de cogner,

(Forth came Vingi
the venom-tongued :)
« Ye need not to
[knock,

savions que vous veniez !
Pour vous l'accueil est prêt –
vous attend la potence.
Le grand aigle affamé
le loup au poil grisâtre,
les corbeaux sont avides
de dévorer vos chairs ! »

for known your
[coming !
The greeting is
[prepared –
the gallows waits you.
The hungry eagle,
the hoary wolf,
the ravens are ready
to rend your flesh ! »

Högni

67 « Hérauts étaient sacrés –
menteur non consacré,
premier seras pendu,
et que l'enfer t'emporte ! »
D'une branche de chêne,
les poignets attachés,
haut et court le pendirent
à la face des Huns.

« Heralds were holy –
but unhallowed liar,
thou shalt hang the
[first,
and hell take thee ! »
From the oak-branches
with arms corded
they hung him high
in the Huns' faces.

68 Huns poussaient des
[clameurs,
haine était embrasée ;
se ruant, s'effondrèrent,
féroce fut l'assaut.
Les Budlung, les Niflung
en combat se mêlèrent ;
épées furent brandies,
et heaumes, fracassés.

Huns loud clamoured,
hate was kindled ;
forth rushed they fell,
fierce the onslaught.
In battle blended
Budlungs, Niflungs ;
blades were
[brandished,
burst were helmets.

69 Repoussèrent les hommes
aux armures brisées ;
les menèrent aux portes –
grand vacarme au portail.

Back they beat them
broken-harnessed ;
to the doors they drove
[them –
din was in the gates.

	À l'intérieur bondit	In leaped Högni,
	Högni, gardant l'accès ;	held the gateway,
	pourfendit des deux mains,	hewed two-handed,
	les refoula dehors.	hurled them backward.
70	Les quelques-uns, hardis,	The few and fearless
	entrèrent tel un feu,	as a fire entered,
	telle flamme grondante,	as roaring flame,
	dévorante colère.	wrath devouring.
	Loups bondirent derrière,	Wolves sprang behind,
	les chemins s'empourprèrent ;	the ways were reddened,
	remparts emplis de plaintes	the walls echoed,
	renvoyaient leur écho.	wailing filled them.
71	Escarpé, tout en pierres,	Steep, stone-builded,
	s'élevait escalier	the stair arose
	vers d'obscures entrées	to dark doorways
	faites d'horrible bois.	dreadly timbered.
	Là, Högni s'arrêta,	There Högni halted,
	les hélant à tue-tête :	hailed them loudly :
	Högni	
	« En avant ! Ô amis,	« Forth, forth ! O [friends,
	fête va commencer ! »	the feast begins ! »
72	Sortit alors Atli,	Out came Atli,
	tout nimbé de courroux :	anger-clouded :
	Atli	
	« Bienvenue, mes vassaux,	« Welcome, my vassals !
	vous commencez fort bien.	Ye have well begun it.
	Mort est ici boisson ;	Death the drink here,
	destin, conclusion ;	doom the ending,
	cordes sont les anneaux –	ropes here the rings –
	si rançon fait défaut.	if ransom fail.
73	Donne-moi donc cet or	That gold give me
	que Gudrún a de droit,	that is Gudrún's right,

que Sigurd a conquis,
le trésor du dragon ! »

that Sigurd conquered,
the serpent's
[treasure ! »

S'appuyant sur épées,
Högni partit d'un rire ;
Gunnar, le regard noir,
rétorqua sombrement.

Högni laughed then,
on his hilts leaning ;
Gunnar glowering
grimly answered.

Gunnar

74 « De Gunnar, aucun or
jamais tu n'obtiendras !
Vie tu peux confisquer
en ultime recours.
Cher tu l'achèteras,
par un échange atroce
de seigneurs et de liges,
et d'innombrables vies ! »

« No gold from
[Gunnar
shalt thou get for ever !
Life canst thou take
at latest end.
Dear wilt thou buy it
in dread barter
of lords and lieges,
lives uncounted ! »

Atli

75 « Fous que sont les Niflung,
oublieux des conflits ;
aux mains, souillure infâme
du meurtre d'un ami.
Le mari de Gudrún,
au grand dam de Gudrún,
se fera joie d'ourdir
une horrible vengeance. »

« Fools the Niflungs,
feud-forgetful ;
foul-stained their hands
with friend-murder.
Gudrún's husband
for Gudrún's wrong
a grim vengeance
will gladly wreak. »

Gunnar

76 « Gudrún ici s'est tue !
N'attend, ni ne désire
compensation en or –
cette soif d'or est tienne ! »

« Here Gudrún spake
[not !
Golden weregild
she looks nor longs
[for –
the lust is thine ! »

Högni

« Il n'est plus à présent
temps de se repentir !
De mots n'avons besoin,
la guerre est parmi nous ! »

« For atonement now
time is over !
Words we need not,
war hath entered ! »

77 Ils sonnèrent les trompes –
remparts échos rendirent –
l'escalier ils gravirent,
leur assaut fut sévère.
Les pierres maculèrent
de sang ruisselant ;
autour sifflaient des flèches
à langue de serpent.

Horns they sounded –
hall-walls echoed –
strode the stairway ;
stern their onslaught.
The stones they stained
with streaming blood ;
snaketonguéd arrows
sang about them.

78 À grand fracas, les portes
vers l'intérieur s'ouvrirent :
champions parmi les Huns
lors se précipitèrent.
Pugnaces furent poings ;
pourfendus, corselets,
comme si cent enclumes
marteaux avaient cogné.

Doors clanged
[backward,
din resounded :
Hunland's champions
hurled upon them.
Hard were
[handstrokes,
hewn were corslets,
as on hundred anvils
were hammers ringing.

*

79 Assise dans la halle,
Gudrún avait cœur las,
d'humeur en humeur
vacillait son esprit.
Vacarme lui parvint,
épouvantables cris,
lors que seigneurs burgondes
refluaient vers l'arrière.

In hall sat Gudrún
at heart weary,
from mood to mood
her mind wavered.
The din she hearkened,
deadly crying,
as back were beaten
the Borgund-lords.

Gudrún

80 « Bien peu je les aime,
longtemps les ai haïs !
Lors m'offrirent un loup
pour chagrin consoler.
Mais le loup les dévore,
et moi, suis chagrinée !
Malheur soit du jour
où suis venue au monde ! »

« Little I love them,
long I hated !
A wolf they gave me
for woe's comfort.
Yet the wolf rends [them,
and woe is me !
Woe worth the hour
that of womb [I came ! »

81 Se tenant haut, debout,
et se tordant les mains,
appela de voix claire
les liges alors présents :

Her hands she wrung
on high standing,
loud called she clear
to lieges there :

Gudrún

« S'il en est qui m'honorent
en cette odieuse halle,
que leurs mains ne se mêlent
à cette œuvre d'enfer !

« If any honour me
in these evil halls,
let them hold their [hands
from this hell-labour !

82 Qui amour revaudrait,
qui mensonges nierait,
qui n'oublie pas l'horreur
ourdie par de tels maîtres,
aux armes, à présent !
Aidez les intrépides
trahis et capturés
par ce peuple de trolls ! »

Who would love [requite,
who would lies [disown,
who remember misery
by these masters [wrought,
arm now ! arm now !
aid the fearless
betrayed and trapped
by this troll-people ! »

83 Atli restait assis,
consumé de courroux ;

Atli sat there,
anger burned him ;

murmures s'élevaient,
hommes se soulevaient.
Goths étaient en grand
[nombre :
griefs se rappelaient,
guerres en Forêt Noire
et guerres de jadis.

yet murmurs mounted,
men were rising.
Goths were there
[many :
griefs they remembered,
wars in Mirkwood
and wars of old.

84 S'en furent de la halle,
en hurlant haut et fort ;
ennemis vers amis
mal reçus se tournèrent :
« Nos dieux nous aidant,
les Niflung et les Goths,
pourfendront tous les Huns
jusqu'au bord de l'enfer ! »

From the hall striding
high they shouted,
foes turned to friends
fiercely greeted :
« Goths and Niflungs
our gods helping
will hew the Huns
to hell's shadow ! »

85 Les quelques-uns, hardis,
rudement répondirent
(ce faisant, adossés
contre les murs, de force) :
Niflung
« Amis, bienvenue !
La fête bat son plein.
Chantons à présent chants
de nos aïeux d'antan. »

The few and fearless
fiercely answered
(their backs were
[driven
to the builded walls) :
« Friends, come
[welcome !
The feast is high.
Now songs let us sing
of our sires of yore. »

86 De la gloire des Goths
Gunnar alors chanta,
du roi Iormunrek
qui ombrageait la terre,
du roi Angantýr
et d'anciennes batailles,
de Dylgja, de Dúnheid,
des hauts murs du Danpar.

Of the Goths' glory
Gunnar sang there ;
of Iormunrek
earth-shadowing king ;
of Angantýr
and old battles,
of Dylgja, Dúnheid,
and Danpar's walls.

87 Högni lors s'avança,
haine encor s'embrasa,
son fils Snævar lui-même
bondit auprès de lui.
Högni fut assailli
par un Hun, chef de clan ;
son bouclier, brisé,
retomba en éclats.

Forth went Högni,
hate rekindled,
his son Snævar
at his side leaping.
Hewn was Högni
by a Hun chieftain ;
his shield was shorn
in shards falling.

88 Snævar sur place occirent ;
transpercé de leurs lames,
dans un sinistre rire,
cessa de vivre alors.
Högni point ne pleura ;
se penchant, de sa main
souleva bouclier ;
poursuivit en avant.

Snævar they slew [there,
their swords stabbed [him ;
he left his life
laughing grimly.
Högni wept not ;
from his hand the [shield
stooping lifted ;
strode then onward.

89 L'escalier ils grimpèrent,
qui ruisselait de rouge ;
à d'obscures entrées,
cognèrent, martelèrent ;
l'épée leur frayant voie
vers les quartiers d'Atli,
rugissant, se ruèrent,
mains puantes de sang.

The stairs they strode
streaming redly ;
at dark doorways
they dinned and [hammered ;
into halls of Atli
hewed a pathway ;
rushed in roaring,
reeking-handed.

90 Gunnar et Högni,
saluèrent Gudrún :
Gunnar & Högni
« Banquet fut préparé

Gudrún they greeted,
Gunnar and Högni :
« This feast is [fashioned

noblement, comme doit !	fair and seemly !
Destins forgés farouches	Fell-shapen fates
toujours nous forceront	will force us ever
à t'offrir pour épouse	as wife to give thee,
et à te rendre veuve ! »	and a widow make [thee ! »
Gudrún	
91 « Si les regrets vous [meuvent	« If for wrongs ye [wrought
de torts qui sont votre œuvre,	ruth now moves you,
destin ne devancez !	doom forestall not !
Renoncez à cet acte ! »	This deed forego ! »
Gunnar & Högni	
« Notre sœur nous en prie,	« At our sister's prayer
laissez-le déguerpir !	let him slink away !
Les robes le protègent,	Woman's robes ward [him,
non broigne de guerrier ! »	not warrior's mail ! »
92 Lors Atli s'en alla,	Forth went Atli,
que l'angoisse rongeait,	anguish gnawed him ;
Högni fit à Gudrún	to Gudrún Högni
de lugubres adieux :	said grim farewell :
Högni	
« Voilà ton prix payé,	« Thy price is paid,
ta prière exaucée !	thy prayer granted !
il peut nous coûter vie	At life's forfeit
d'ennemi délivrer. »	we have loosed our [foe. »

*

93 Lors Atli envoya	Forth sent Atli
ses hérauts à cheval ;	his errand-riders ;
pays des Huns le sut,	Hunland hearkened,

	des troupes prenaient armes.	hosts were arming.
	Pour la joie des vautours,	Gallowsfowl to [gladden
	les Goths et les Niflung	Goths and Niflungs
	dehors précipitèrent	from the hall they [hurled
	les cadavres des Huns.	the Hunnish corpses.
94	Sombre se fit le jour,	Daylight grew dim,
	marchaient ombres obscures,	dark shadows walked
	en halles résonnantes,	in echoing halls
	bien aimées d'Atli.	that Atli loved.
	Pris d'extrême détresse,	In need most dire
	les seigneurs des Niflung	the Niflung lords
	attendaient leur destin ;	doom awaited ;
	les portes étaient closes.	the doors were shut.
95	Nuit avalait le monde	Night lapped the [world
	et ville silencieuse ;	and noiseless town ;
	sous la lune cendrée	under ashen moonlight
	hululaient les hiboux.	the owls hooted.
	Gunnar et Högni,	At guarded doorways
	aux entrées bien gardées,	Gunnar and Högni
	assis, sans dire un mot,	silent sat they
	ni dormir, attendaient.	sleepless waiting.
96	Högni parla d'abord :	First spake Högni :
	Högni	
	« Ces halles sont en feu ?	« Are these halls afire ?
	Est-ce l'aube du jour	Of day untimely
	qui poindrait avant l'heure ?	doth the dawn [smoulder ?
	Dragons, en pays Hun,	Do dragons in Hunland
	crachant feu effroyable,	dreadly flaming
	rampent-ils jusqu'ici ?	wind here their way ?
	Réveillez-vous, héros ! »	Wake, O heroes ! »

97 Gunnar lui rétorqua :

Gunnar

« Gardez donc les entrées !
Ni aube, ni dragon
ne lance atroces flammes ;
les pignons des maisons
sont voilés de ténèbres,
sous la lune affligée,
la terre est ombragée.

Gunnar answered :

« Guard the doorways !
Here dawn nor dragon
dreadly burneth ;
the gabled houses
are gloom-shrouded,
under ailing moon
the earth is shadowed.

98 Ce sont les pas pesants
d'hommes portant des torches,
cliquetis de la cotte,
claquement de l'armure.
Ce sont cris des corbeaux,
froids hurlements du loup,
les lances sont levées,
les écus, miroitants. »

There is tramp of [men
torches bearing,
clink of corslet,
clank of armour.
There is crying of [ravens,
cold howls the wolf,
shields are [shimmering,
shafts uplifted. »

Gunnar & Högni

99 « Braves, réveillez-vous !
La guerre est embrasée.
Portez heaume à la tête
et à la main, épée.
Réveillez-vous, guerriers
qui manœuvrez la gloire !
Là, du vaste Valhöll
sont ouverts les chemins. »

« Wake now, wake [now !
War is kindled.
Now helm to head,
to hand the sword.
Wake now, warriors,
wielding glory !
To wide Valhöll
ways lie open. »

*

100 Aux obscures entrées,
cognèrent, martelèrent ;
ce fut fracas de haches
et claquement d'épées.
Artisans de bataille
martelaient les enclumes ;
brillaient et se brisaient
les épées et les heaumes.

At the dark doorways
they dinned and
[hammered ;
there was clang of
[swords
and crash of axes.
The smiths of battle
smote the anvils ;
sparked and splintered
spears and helmets.

101 Dedans, les massacraient,
dehors les projetaient,
ours passaient à l'attaque,
sangliers ripostaient.
Escaliers et pierres
ruisselaient, obscurcis ;
sombre jour se leva –
les portes tenaient bon.

In they hacked them,
out they hurled them,
bears assailing,
boars defending.
Stones and stairways
streamed and
[darkened ;
day came dimly –
the doors were held.

102 Cinq jours, ils combattirent,
peu nombreux, intrépides ;
portes furent fendues,
volèrent en éclats.
De corps les encombrèrent,
construisant des remparts
de Huns et de Niflung
pourfendus, démembrés.

Five days they fought
few and dauntless ;
the doors were riven,
dashed asunder.
They barred them with
[bodies,
bulwarks piling
of Huns and Niflungs
hewn and cloven.

103 (Atli alors parla,
angoissé, se plaignant :)
Atli
« Ennemis sont en vie
et amis sont tombés,
tous ceux que je connais,

(Atli spoke then
anguish mourning :)
« My friends are fallen,
my foes living,
my kith and kindred

poitrine poignardée.
Je suis d'or démuni
et d'épouse, maudit,
dépouillé de ma gloire
dans mes grises années.

cloven-breasted.
I am wealth-bereaved
and wife-curséd,
of glory shorn
in the grey of years.

104 Malheur, lamentations
en mon vaste royaume !
Là où j'ai festoyé
sont féroces serpents.
Ces orgueilleux piliers
sont de pourpre souillés
dans les fières halles
par Budli érigées. »

Woe and wailing
in my wide kingdom !
Where I feasted long
are fell serpents.
The proud pillar
are purple-stained
in the builded halls
that Budli reared. »

105 Beiti prit la parole,
ourdissant perfidie,
le conseiller du roi –
cœur il avait rusé.

Then Beiti spake
[there
bale devising,
the king's counsellor –
he was cunning-
[hearted :

Beiti

« Ta maison mise à sac
connaît malédiction !
Mieux vaut perte de peu
que pour toi de tout perdre.

« Accursed is become
thy carven house !
Better loss of little
than to lose thy all.

106 Feu peut encor dompter
ces féroces serpents ;
que de ces fiers voleurs
piliers soient les bûchers ! »

Fire still may tame
these fell serpents,
thy pillars be the pyre
of these proud
[robbers ! »

Atli, face aux décombres,
fut saisi de colère ;
n'ayant honte empêché,
dépouillé de sa gloire.

For the ruin and wrack
wrath seized Atli ;
that shame he shirked
[not,
shorn of glory.

107 Les armures fendues	Flame-encircled
des Niflung intrépides,	fearless Niflungs
tout entourés de flammes,	in riven harness
rougeoyaient, scintillaient.	redly glinted.
Remparts barrés de fer,	Iron-bolted walls,
bois des plus anciens,	ancient timbers,
craquèrent, crépitèrent,	creaked and [smouldered,
se craquelèrent, cédèrent.	cracked and tumbled.
108 Là, brûlantes, fumantes,	There hot and [smoking
tombaient sifflantes braises,	fell hissing embers,
plongeant et s'enfonçant	and plashed and [sputtered
dans les flaques de sang.	in the pools of gore.
Empestait autour d'eux	Reek was round them,
spirale de fumée ;	a rolling smoke ;
coulaient gouttes de sueur –	dank dripped their [sweat –
les portes tenaient bon.	the doors were held.
109 Leurs écus ils levèrent	Their shields they [raised
dessus heaumes fendus,	over shattered [helmets ;
piétinèrent brandons	they stamped the [brands
sur le sol ruisselant.	on streaming floors.
Là, léchèrent le sang,	Blacktongued with [thirst
langue noire de soif ;	blood there drank [they ;
tombèrent un par un,	fell one by one
cheminant vers l'enfer.	on the ways to hell.

110 Les frères s'enfuirent,
effrayants, le teint noir,
sangliers aux abois,
les défenses en sang.
Huns s'emparèrent d'eux,
sans heaumes, sans écus,
dénudés et en sang,
munis d'épées rompues.

Out burst the brethren
blackhued, grisly,
boars bleeding-tusked
at bay at last.
The Huns grasped
[them
helmless, shieldless,
bare and bleeding,
with broken swords.

111 Tels chiens effrayés,
les Huns alors criaient,
massacrés, mis en pièces
par mains puant le sang.
Nuques furent rompues,
genoux furent brisés,
avant que roi burgonde
ne fût lié, capturé.

As hounds affrighted
Huns were crying ;
they were rent and
[riven
by reeking hands.
Necks were broken
and knees sundered,
ere the Borgund king
was bound and thrown.

112 Ne restait que Högni,
luttant, seul, sans espoir,
dents déchirant leur chair,
tandis qu'ils l'attachaient.
La poussière, mordue,
le destin, advenu,
des Niflung s'abattirent
la nuit et la Détresse.

Last fought Högni
alone hopeless ;
his teeth tore them
as they tied him down.
The dust was bitten,
the doom fallen,
the Need of the
[Niflungs
and their night was
[come.

113 Dans un obscur cachot
odieux et suintant,
Högni précipitèrent ;
Huns étaient ses gardiens.
Mais Gunnar, ligoté,
là où Gudrún logeait,

In dank prison
dark and evil
Högni hurled they ;
Huns him guarded.
But Gunnar bound
in Gudrún's bower

fut jeté aux pieds
du seigneur en furie.

was flung at the feet
of her frenzied lord.

Atli

114 « Trop longtemps j'ai
[cherché
cette ultime rencontre,
vengeance de Budlung
sur un seigneur burgonde.
Enfin gît en ce lieu,
dans cette humble poussière
Gunnar, un grand seigneur.
Gudrún, regarde-le !

« Too long have I
[looked
for this last meeting,
Budlung's vengeance
on Borgund lord.
Here lies at last
in lowly dust
lordly Gunnar !
Gudrún behold !

115 Souviens-toi de Sigurd,
et dis-moi, à présent,
est-il doux de le voir
si rudement vengé ?
Dans ma fosse aux serpents
s'impatientent vipères,
mordant plus âprement
que des lames d'acier ! »

Sigurd remember,
and say me now,
is it sweet to see him
so sore avenged ?
In my serpent-pit
snakes are waiting –
they bite more bitter
than blades of steel ! »

116 Gunnar il piétina ;
Gudrún, l'apercevant :
Gudrún
« Tu es odieux, Atli.
Honte soit de ta fin !
Par Erp et par Eitill,
par nos propres enfants
(qui sont fils de la sœur
de ces tristes captifs),
sors-les de la poussière !
Renonce à les occire ! »

Gunnar he trampled,
Gudrún saw him :
« Evil art thou, Atli.
May thy end be
[shame !
By Erp and Eitill
our own children
(sons of the sister
of these sad captives),
from the dust lift
[them !
Their death forego ! »

Atli	
117 « Qu'ils me remettent l'or,	« Let them give me [the gold,
lumineuses richesses,	the gleaming hoard,
le trésor du dragon,	the serpent's treasure
que Sigurd a conquis !	that Sigurd conquered !
Le trésor, le trésor	The gold, the gold
qui rend tristes mes songes –	that grieves my [dreams –
si Gunnar me l'accorde,	if Gunnar will grant it,
je t'accorde Gunnar ! »	I will grant him (thee ! »
Gunnar	
118 « Je te remettrai l'or,	« I will give thee the [gold,
portion considérable,	goodly portion,
te cédant la moitié	the half yielding
que je tiens pour mienne.	which I hold my [own.
Högni garde moitié,	Half hath Högni,
car mon arrogant frère	my haughty brother ;
jusqu'à son dernier souffle	to his latest breath
ne s'en séparera.	he will loose it not.
119 Que le cœur de Högni	Let heart of Högni
à ma main soit porté,	at my hand be laid
saignant, tout juste ôté	from breast bleeding
de son sein par l'épée ;	with blades severed ;
lors, trésor remettrai,	then gold will I give,
un trésor de dragons –	gold of serpents –
avidement, Atli	all shall Atli
tout entier le prendra. »	eager take it ! »
Gudrún	
120 « Pour Högni, néanmoins,	« Yet Högni no less,
mon infortuné frère,	mine hapless brother,

par tous ceux nés de nous,
pour lui ai-je plaidé ! »

I did beg from thee
by those born of us ! »

Atli

« De sa nature troll
la rumeur était vraie !

Gudrún peut bien pleurer,
l'or je remporterai ! »

« Of his troll's temper
yet true were the
[words !

The gold will I gain,
though Gudrún
[weep ! »

121 Atli sortit alors,
ayant dessein mauvais ;
mais sages lui fournirent
des conseils de prudence.
La reine redoutait
la ruse, pensaient-ils ;
saisirent un esclave
le mirent en prison.

Out went Atli,
evil he purposed ;
but wisemen bade him
wary counsel.
The queen fearing
of cunning thought
[they ;
a thrall they seized
and thrust in prison.

*

L'esclave Hjalli

122 « Malheur soit des
[mensonges
et des conflits des rois,
si je dois perdre vie
dans leur duel malchanceux !
Lumière du matin,
labeur, journée durant,
feu à l'heure du soir,
trop rares sont mes
[jours ! »

« Woe worth the wiles
and wars of kings,
if my life I must lose
in their luckless feud !
The light of morning,
labour daylong,
fire at evening,
too few my days ! »

Les Huns

123 « Hjalli le porcher,
offre-nous donc ton cœur ! »

« Hjalli, swineherd,
thy heart give us ! »

	Voyant briller poignard,	Shrilly shrieked he
	poussa un cri aigu.	at the shining knife.
	Gémit amèrement	They bared his breast,
	quand sein fut mis à nu ;	and bitter wailed he ;
	avant que pointe pique,	ere the point pricked [him
	poussa un cri perçant.	he piercing cried.
124	Högni, qui l'entendit,	Högni heard him,
	parla ainsi aux Huns :	to the Huns spake he :
	Högni	
	« Quel bruyant hurlement !	« Noisome the [shrieking !
	Les poignards vaudraient [mieux.	Knives were liever.
	Si des cœurs vous souhaitez,	If hearts ye wish
	en voici un meilleur :	here lies a better.
	point ne tremble. Prenez !	It trembles not. Take [it !
	Moindre serait labeur. »	Your toil were less. »
125	Puis du sein de Hjalli	The heart then cut [they
	ils tranchèrent le cœur ;	from Hjalli's bosom ;
	à Gunnar l'apportèrent	to Gunnar bore it
	sur un plateau en or :	on golden dish :
	Les Huns	
	« Voici donc son cœur !	« Here lies his heart !
	C'est la fin de Högni. »	Högni is ended. »
	Lors rit à pleine gorge	Loudly laughed he,
	le seigneur des Niflung.	lord of Niflungs.
	Gunnar	
126	« Je crois voir, ô malheur,	« I hapless see here
	le cœur d'un couard.	heart of craven.
	Högni point ne possède	Högni hath not
	un cœur qui tremblerait.	heart that trembles.

	Et celui-ci frissonne ; il palpitait plus vite quand battait dans le sein d'homme ignoble né vil. »	Quivering lies it ; quaked it swifter beating in baseborn breast ignoble. »
127	Il rit à pleine gorge, lorsque finit sa vie, quand couteau fut venu pour le seigneur Niflung. Lors du sein de Högni ils tranchèrent le cœur ; à Gunnar l'apportèrent sur un plateau en or.	Loudly laughed he at life's ending, when knife was come to Niflung lord. The heart they cut from Högni's bosom ; to Gunnar bore it on golden dish.
	Gunnar	
128	« Je crois voir, ô fierté, un cœur bien intrépide. Il était à Högni, un cœur qui point ne tremble. Le voici, sans frémir, si rarement vibrait, quand battait dans le sein du plus hardi des princes.	« I haughty see here heart undaunted. Högni held it, heart untrembling. Unshaken lies it, so shook it seldom beating in boldest breast of princes.
129	Unique survivant et seigneur des Niflung, je détiens l'or, j'en suis à jamais le gardien ! Dans lande, ni dans halle, ni dans cachot enfoui, ami ni ennemi n'en mirera reflets.	Alone now living, Lord of Niflungs, the gold I hold and guard for ever ! In hall nor heath nor hidden dungeon shall friend or foeman find it gleaming.
130	Le Rhin sera son maître, anneaux et gobelets luisant d'un pâle éclat dans les flots ondulants.	Rhine shall rule it, rings and goblets, in weltering water wanly shining.

Lançons-le tout au fond ;
sombrement il dévale,
aussi vain pour les hommes
qu'il s'avéra jadis !

In the deeps we cast it ;
dark it rolleth,
as useless to man
as of yore it proved !

131 Que maudit soit Atli,
le roi de tout le mal,
de la gloire, privé,
de l'or, dépossédé ;
par l'or, dépossédé
par l'or, tourmenté ;
par le meurtre, souillé ;
par le meurtre, hanté ! »

Cursed be Atli,
king of evil,
of glory naked,
gold-bereavéd ;
gold-bereavéd,
gold-tormented,
murder-tainted,
murder-haunted ! »

132 Feux de folie alors
s'enflammèrent, jaillirent
du regard d'Atli
que l'angoisse rongeait.

Fires of madness
flamed and started
from eyes of Atli ;
anguish gnawed him :

Atli

« Que serpents s'en emparent !
Vipères le mordront.
Précipitez-le, nu,
dans la bruyante fosse ! »

« Serpents seize him !
snakes shall sting him.
In the noisome pit
naked cast him ! »

*

133 Là, Gudrún attendait,
au regard luisant,
le cœur qu'elle abritait
se durcit, sombrement.
Humeur lugubre prit
la fille de Grímhild,
colère ravageuse,
inexorable haine.

There gleaming-eyed
Gudrún waited ;
the heart within her
hardened darkly.
Grim mood took her,
Grímhild's daughter,
ruthless hatred,
wrath consuming.

134 Là, Gunnar, dévêtu,

There grimly waited

attendait sombrement ;
en silence serpents
rampaient autour de lui.
Les dents envenimées,
les langues qui dardaient ;
dans leurs yeux sans cils,
la lumière brillait.

Gunnar naked ;
snakes were creeping
silent round him.
Teeth were poisoned,
tongues were darting ;
in lidless eyes
light was shining.

135 Harpe elle lui fit porter,
dont ses mains s'emparèrent ;
la frappant avec force,
il fit cordes vibrer.
Maint homme émerveillé
ouït mots de triomphe,
de la fosse aux serpents
montait une chanson.

A harp she sent him ;
his hands seized it,
strong he smote it ;
strings were ringing.
Wondering heard men
words of triumph,
song up-soaring
from the serpents' pit.

136 Là, rampant froidement,
de sinueux serpents
regardaient, enchantés,
comme pierres figés.
Là, lentement remuèrent
par le sommeil bercés,
lorsque Gunnar chanta
de Gunnar la fierté.

There coldly creeping
coiling serpents
as stones were staring
stilled, enchanted.
There slowly swayed [they,
slumber whelmed [them,
as Gunnar sang
of Gunnar's pride.

137 Telle voix en Valhöll
qui vaillamment résonne,
les Dieux les plus grands,
glorieusement nomma ;
d'Ódin, il sut chanter
et de l'élu d'Ódin,
des plus puissants sur Terre
et de rois anciens.

As voice in Valhöll
valiant ringing
the golden Gods
he glorious named ;
of Ódin sang he,
Ódin's chosen,
of Earth's most mighty,
of ancient kings.

138 Une énorme vipère
luisante et hideuse
approcha lentement,
de son abri de pierre.
Les Huns oyaient Gunnar
faisant vibrer sa harpe,
déclamant, redoutable,
destin de leur pays.

A huge adder
hideous gleaming
from stony hiding
was stealing slow.
Huns still heard him
his harp thrilling,
and doom of Hunland
dreadly chanting.

139 Une vieille vipère
toute bouffie de mal
penchée sur sa poitrine
le mordit âprement.
Gunnar lança grand cri,
abandonnant la vie,
la harpe fit silence
et le cœur se figea.

An ancient adder
evil-swollen,
to breast it bent
and bitter stung him.
Loud cried Gunnar
life forsaking ;
harp fell silent,
and heart was still.

140 Clair et perçant, ce cri
parvint jusqu'à la reine ;
prit place, épouvantée,
en pavillon gardé.
Appela, impatiente,
Erp et Eitill, ses fils,
sombres étaient leurs boucles ;
sombres regards jetaient.

To the queen that cry [came
clear and piercing ;
aghast she sat
in guarded bower.
Erp and Eitill
eager called she :
dark their locks were,
dark their glances.

*

141 Des bûchers érigèrent,
majestueux et fiers ;
aux champions parmi Huns
hommage fut rendu.
Un bûcher érigèrent,
sur la plaine dressé ;
là gisaient, dénudés,

Pyres they builded
proud and stately ;
Hunland's champions
there high upraised.
A pyre they builded
on the plain standing ;
there naked lay

les seigneurs des Niflung.

the Niflung lords.

142 Les flammes s'élevaient
et le feu rugissait ;
tourbillon de tumulte,
empli de pestilence.
La fumée s'enfuyait,
tourbe se consumait ;
sous le souffle du vent
refroidissaient les cendres.

Flames were
[mounting,
fire was roaring,
reek was swirling
ringed with tumult.
Smoke was fading,
sunk was burning ;
windblown ashes
were wafted cold.

143 Une halle était comble,
Huns buvaient, célébraient
festin de funérailles
de leurs défunts guerriers.
Les ennemis vaincus,
consumés par le feu,
de l'Est comme de l'Ouest
Atli était le maître

A hall was thronging,
Huns were drinking
the funeral feast
of fallen men.
Foes were vanquished,
fire had burned them ;
now Atli was lord
of East and West.

144 Richesses prodiguait,
revalant les blessures,
nobles compensations
pour combattants occis.
À pleine voix fut loué
et l'on but longuement ;
paroles s'emportèrent
d'hommes en proie au vin.

Wealth he dealt there,
wounds requiting,
worthy weregild
of warriors slain.
Loud they praised
[him ;
long the drinking,
wild grew the words
of the wine-bemused.

145 Puis Gudrún approcha,
qui présentait des coupes :
Gudrún
« Salut, ô roi des Huns,
je t'apporte santé ! »
Atli les but d'un trait,

Gudrún came forth
goblets bearing :
« Hail, O Hun-king,
health I bring thee ! »
Deep drank Atli,

les vida en riant,
bien que l'or lui manquât,
mais Gunnar était mort.

drained them [laughing :
though gold he missed,
yet was Gunnar dead.

Gudrún

146 « Salut, ô roi des Huns,
veuille ouïr mon propos :
Mes frères ont péri,
pour qui j'avais plaidé.
Demandes-tu à voir
Erp et Eitill, tes fils ?

Ne le demande plus
car leur fin est venue !

« Hail, O Hun-king,
hear me speaking :
My brethren are slain
that I begged of thee.
Erp and Eitill
dost thou ask to look [on ?

Ask no longer –
their end hath come !

147 C'est leur cœur, que [tu goûtes,
agrémenté de miel,
leur sang fut déversé
dans les coupes servies ;
ces coupes sont leurs crânes,
que j'ai comblés d'argent ;
de leurs dents ont tes chiens
fait éclater leurs os. »

Their hearts thou [tastest
with honey mingled,
their blood was blent
in the bowls I gave ;
those bowls their skulls
bound with silver ;
their bones thy hounds
have burst with teeth. »

148 Retentirent alors
terribles cris d'angoisse ;
et pour voiler l'horreur,
gens couvrirent leur tête.
Pris de pâleur, Atli
comme en proie au poison,
tomba évanoui
la face contre terre.

There awful cries
of anguish woke ;
their heads men hid
their horror shrouding.
Pale grew Atli,
as one poison-sick,
on his face crashed he
fallen swooning.

149 À son lit fut porté,

To bed they brought

en pavillon désert,
allongé, fut laissé
à ses rêves odieux.
Les femmes gémissaient
et les loups aboyaient,
et les chiens hurlaient
à la lune cornue.

[him
in bower empty,
laid him and left him
to loathsome dream.
Women were wailing,
wolves were howling,
hounds were baying
the hornéd moon.

150 Alors entra Gudrún,
regard épouvanté,
portant sombre manteau,
sinistre en son dessein.

In came Gudrún
with ghastly eyes,
darkly mantled,
dire of purpose.

Gudrún

« Lève-toi, malheureux !
Et délaisse tes rêves ! »

« Wake thou, woeful !
Wake from
[dreaming ! »

Poignard dans sa poitrine
planta farouchement.

In his breast the knife
she bitter drave it.

Atli

151 « Toi, fille de Grímhild,
à la main effroyable,
chiens devraient déchirer,
chasser jusqu'en enfer !
Flétrie et lapidée,
tu devrais brûler vive,
te faner au bûcher
toi, née d'une sorcière ! »

« Grímhild's daughter
ghastly-handed,
hounds should tear
[thee
and to hell send thee !
Stoned and branded
at the stake living
thou shouldst burn and
[wither
thou born of witch ! »

152 Gudrún le railla,
le laissa, pantelant.

Gudrún mocked him,
gasping left him.

Gudrún

« C'est pour toi qu'est prévu
le supplice des flammes.

« The doom of burning
is dight for thee !

Corps gît sur le bûcher, fagots sont préparés ! Ainsi périt Atli, abandonnant la terre. »	On pyre the corpse is, prepared the faggot ! so Atli passeth earth forsaking. »
153 Des feux elle embrasa et des flammes brandit ; la maison rugissait, les chiens glapissaient. Les poutres s'effondrèrent, arbres et madriers ; s'écroulèrent, moururent, vierges et esclaves.	Fires she kindled, flames she brandished ; the house was roaring, hounds were yelping. Timbers crumbled, trees and rafters ; there sank and died slaves and maidens.
154 Fumée tourbillonnait sur la ville endormie, lumière se leva sur la terre et les arbres. Les femmes sanglotaient, les loups s'égosillaient et les chiens hurlaient en royaume des Huns.	Smoke was swirling over sleeping town, light was lifted over land and tree. Women were weeping, wolves were [yammering, hounds were howling in the Hun-kingdom.
155 Ainsi finit Atli, abandonnant la terre, du fléau des Niflung était venue la nuit ; des Völsung, des Niflung, de promesses rompues, de chagrin, de courage s'achève le récit.	Thus Atli ended earth forsaking, to the Niflungs' bane the night was come ; of Völsung, Niflung, of vows broken, of woe and valour are the words ended.

*

156 Tant que durera monde,	While world lasteth

récit demeurera,
tant qu'hommes n'oublieront
le temps de la grandeur.
Le chagrin de Gudrún,
tant que durera monde,
jusqu'à la fin des jours
tous le pourront entendre.

shall the words linger,
while men are mindful
of the mighty days.
The woe of Gudrún
while world lasteth
till end of days
all shall hearken.

157 Son esprit vacilla,
son humeur se fit froide ;
son cœur devint flétri,
haine devint venin.
Vie elle haïssait,
mais vie ne s'ôta point ;
elle errait, hors d'esprit,
seule dans les forêts.

Her mind wavered,
her mood grew cold ;
her heart withered
and hate sickened.
Life she hated,
yet life took not,
witless wandering
in the woods alone.

158 Par les pâles rivières,
par les bois, les forêts,
par les rochers, marcha
jusqu'aux mers rugissantes.
Se jeta dans les vagues,
les vagues l'écartèrent ;
près des vagues assise,
déplorait son chagrin.

Over wan rivers,
over woods and [forests,
over rocks she roamed
to the roaring sea.
In the waves she cast [her,
the waves spurned her ;
by the waves sitting
she woe bemoaned.

Gudrún

159 « D'or étaient faits les jours,
et d'argent luisant,
et de luisant argent,
avant que vînt Sigurd.
Jeune fille j'étais,
une vierge splendide ;
seuls songes m'attristaient,

« Of gold were the [days,
gleaming silver,
silver gleaming
ere Sigurd came.
A maid was I then,
a maiden fair ;
only dreams vexed

	[me,
songes, rêves de mal.	dreams of evil.
160 Cinq féroces douleurs	Fell sorrows five
le sort m'a envoyé :	hath fate sent me :
Sigurd ils ont occis ;	they slew Sigurd,
ma plus grande douleur.	my sorrow greatest.
En odieuse haine,	In evil loathing
à Atli me donnèrent :	to Atli me gave :
l'affliction de ma vie	too long lasting
a trop longtemps duré.	my life's disease.
161 Le cœur de Högni	The heart of Högni
encore vivant, tranchèrent :	they hewed living :
mon cœur en fut durci ;	my heart it hardened,
mon plus rude chagrin.	my hardest woe.
Gunnar ai-je entendu,	Gunnar heard I
qui pleurait dans la tombe :	in the grave crying :
mon plus triste tourment	my grief most grim
fut cette atroce voix.	was that ghastly voice.
162 Mes fils j'ai occis,	My sons I slew
embrasée de folie :	seared with madness :
profond en est remords ;	keen it bites me
mon plus poignant chagrin.	most clinging woe.
Ici, ni fils, ni fille	There sits beside me
n'est assis près de moi ;	son nor daughter ;
voilà que monde est vide,	the world is empty,
voilà que vague est froide.	the waves are cold.
163 Sigurd ils ont occis :	They slew Sigurd :
ma plus vive douleur,	my sorrow deepest,
infamie de ma vie,	my life's loathing,
affliction de ma vie,	my life's disease.
Sigurd Völsung, Sigurd,	Sigurd, Sigurd,
mets la selle et la bride	on swift Grani
au véloce Grani	lay saddle and bridle

et viens me retrouver !

and seek for me !

164 Auras-tu oublié
l'amoureuse promesse,
lors qu'étions allongés
sur le lit de nos noces ?
Lumière quitterais
pour aller te chercher ;
chevauchant de l'enfer,
vers moi te hâterais ! »

Rememberest thou
what on marriage-bed
in love we pledged,
as we laid us down ? –
the light I would leave
to look for thee,
from hell thou wouldst [ride
and haste to me ! »

165 Se jeta dans les vagues,
les vagues l'accueillirent ;
dans les blêmes courants
son chagrin fut noyé.
Tant que durera monde,
de Gudrún le chagrin,
jusqu'à la fin des jours
tous le pourront entendre.

In the waves she cast [her,
the waves took her ;
in the wan water
her woe was drowned.
While the world lasteth
woe of Gudrún
till the end of days
all shall hearken.

*

166 Ainsi finit la gloire,
ainsi l'or s'évanouit,
sur les bruits et clameurs
est retombée la nuit.
Hardi et haut les cœurs,
seigneurs et damoiselles,
pour ce chant de douleur
que jadis on chantait.

Thus glory endeth,
and gold fadeth,
on noise and clamours
the night falleth.
Lift up your hearts,
lords and maidens
for the song of sorrow
that was sung of old.

COMMENTAIRE SUR *GUÐRÚNARKVIÐA EN NÝJA*

COMMENTAIRE SUR *GUÐRÚNARKVIÐA EN NÝJA*

Dans ce commentaire, *Guðrúnarkviða en nýja* est appelé « Lai de Gudrún » ou bien, là où aucune confusion n'est possible, le *Lai*, et *Völsungakviða en nýja*, « Lai des Völsung ». Ce poème n'étant pas divisé en sections, les références renvoient simplement au numéro des strophes.

Le sous-titre *Dráp Niflunga* signifie « La mise à mort des Niflung » (sur ce titre, voir le *Lai des Völsung*, VII.8 [p. 134] et note [p. 228]).

Le rapport qu'entretient le *Lai de Gudrún* avec ses sources ne diffère pas énormément de celui du *Lai des Völsung*, mais dans le cas présent, ces sources subsistant très largement dans les poèmes de l'*Edda*, la *Völsunga Saga* est de bien moindre importance. Dans son contenu, le *Lai de Gudrún* est surtout un enchevêtrement complexe des poèmes eddiques que sont l'*Atlakviða* et l'*Atlamál*, associé à des développements tout à fait indépendants.

Mon père a consacré beaucoup de temps et de réflexion à l'*Atlakviða*, et préparé un commentaire très détaillé (fondement de ses conférences et séminaires) de ce texte extraordinairement difficile. C'est un poème qu'il admirait beaucoup. En dépit de son piètre état, « nous sommes en présence, écrit-il, d'un poème puissant qui peut encore nous émouvoir en tant que tel. Son style est universellement et légitimement loué : rapide, laconique, vigoureux, tout en conservant, au sein de ses étroites limites, les caractéristiques des personnages. Le poète qui l'a écrit savait comment créer l'atmosphère austère et implacable requise par son sujet. Ce poème vit dans la mémoire comme l'un des poèmes de l'*Edda* dégageant le plus de cette énergie et de cette force démoniaques que l'on rencontre dans la poésie en vieux norrois ».

Mais tel qu'il se présente dans le *Codex Regius*, avec ses vers ou strophes manifestement altérés, défectueux ou inintelligibles, ses ajouts incompatibles entre eux, ses étranges variations de mètre, ce texte a inévitablement donné lieu pendant de longues années à de multiples analyses critiques contradictoires. Je n'ai cependant pas besoin d'en dire plus ici, sinon que mon père a prudemment interprété l'état de l'*Atlakviða* comme étant le remaniement d'un poème plus ancien, remaniement qui avait alors lui-même subi des « améliorations », ajouts, pertes et chamboulements.

Dans le *Codex Regius*, l'*Atlakviða* est suivi de l'*Atlamál*, le plus long de tous les poèmes héroïques de l'*Edda*. Que l'auteur de ce poème ait bien connu ou non l'*Atlakviða* (ce que mon père croyait improbable), il s'agit d'un texte résolument ultérieur, et s'il narre le même récit et conserve les noms anciens, il a néanmoins subi une transposition extraordinairement inventive : on pourrait dire que le récit a été soustrait à l'âge héroïque et transposé selon un mode entièrement différent. À ce propos, mon père écrit : « L'*Atlakviða* semble conserver une version très primitive (élaborée et non modifiée) des événements. On y trouve encore la présence du grand royaume d'Atli, ainsi que les conflits à grande échelle des jours héroïques d'antan ; les cours sont des cours de rois puissants, alors que dans l'*Atlamál*, elles sont réduites à des fermes. La géographie, vague, bien sûr, correspond : les Niflung chevauchent par les plaines, forêts et marais pour rejoindre Atli (dans l'*Atlamál*, ils semblent simplement traverser un seul fjord). Nous pouvons également relever le vieux titre traditionnel de "*vin Borgunda*", attribué à Gunnar, ainsi que le Myrkviðr ("Mirkwood", Forêt Noire), particulièrement associé aux anciens récits des Huns [*voir pp. 228-229 la note relative à la section VII.14-15 du* Lai des Völsung]. Mais dans l'*Atlamál*, alors que survit l'ancienne "intrigue", la notion d'un monde archaïque et lointain transmise à travers de nombreuses générations a entièrement disparu, entraînant avec elle la disparition totale du trésor des Niflung et de la cupidité d'Atli. »

3-4, 6 Dans leur formulation, ces strophes font écho aux vers chantés par Gunnar lorsqu'il arrive pour la première fois à la grand'salle de Gjúki, et en reprennent plusieurs formules identiques (voir le *Lai des Völsung*, VII.14-15 [pp. 135-136] et notes [pp. 228-229]). Gunnar évoque les premières guerres entre les Goths et les Huns (14), ainsi que les batailles durant lesquelles luttèrent « les seigneurs des Burgondes / contre armée de Budli », tuant le frère de Budli (15). Le compilateur du *Codex Regius* a rédigé un passage en prose intitulé *Dráp Niflunga*, « La mise à mort des Niflung », de toute évidence conçu comme une introduction au poème qui suit dans le manuscrit et qui est *Guðrúnarkviða en nýja*, « L'Ancien Lai de Gudrún ». Ce passage débute ainsi : « Gunnar et Högni s'emparèrent de tout l'or, patrimoine de Fáfnir. À cette époque, il y avait discorde entre les fils de Gjúki et Atli : il les accusait d'avoir tué Brynhild. Voici comment ils furent réconciliés : ils devaient lui donner Gudrún en mariage ; ils lui firent donc boire un philtre d'oubli avant qu'elle ne consente à épouser Atli. »

Ici, tout comme dans l'*Ancien Lai de Gudrún* lui-même, Brynhild est fille de Budli et sœur d'Atli. Puisque dans la version que mon père fait de ce récit, Brynhild n'est pas associée à Atli, cet élément est absent de son *Lai de Gudrún*. « L'*Atlakviða* ne porte aucune trace de Brynhild et de toute cette complication, écrit-il, et dans la mesure où le motif est suggéré, mais non explicite, c'est *la cupidité d'Atli* et le trésor maudit qui sont à l'origine du problème. » (Sur le philtre d'oubli, voir p. 307 la note relative aux strophes 17-28.)

10-16 Dans l'*Atlakviða* et l'*Atlamál*, le récit ne reprend pas avant l'arrivée du messager d'Atli chez les Gjúking. La source primaire de l'histoire de Gudrún après la mort de Sigurd est le *Guðrúnarkviða en forna* (qui contient le récit selon lequel Sigurd n'est pas assassiné dans son lit mais hors de chez lui ; voir pp. 238-239 la note à la section IX.51-64 du *Lai des Völsung*). Dans ce poème, Gudrún se lamente sur son passé et raconte comment elle est allée s'asseoir, la nuit, au côté du corps de Sigurd, à l'endroit où il gisait dans la forêt ; de là, elle a continué d'errer avant d'arriver enfin au Danemark. C'est au Danemark, en compagnie de la fille de Thora Hákon, qu'elle tisse sa tapisserie et c'est là que Gunnar et Högni lui rendent visite en compagnie de Grímhild.

Dans le *Lai* (strophe 2), il est dit que Gudrún s'en va : « elle errait, hors d'esprit, / seule dans la forêt », et que quand Grímhild et ses fils la retrouvent, elle vit toujours seule et tisse sa tapisserie dans une « maison des bois » (10).

Dans le court texte (iii) reproduit p. 67, concernant ce poème, mon père écrit : « Gudrún ne met pas fin à ses jours, mais demeure un temps à moitié folle de chagrin. Elle refuse de poser les yeux sur sa mère ou ses frères et réside à l'écart, dans une maison au cœur des bois. Là, au bout d'un moment, elle commence à tisser une tapisserie représentant l'histoire de Sigurd et du trésor du Dragon. » Ainsi, l'introduction de la tapisserie dans le poème de l'*Edda* devient un moyen, doté d'un contenu entièrement différent, de relier le *Guðrúnarkviða en nýja* et le *Völsungakviða en nýja*.

17-28 Un élément majeur du *Guðrúnarkviða en forna* qui ne figure pas dans le *Lai de Gudrún* est le philtre que Grímhild donne à Gudrún, destiné à lui faire oublier son préjudice et consentir à épouser Atli. Dans ce poème, repris par la *Saga*, plusieurs strophes sont consacrées à la potion de Grímhild, dont les éléments sont énumérés dans le détail. Mais fort curieusement, le philtre n'a aucun effet sur l'esprit de Gudrún : dans les strophes suivantes, elle résiste farouchement aux tentatives de persuasion de Grímhild ; par conséquent, on a communément supposé que ces strophes n'avaient pas été classées dans l'ordre, celles qui ont trait à la potion ayant été placées trop tôt.

Mon père récusait cette explication. Il pensait que le premier philtre d'oubli, administré à Sigurd par Grímhild, avait été inventé « afin de justifier les difficultés posées par les précédentes fiançailles de Sigurd et Brynhild » (voir p. 245). « Ici, écrit-il, nous trouvons encore un recours au même mécanisme – et, selon moi, de façon déplorable : la simple répétition est déplaisante, ces breuvages de Grímhild sont trop efficaces ou trop inefficaces : pourquoi ne pas en

donner aussi un à Atli pour lui faire oublier le trésor ! »
Il estimait fort probable que les strophes relatives au philtre d'oubli aient été une interpolation opérée par une main ultérieure. Dans le *Lai de Gudrún*, il n'en reste rien et Gudrún est soumise sans sorcellerie à la force du dessein de son effroyable mère (comme il apparaît dès la strophe 28). Dans la *Saga*, ses derniers mots à Grímhild sont : « Alors il doit en être ainsi, mais cela est contre ma volonté et il n'en résultera nulle joie, mais plutôt du chagrin. »

22 Le songe de Gudrún est une répétition du *Lai des Völsung*, VII.2-4 ; les vers 5-8 de la présente strophe, qui évoquent Atli, sont une reprise de VII.4, « Lors m'offrirent un loup » devenant « Lors tu m'offris un loup. »

23 « remède » : *boot*.

24 « souffrir » (*must be dreed* : « doit être enduré », dit l'original) : enduré (comme dans le *Lai des Völsung*, VIII.4).

29 « De l'or il se rêvait » (*of gold he dreamed him*) : il s'agit apparemment d'un vestige d'une ancienne construction impersonnelle du verbe « rêver » : « il rêvait d'or ». Ce vers apparaît de nouveau à la strophe 33.

32-34 Dans l'*Atlamál*, la vie d'Atli et Gudrún est un cauchemar de haine et de disputes ; les strophes 32 et 34 du *Lai* évoquent plutôt le récit suggéré dans l'*Atlakviða*. Lorsque Gudrún poignarde Atli dans son lit, il est dit : « Souvent les modes de l'amour avaient été meilleurs, quand ces deux avaient coutume de s'enlacer devant leur noble cour. » Dans le *Lai de Gudrún*, Atli est explicitement représenté comme étant partagé entre son amour pour Gudrún et son désir de s'approprier le trésor des Niflung.

35 Dans l'*Atlamál* (que reprend la *Saga*), Gudrún entend ce qu'Atli et ses hommes se murmurent

discrètement ; dans le *Lai,* cela devient ce qu'elle entend Atli murmurer dans son sommeil.

36 « Tous ceux qu'il connaissait » (*kith*) : amis, voisins, connaissance (sens originel du mot dans l'expression *kith and kin* [« amis et parents ». *N.d.T.*]) ; repris à la strophe 40.

37-48 Les éléments narratifs que fournit le messager des Huns, de même que l'anneau et les runes envoyés par Gudrún, sont empruntés à la fois à l'*Atlakviða* et à l'*Atlamál*. Le nom *Vingi* est emprunté à l'*Atlamál,* mais « glacial tomba le cri » (38) dérive de l'*Atlakviða,* où le messager d'Atli, alors appelé Knefröðr, *kallaðí kaldri röddu* : « s'écria d'une voix froide », ce qui, comme le fait remarquer mon père, a un sens particulier ici : « de mauvais augure, fatal ». C'est aussi de l'*Atlakviða* que sont inspirés les somptueux présents offerts par Atli, de même que les propos de Gunnar et Högni concernant l'invitation d'Atli. Dans l'*Atlakviða,* la mise en garde adressée par Gudrún prend la forme suivante, selon les termes de Högni :

Hár fann ek heiðingja
riðit í hring rauðum.
Ylfskr er vegr okkar
at ríða örindi.

(« J'ai trouvé un poil du vagabond de la lande / autour de l'anneau rouge. / La route est aussi sournoise que le loup pour toi et moi / si nous faisons ce voyage »). Mais dans l'*Atlamál*, le poil de loup n'apparaissant pas, Gudrún envoie un message en runes, que Vingi modifie avant de le remettre.

Dans le *Lai de Gudrún*, les deux motifs se combinent (strophes 44-45) ; en cela, mon père suit la *Saga* et la note du *Codex Regius* intitulée *Dráp Niflunga.* Le *Codex Regius* ajoute d'ailleurs que l'anneau est

Andvaranaut (pris à Brynhild par Sigurd, qui le donne à Gudrún : mais il n'en va pas de même dans le *Lai des Völsung* [voir p. 236, la note à la section IX. 9-10]).

39 « requête » : *boon.*

40 « apprêter » : *dights.*

42-58 J'expose ici, parfois dans le détail, la façon dont sont enchevêtrées les sources dans ce passage, puisqu'elle révèle très clairement la méthode narrative employée par mon père dans ce poème.

Dans l'*Atlakviða*, Gunnar demande à son frère pourquoi ils devraient se laisser tenter par la générosité d'Atli alors qu'eux-mêmes possèdent tant de richesses et tant d'armes (voir les strophes 42-43 du *Lai*) ; sans lui répondre directement, Högni mentionne alors le poil de loup entortillé autour de l'anneau de Gudrún. En l'absence de toute autre indication concernant les pensées de Gunnar, il prend immédiatement la décision de partir en s'écriant : *Úlfr mun ráða arfi Niflunga* : « Le loup possédera l'héritage des Niflung » s'il ne revient pas. Dans l'*Atlamál*, en revanche, ni Gunnar ni Högni ne font preuve d'aucune hésitation. Le message runique qui remplace le poil de loup de l'*Atlakviða* ne leur cause aucune inquiétude. C'est seulement par la suite que Kostbera, l'épouse de Högni, examine les runes et se rend compte qu'elles ont été inscrites par-dessus celles gravées à l'origine ; mais Högni fait fi de sa mise en garde, tout comme il fait fi des rêves prémonitoires de Kostbera. De même, Glaumvör, l'épouse de Gunnar, fait des rêves oppressants, mais que Gunnar ignore également, si bien que les frères se mettent en route le lendemain matin. Kostbera et Glaumvör n'apparaissent que dans l'*Atlamál* et ne sont pas reprises dans le *Lai de Gudrún.*

La *Saga* introduit un élément supplémentaire : Vingi, voyant que les frères sont saouls, leur dit qu'Atli, désormais âgé, souhaite qu'ils deviennent les maîtres de son royaume pendant que ses fils sont encore si jeunes (voir strophes 51-52 du *Lai*). C'est ce qui fait que Gunnar décide de partir et que Högni, réticent, se range à son avis, avant que n'aient lieu l'examen plus attentif des runes et le récit des songes.

Dans le *Lai*, mon père reprend des éléments à la fois des poèmes eddiques et de la *Saga*, mais en réorganisant le contexte, si bien que leur portée s'en trouve quelque peu modifiée. Le mépris de Gunnar à l'égard de l'offre d'Atli et la mise en garde de Högni concernant le poil de loup sont maintenus, mais Gunnar est à présent convaincu d'accepter l'invitation grâce au sens apparent du message runique de Gudrún (45). C'est Grímhild, et non Kostbera, qui les avertit que les runes ont été falsifiées et que la signification sous-jacente est tout autre, ce qui conduit Gunnar à dire à Vingi qu'à présent, il refuse de l'accompagner (49). Voilà qui fournit prétexte à la dernière fourberie de Vingi (51-52), et bien qu'Högni, dédaigneux, ne soit toujours pas convaincu (53-54), Gunnar, « ayant bu tout son saoul », s'écrie, comme dans l'*Atlakviða* : « Que des Niflung, les loups/ gouvernent les richesses ! »

La scène s'achève sur un retour aux runes : Högni observe avec insistance qu'alors qu'il faudrait prêter attention aux conseils de Grímhild, ils ignorent sa mise en garde ; Vingi jure alors (selon les termes mêmes qu'il prononce dans l'*Atlamál*) que les runes ne mentent pas. Le personnage de Gunnar est également le même (voir pp. 66-67 [ii]).

50 « Qui runes fait parler » (*rune-conner*) : celui qui médite sur les runes, les examine de près.

54 « Funeste est ma pensée » (*fey saith my thought*) : je suppose, tout en demeurant sceptique, que le mot *fey* signifie ici : « avec un présage de mort ».

59 « Peu les accompagnèrent » : Dans l'*Atlakviða* n'est cité aucun compagnon de Gunnar et Högni ; dans

l'*Atlamál*, ils sont trois : Snævar (cité p. 278 aux strophes 87 et 88 du *Lai*) et Sólar, tous deux fils d'Högni, ainsi qu'Orkning, le frère de sa femme.

59-63 Durant leur voyage jusqu'au pays des Huns, comme l'écrit mon père au sujet du passage de l'*Atlakviða* (voir p. 305), « les Niflung chevauchent par les plaines, forêts et marais pour rejoindre Atli ». La strophe 62 est inspirée de l'*Atlamál*, où sont décrits les furieux coups de rame de Gunnar, Högni et leurs compagnons ; mais dans le *Lai*, il n'y a pas de volonté de reprendre la scène de l'*Atlamál* située en Scandinavie : ils traversent le Danube.

60 « condamnés » (*fey*) : condamnés à mourir.

62 Vers 7-8 : ceci est également inspiré de l'*Atlamál*. Dans une conférence, mon père fait remarquer que l'abandon du bateau par les Niflung, qui n'espèrent aucun retour, semble être un détail appartenant à la forme la plus ancienne de la légende telle qu'elle est parvenue en Scandinavie, puisqu'on la rencontre aussi dans le *Nibelungenlied* allemand.

65-67 Alors que les grandes cours d'Atli sont, de toute évidence, conçues très différemment de la ferme de l'*Atlamál*, les coups que Högni frappe à leurs portes sont inspirés de celui-ci, tout comme le meurtre de Vingi – bien que dans l'*Atlamál*, il soit abattu à coups de hache.

68-92 Dans l'*Atlakviða*, lorsque Gunnar et Högni arrivent aux grand'salles d'Atli, aucun combat n'a lieu. Dès qu'ils entrent, Gudrún accueille ses deux frères et leur dit qu'ils ont été trahis. Gunnar est immédiatement capturé et attaché (c'est alors qu'il est appelé *vin Borgunda*, « seigneur des Burgondes », unique trace de l'origine burgonde des Gjúking à nous être parvenue dans la littérature scandinave ; (voir pp. 228-229, note VII.15). Högni tue huit hommes avant d'être capturé.

Dans l'*Atlamál*, en revanche, tout comme dans le

Nibelungenlied allemand, un féroce combat éclate à l'arrivée de Gunnar et Högni, et Gudrún, qui, dans ce poème, quitte la grand'salle pour rejoindre ses frères à l'extérieur, y prend part, abattant elle-même deux hommes. Ce combat dure toute la matinée et dix-huit guerriers d'Atli périssent avant que Gunnar et Högni ne soient capturés. Puis Atli prend la parole, se lamentant sur son mariage et la perte de ses hommes. Dans le *Lai*, cette partie du récit s'étend bien au-delà de ce qui est dit tant dans les poèmes eddiques que dans la *Völsunga Saga*. La *Saga* introduit l'idée d'une pause dans le combat que l'on ne trouve pas dans l'*Atlamál*, lorsqu'Atli évoque ses pertes et son cruel destin, avant que la bataille ne reprenne et que les frères ne pénètrent de force dans la grand'salle (voir p.273, strophes 71 et suivantes du *Lai*). Mais au terme d'une lutte féroce, Gunnar et Högni sont faits prisonniers ; alors que dans le *Lai*, le conflit a pour résultat de mettre Atli à leur merci, et Gudrún les persuade de faire preuve de miséricorde.

Le *Lai* est très éloigné de l'*Atlamál* dans le portrait qu'il dresse de Gudrún, qui n'est naturellement pas présentée ici comme une farouche guerrière ; en outre, un élément entièrement nouveau est introduit en la présence de guerriers goths à la cour d'Atli (83), appelés en renfort par Gudrún et qui s'insurgent contre les Huns, leurs maîtres (81-86) ; voir ci-dessous la note à la strophe 86.

68 « Les Budlung » : hommes de Budli (père d'Atli).

80 « Lors m'offrirent un loup » : voir p. 308, la note à la strophe 22.

« Malheur soit du jour » : voir p. 238, la note au *Lai des Völsung*, IX.29.

86 Dans le *Lai*, c'est l'introduction des Goths comme récents alliés des Burgondes parmi les Huns, à la cour d'Atli, qui amène ces références à des noms gotiques de jadis, dont le souvenir est conservé dans

des lais anciens. Cette strophe est une innovation de mon père.

Iormunrek (Jörmunrekkr) est la forme norroise du nom d'Ermanaric, roi des Ostrogoths, branche orientale du peuple goth qui résidait dans les plaines du sud de la Russie au IVe siècle. La vaste domination d'Ermanaric s'étendait sur de nombreux peuples et tribus, du nord de la mer Noire jusque non loin de la Baltique ; mais vers l'an 375, durant sa vieillesse, il se donna la mort face au premier assaut écrasant des Huns, nomades déferlant depuis les steppes d'Asie, dont l'aspect et la barbarie répandaient partout la terreur. C'est à cette lointaine époque que remonte le chant de Gunnar, de même que ses couplets lors de la fête donnée en l'honneur de Sigurd dans les grand'salles de Gjúki (*Lai des Völsung*, VII.14) ; dans la présente strophe, le vers évoquant le roi « qui ombrageait la terre » renvoie sans aucun doute à l'étendue de l'empire d'Ermanaric.

Durant les siècles qui suivirent, Ermanaric devint une puissante figure des légendes héroïques des peuples de langue germanique, au nom entaché par les méfaits liés à sa réputation. Dans les rares vestiges de légende héroïque vieil anglaise qui nous sont parvenus, on se souvient de lui comme *wrað wærloga*, « cruel et impie » ; il apparaît dans ces vers du bref poème intitulé *Deor* :

We geascodon Eormanrices
wylfenne geþoht : ahte wide folc
Gotena rices : þæt wæs grim cyning.

« Nous avons ouï dire de l'esprit de loup d'Eormanric : loin alentour, il gouverne le peuple du royaume des Goths : il était roi cruel. »

Les noms cités aux vers 5-8 sont empruntés à *La Bataille des Goths et des Huns*, poème norrois très ancien et fort altéré, inséré dans la *Heiðreks Saga* (appelée également *Hervarar Saga*), dont on doit considérer qu'elle transmet de lointains souvenirs des premiers assauts des Huns contre les Goths et qu'elle comporte d'anciens noms conservés dans une forme de poésie traditionnelle.

Parmi ces noms, Angantýr est celui d'un roi gotique ; quant à Dúnheiðr, théâtre d'une grande bataille, il contient probablement Dúna, appellation norroise du Danube. « Les rives du Danpar », dans le premier chant de Gunnar (*Lai des Völsung*, VII.14) et les « hauts murs du Danpar » dans la présente strophe dérivent du norrois Danparstaðir, survivance du nom gotique du Dniepr. Concernant son occurrence dans l'*Atlakviða*, mon père fait observer dans sa conférence qu'il s'agit « probablement d'une réminiscence du pouvoir et de la splendeur gotiques des jours anciens précédant la chute d'Ermanaric ».

87 Snævar est cité dans l'*Atlamál* comme étant l'un des fils de Högni (voir pp. 311-312, la note à la strophe 59).

91 « regrets » : *ruth*.

93-112 Dans le *Lai*, cette partie du récit est entièrement indépendante des sources norroises. Une fois libéré, Atli envoie chercher des renforts (93) pendant que les Niflung tiennent les portes de la grand'salle (95) ; c'est ici qu'apparaît la tradition allemande de la légende, mais fortement influencée par le fragment poétique vieil anglais connu sous le titre de *La Bataille de Finnsburg* (qui, en soi, n'entretient aucun lien avec la légende des Niflung). L'ouverture de *La Bataille de Finnsburg* peut être mise en parallèle avec les strophes 96-99 (traduction d'André Crépin, dans *Beowulf*, Göppingen, Kümmerle Verlag, 1991, p. 469 ; pour une traduction en anglais moderne, voir celle d'Alan Bliss dans J.R.R. Tolkien, *Finn and Hengest*, éd. d'Alan Bliss, 1982, p. 147) :

… galbes flambent. »
Hnæf s'écria – le jeune roi fougueux :
« Ce n'est pas l'aube à l'est ni dragon en plein vol
ni de ce manoir les galbes en flammes,
mais voici qu'ils s'avancent, que chantent les charognards,
qu'hurle cotte-grise, que résonne le bois guerrier,
que le bouclier répond à la hampe. Maintenant que brille cette lune
errant sous les nuages, maintenant vont surgir de funestes coups
qui de ce peuple vont faire le malheur.
Réveillez-vous maintenant, vous mes guerriers,
saisissez vos boucliers de tilleul, n'ayez de pensées qu'héroïques,
courez en première ligne, montrez votre courage ! »

Dans le *Lai*, le combat aurait duré cinq jours (102), ce que dit aussi *La Bataille de Finnsburg*.

Il est intéressant de constater que dans des notes destinées à ses conférences sur le *Nibelungenlied*, mon père écrit « comparer Finnsburg » en regard de sa référence à la scène durant laquelle, la nuit, Hagen (Högni) et le ménestrel Volker, son puissant compagnon, gardent les portes de la salle à coucher où les Burgondes ont pris leurs quartiers et aperçoivent le reflet des heaumes dans le noir. De même, il écrit à propos du poème vieil anglais *Finn et Hengest* (p. 27 de l'édition citée plus haut) : « Le Fragment s'ouvre sur la vision du "jeune roi" qui avise une attaque – comme les heaumes qui se reflètent quand la salle à coucher est attaquée, dans le *Nibelungenlied*. »

La tradition germanique est de nouveau présente dans l'incendie de la grand'salle où sont assiégés les

Niflung. Mais dans le *Nibelungenlied*, ainsi que dans la *Thiðrekssaga*, poème norvégien du XIIIe siècle fondé sur des récits et des chants de la Germanie du Nord, cet incendie a des causes tout à fait différentes : c'est en effet Kriemhild (Gudrún, dans la légende norroise) qui propose l'invitation au pays des Huns, afin de se venger du meurtre de Siegfried (Sigurd) sur Gunther et Hagen (Gunnar et Högni). C'est Kriemhild qui donne l'ordre de mettre le feu à la grand'salle où dorment les Nibelung ; alors que dans le *Lai de Gudrún*, c'est un certain Beiti, conseiller d'Atli, qui est à l'origine de l'incendie (105). Mais le détail concernant les guerriers capturés qui boivent le sang s'écoulant des cadavres (109) est inspiré du *Nibelungenlied.*

Dans l'*Atlakviða*, Gudrún incendie la grand'salle à la fin du poème, après le meurtre d'Atli et de leurs enfants ; c'est ce qui apparaît à la fin du *Lai de Gudrún* (153).

105 Le nom *Beiti* est emprunté à l'*Atlamál*, où il est l'intendant d'Atli (voir pp. 318-319, note relative aux strophes 118-131).

112 « Des Niflung [...] la Détresse » : Détresse (*Need*) est écrit avec une majuscule parce que cette phrase renvoie aux derniers mots du *Nibelungenlied* : « Ici s'achève l'histoire : c'était *der Nibelunge nôt* ». Le terme *nôt* qui, à l'origine, est le même que *need* en anglais, se rapporte au péril et à la fin terribles des Nibelung.

113-116 La façon dont Atli traite Gunnar, captif, sous les yeux de Gudrún, tout en la raillant quand il évoque Sigurd désormais vengé, ne se rencontre ni dans les poèmes eddiques, ni dans la *Völsunga Saga* ; elle constitue cependant la source de l'« inexorable haine » de Gudrún (133) et de son acte d'une barbarie insensée, suite au meurtre de ses frères : elle exige ainsi la vie de ses frères (116) « par Erp et par Eitill, / par nos propres enfants » (voir aussi la strophe 120 : « par tous ceux nés de nous ! »).

114 « vengeance de Budlung » : la vengeance d'Atli, fils de Budli.

118-131 Dans l'*Atlakviða*, quand on lui demande s'il rachèterait sa propre vie avec cet or, Gunnar répond que « le cœur de Högni doit reposer dans [s]a main. » Ils tranchent le cœur non de ce dernier, mais du lâche Hjalli, puis le présentent à Gunnar, qui devine que ce n'est pas celui de Högni parce qu'il frémit ; mais la raison de leur acte n'est nullement expliquée. Ils tranchent alors le cœur de Högni et Gunnar devine que c'est bien le sien parce qu'il ne frémit pratiquement pas. Dans l'*Atlamál*, c'est Atli qui ordonne que l'on tranche le cœur de Högni, mais Beiti, intendant d'Atli, propose qu'ils prennent à la place celui de Hjalli, cuisinier et porcher, pour épargner Högni. Ils s'emparent de Hjalli, qui pousse des hurlements, mais Högni intercède en sa faveur, disant que ce bruit lui est insupportable et qu'il préfère plutôt « terminer la partie [lui]-même ». Hjalli est alors relâché et Högni est assassiné ; il n'est fait aucune mention de l'histoire des deux cœurs.

Dans la *Saga*, les deux sont associés plutôt sommairement : Atli ordonne que l'on tranche le cœur de Högni ; un conseiller d'Atli propose de lui substituer Hjalli, mais Högni intercède en sa faveur ; Atli dit alors à Gunnar qu'il ne peut racheter sa vie qu'en révélant où se trouve le trésor, et puisque Gunnar répond qu'il doit d'abord voir le cœur de Högni, Hjalli est de nouveau capturé et a le cœur tranché ; le récit se poursuit comme dans l'*Atlakviða*.

Dans le *Lai de Gudrún*, les sources sont combinées de façon plus habile : c'est Gunnar qui exige de voir le cœur de Högni, comme dans l'*Atlakviða*, mais la première attaque du porcher Hjalli fait l'objet d'une explication : « Mais sages lui fournirent / des conseils de prudence » (ils ont dit à Atli d'être sur ses gardes), redoutant la colère de la reine. Högni n'intercède pas en faveur d'Hjalli, mais exprime seulement la répugnance que lui inspirent ses hurlements ; nul répit n'est alors accordé au porcher.

120 « De sa nature troll / la rumeur était vraie ! » Selon moi, Atli évoque les propos de Gunnar (118) concernant Högni et l'or : « Jusqu'à son dernier souffle / ne s'en séparera. »

122 « Malheur soit des mensonges » : que ces mensonges soient maudits. (Cf. « Malheur soit de l'instant » dans le *Lai des Völsung*, IX.29 et note, p. 238).

124 « vaudraient mieux » : *liever* : plus acceptable. (Il s'agit du comparatif de *lief*, cité p.96 dans le *Lai des Völsung*, II. 41 : *Now lief I die* : « mourir vaut aussi bien ». [*N.d.T.*])

128-130 Dans l'*Atlakviða*, quand ils apportent le cœur de Högni à Gunnar, celui-ci déclare : « Tant que nous deux étions vivants, j'ai toujours eu un doute, mais désormais je n'en ai plus, étant le seul à être en vie. Le Rhin possédera l'or qui incite les hommes au combat, l'héritage des Niflung. Dans l'eau qui ondule luiront les anneaux fatals, plutôt que cet or ne brille sur les mains des fils des Huns. »

L'*Atlakviða* n'indique pas que l'or est réellement jeté dans le Rhin (comme c'est le cas dans le *Lai*, strophe 130, vers 5 : « Lançons-le tout au fond »), ce qui a conduit à affirmer que Gunnar veut seulement dire qu'il préfère voir le trésor au fond du Rhin plutôt que de voir les Huns s'en parer. Mon père récusait vigoureusement cette hypothèse, pour plusieurs raisons : la syntaxe du passage, l'affirmation, par Snorri Sturluson, dans l'*Edda en prose*, qu'« avant de quitter leur pays, ils [*Gunnar et Högni*] cachèrent l'or, héritage de Fáfnir, dans le Rhin, et que depuis, l'or n'a jamais été retrouvé » ; enfin, les références du *Nibelungenlied* au fait que le trésor est plongé dans le Rhin. Selon lui, cet élément faisait probablement déjà partie de la légende lorsqu'elle est parvenue en Scandinavie.

Il fait également observer que si le trésor est au fond du Rhin, la réponse à la question de savoir ce que changerait le fait que Högni soit vivant ou mort doit être que Högni est le seul à connaître l'endroit secret où il repose dans le grand fleuve. Ainsi, dans la *Völsunga Saga*, Gunnar dit : « Et à présent, je suis le seul à savoir où se trouve l'or ; Högni, lui, ne vous le dira pas » ; quant à Snorri, il affirme que « l'or n'a jamais été retrouvé depuis ». « Il ne fait aucun doute, écrit mon père, qu'il aurait pu être repêché, si seulement on avait su à quel endroit le chercher. » Mon père croyait néanmoins que cet épisode était un développement ultérieur (qu'il qualifiait de « dramatico-théâtral ») qui ne s'accordait pas parfaitement avec le motif de l'or du Rhin (voir page suivante la note aux strophes 148-150).

130 Vers 5-8 : comparer les vers précédant la fin de *Beowulf*, 3166-3168 :

forleton eorla gestreon eorðan healdan
gold on greote, þær hit nu gen lifað
ealdum swa unnyt, swa hit æror wæs.

« Ils confièrent l'ancienne richesse à la garde
[de la terre,
Sous de la pierre, l'or qui y demeure encore
Aussi inutile aux hommes que jadis s'avéra. »
(Extrait d'une traduction de Beowulf en vers allitératif faite par mon père ; vers 3137-82)

132-140 Dans l'*Atlamál*, il est dit, et Snorri le répète, que dans la fosse aux serpents, Gunnar joue de la harpe avec ses pieds, idée dérivant peut être de la remarque qu'il est attaché, ainsi qu'il apparaît dans l'*Atlakviða* (et dans le *Lai*, 113). Dans le *Lai*, qui reprend l'*Atlakviða*, Gunnar se sert de ses mains. D'autres caractéristiques de cet épisode du *Lai* sont inspirées de la *Saga* : c'est Gudrún qui lui fait parvenir la harpe (135), sa mélodie endort les serpents (136) et pour finir, il meurt, mordu par une « vieille » vipère (139).

141-147 Si les grands bûchers funéraires ne figurent pas dans les poèmes eddiques, la vengeance de Gudrún sur Atli est racontée dans les deux : il s'agit du même motif atroce que celui qui apparaît dans la légende grecque de Procné (rapportée par Ovide dans les *Métamorphoses*) : celle-ci, par vengeance, tue son propre fils Itys et donne sa chair à manger à son mari, Térée, roi de Thrace.

142 Les vers 5-8 sont une reprise pratiquement exacte de la première strophe du poème, où ils se réfèrent au bûcher de Sigurd et Brynhild.

148-150 J'ai dit (p. 304) que mon père avait « prudemment interprété l'état de l'*Atlakviða* comme étant le remaniement d'un poème plus ancien, remaniement qui avait alors lui-même subi des "améliorations", ajouts, pertes et chamboulements ». Il croyait que « l'épisode Högni-Hjalli » (voir la note aux strophes 118-131) et la vengeance de Gudrún contre Atli à travers leurs propres enfants étaient tous deux des développements ultérieurs opérés par le « poète de l'*Atlakviða* » dans le premier poème qu'il retravaillait. Cette dernière section de l'*Atlakviða*, d'une difficulté d'interprétation constante dans le détail de sa formulation, n'est pas tout à fait intelligible d'un point de vue logique ni psychologique. Tel que le texte se présente, Gudrún va à la rencontre d'Atli lorsqu'il revient, après la mort de Gunnar dans la fosse aux serpents, et l'accueille au festin avec une coupe d'or (cf. le *Lai*, strophe 145), apporte à boire et à manger aux convives réunis et sert Atli avant de déclarer, en termes d'une effroyable clarté, ce qu'elle a fait et ce qu'ils font. Un grand cri d'horreur et un bruit de sanglots s'élèvent des bancs, mais Gudrún ne pleure pas : « elle dispensa l'or et, avec les anneaux rouges, enrichit les gens de sa maison… Atli, ne se doutant de rien, avait lui-même bu jusqu'à l'ivresse ; il n'avait point d'armes ; il ne remarquait pas Gudrún » (cette dernière expression est la traduction que mon père fait d'un verbe norrois de sens incertain). Puis survient le meurtre d'Atli, dans son lit, accompli par Gudrún, avant qu'elle ne mette le feu à la grand'salle.

« Pourquoi cette distribution d'or, écrit mon père, alors que Gudrún n'a besoin ni d'aide, ni de faveur, et qu'une meurtrière qui ne cache pas avoir mis à mort des princes ne peut s'attendre à en recevoir ? Pourquoi la folie d'Atli, qui ne soupçonne pas Gudrún ? »

Sa solution revient à suggérer, prudemment, que si la mort du (ou des) fils d'Atli est peut-être un élément très ancien de la légende, elle ne constitue pas à l'origine un élément majeur de la vengeance de Gudrún. La forme à laquelle nous la trouvons mêlée, écrit-il, est certainement pour l'essentiel un développement scandinave et l'aboutissement d'un long processus. Il est probable qu'elle n'ait pas figuré dans la « source originelle » de l'*Atlakviða*, mais que son intégration et son association au thème principal de la vengeance aient été l'œuvre du poète de l'*Atlakviða*.

Mon père supposait que sous une forme antérieure, le récit aurait évolué à partir du festin de funérailles vers une description poétique de Gudrún prodiguant son or, ce qui, dans ce cas, serait naturellement interprété comme sa persistance à simuler la gaieté et l'approbation en distribuant de somptueux présents afin de dissiper les soupçons. Puis Atli, « ne soupçonnant rien » – parce qu'il n'a aucun motif de soupçon – va se coucher, terriblement saoul (ce qui est l'un des éléments les plus anciens de toute l'histoire, voir appendice A, pp. 337-338). Mais lorsque survient le motif du meurtre des enfants, il doit nécessairement être introduit au cours du festin des funérailles. Les strophes précédemment mentionnées ont été conservées, mais elles ne se prêtaient pas à une intégration réussie (« Pourquoi cette distribution d'or ? Pourquoi la folie d'Atli ? »). Dans le *Lai de Gudrún*, mon père conçoit de pallier cette faiblesse : Atli s'évanouit d'horreur, ce qui amène ses serviteurs à le porter jusqu'à son lit (148-149).

Ici, l'auteur de l'*Atlakviða* se tourne brusquement vers la tradition selon laquelle Högni a un fils qui le venge d'Atli, puis il dit (ce que reprennent la *Saga* et Snorri) que ce fils, jamais mentionné précédemment dans le poème, a aidé Gudrún à commettre le meurtre. Comme on peut s'y attendre, cet élément ne trouve pas sa place dans le *Lai de Gudrún*.

151 « flétrie » : sous entendu : au fer rouge. [*N.d.T.*]

152-154 L'incendie de la grand'salle par Gudrún est inspiré de l'*Atlakviða* (voir p. 317, note aux strophes 93-112).

156 Les vers 5-8, qui sont presque identiques aux derniers vers du *Lai des Völsung* (IX.82), deviennent aussi les derniers du *Lai de Gudrún* (strophes 165) avant la formule d'adieu du poète à son auditoire.

157-165 Dans une note au crayon figurant sur le manuscrit, mon père écrit qu'il faudrait omettre la conclusion entière du poème, à partir de la strophe 157, et ne garder que la strophe finale (166). Cependant, les traits négligemment tracés sur le manuscrit indiquent que cette omission s'étend seulement jusqu'à la strophe 164, si bien que les quatre derniers vers de la strophe 156 sont identiques aux quatre derniers de la strophe 165, qui suit immédiatement.

159-165 Les vers attribués à Gudrún, assise au bord de la mer, sont inspirés du *Guðrúnarhvöt*, poème eddique tardif, sans pour autant leur correspondre étroitement. La dernière partie de ce court lai est consacrée à diverses « Lamentations de Gudrún », mais elle inclut le chagrin que lui cause l'élément final de la version scandinave et que mon père, pour les besoins de ses poèmes, a rejeté.

Dans le *Guðrúnarhvöt*, Gudrún raconte qu'elle a tenté de se noyer dans la mer, mais que les vagues l'ont rejetée (comme dans le *Lai de Gudrún*, 158) et que son histoire n'est pas finie. Une légende gotique tout à fait différente et très ancienne est venue très tôt se greffer sur le thème des Niflung, marqué par la cupidité. Cette légende avait trait à la mort du roi ostrogoth Ermanaric (voir note à la strophe 86) des mains de ses deux frères, voulant venger le meurtre de leur sœur ; cette sœur, Swanhild (Svanhildr), est devenue l'épouse d'Ermanaric et la fille de Sigurd et Gudrún, et ses frères (Hamðir et Sörli), les fils de Gudrún par son troisième et dernier mariage à un vague souverain du nom de Iónakr.

Au début du *Lai de Gudrún*, lorsque Gunnar chante les anciens exploits des Goths (86), il nomme Iormunrek (Ermanaric), ce qui montre en soi que mon père détache la légende gotique de son poème sur les Niflung pour situer Iormunrek dans un contexte historique : historiquement, Ermanaric mourut environ soixante ans avant Gundahari (Gunnar), roi des Burgondes.

Dans la littérature scandinave, seul le *Guðrúnarhvöt* fait référence à la façon dont meurt Gudrún (suicide sur un bûcher funéraire) ; mais dans le *Lai de Gudrún*, elle prononce sa plainte et, s'offrant de nouveau aux vagues, elle est cette fois engloutie.

APPENDICES

Appendice A

BREF APERÇU DES ORIGINES DE LA LÉGENDE

§ I Attila et Gundahari

Dans ses deux *Lais*, mon père utilise l'expression « seigneur(s) des Burgondes » essentiellement en référence à Gunnar, ou à Gunnar et Högni (qui sont également appelés « les Gjúking » et « les Niflung »). Dans le commentaire sur le *Lai des Völsung* (VII.15), j'ai expliqué qu'il avait emprunté le nom « Burgonde » à l'*Atlakviða*, où figure une unique occurrence du titre *vin Borgunda*, « seigneur des Burgondes », attribué à Gunnar, et que nulle part ailleurs dans la littérature scandinave on ne se souvient de Gunnar comme d'un Burgonde. Ce titre recèle l'un des éléments majeurs de la légende.

Les Burgondes étaient à l'origine un peuple germanique de l'Est venu de Scandinavie ; leur nom demeure dans « Bornholm » (Borgunda Holm, en norrois), île qui émerge de la Baltique au sud-est de l'extrémité sud de la Suède. Dans le poème vieil anglais *Widsith*, ils sont cités en même temps que les Goths de l'Est (Ostrogoths) et les Huns : « Attila régnait sur les Huns, Ermanaric sur les Goths et Gifica sur les Burgondes », ce que l'on peut considérer comme un souvenir de l'époque où les Burgondes résidaient encore en « Germanie de l'Est » ; mais ils se déplacèrent vers l'ouest en direction du Rhin et c'est là que la catastrophe s'abattit sur eux.

Au début du Ve siècle, ils étaient installés en Gaule, dans un royaume situé sur la rive ouest du Rhin et centré sur Worms (au sud de Francfort). En 435, sous le commandement de Gundahari, leur roi, et contraints, semble-t-il, par la nécessité d'accroître leur territoire, les Burgondes entreprirent de s'étendre vers l'ouest ; mais ils furent écrasés par le général romain Aetius et forcés de solliciter la paix. Deux ans plus tard, en 437, ils furent anéantis par une attaque massive des Huns, durant laquelle Gundahari et un nombre considérable de ses hommes trouvèrent la mort. On a généralement supposé que le Romain Aetius, dont l'objectif premier était de protéger la Gaule des invasions barbares, avait fait appel aux Huns pour anéantir le royaume burgonde de Worms. Il n'y a aucune raison de supposer qu'Attila ait été à la tête des Huns durant cette bataille.

Mais les Burgondes de Rhénanie n'avaient pas été entièrement massacrés en 437 : on rapporte qu'en 443, les survivants furent autorisés à s'établir comme colons dans la région de Savoie. On rencontre un curieux aperçu de ces colons parmi les écrits de Sidoine Apollinaire, aristocrate gallo-romain cultivé, né à Lyon vers 430, politicien de l'Empire et poète, avant de devenir évêque de Clermont, capitale de l'Auvergne, à la fin de sa vie. Il a laissé dans ses lettres un portrait des mœurs et du mode de vie de l'étrange société du sud de la Gaule au Ve siècle.

Mais aux yeux du délicat Sidoine, les grossiers

Burgondes étaient répugnants et leur culture, totalement dénuée d'intérêt. Dans un poème satirique, il se plaint, non sans humour, d'avoir dû s'asseoir parmi ces barbares aux cheveux longs (qui lui vouaient une affection démesurée) et d'avoir été forcé de souffrir la langue germanique : de louer, non sans faire la grimace, les chants de ces Burgondes voraces, hauts de deux mètres, qui graissaient leurs cheveux au beurre rance et empestaient l'oignon. Il ne nous apprend donc rien des chants des contemporains de Gundahari et d'Attila, sinon que sa propre muse fuyait un tel vacarme.

Quelle qu'ait été l'ampleur du désastre de 437, le fait qu'ils conservèrent leurs traditions est suggéré par un code de lois burgondes établi par le roi Gondebaud pas plus tard qu'au début du VIe siècle et dans lequel figurent les noms des rois ancestraux : Gibica (ou Gifica), Gundomar, Gislahari, Gundahari. Ces noms se retrouvent tous ultérieurement dans la légende, bien que l'on ne puisse connaître la nature des rapports qu'ils ont entretenus historiquement. Gundahari est Gunnar (*vin Borgunda*) en norrois. Il apparaît en vieil anglais sous la forme très différente, mais finalement identique, de Guðhere : dans le poème *Widsith*, le ménestrel dit que quand il était « parmi les Burgondes »,

me þær Guðhere forgeaf glædlicne maððum
songes to leane ; næs þæt sæne cyning.

(« là, Guðhere me donna un glorieux joyau en récompense de mon chant : il n'était point roi nonchalant. ») Dans la tradition allemande, il s'agit de Gunther.

Dans le poème vieil anglais *Widsith*, Gibica apparaît

sous la forme Gifica comme chef des Burgondes en même temps que les chefs des Goths et des Huns, ainsi que je l'ai signalé plus haut. En norrois, suivant un changement phonétique régulier, ce nom est devenu Gjúki, qui est le père de Gunnar ; de même, dans certaines formes de la tradition germanique, Gibeche est le père de Gunther ; mais (étant donné, surtout, l'endroit où Gifica apparaît dans *Widsith*), il se peut qu'il ait été historiquement un illustre ancêtre remontant à une époque plus lointaine.

« Il est facile de comprendre, écrit R.W. Chambers dans son édition de *Widsith* (1912), pourquoi le récit de la chute de Gundahari et de ses hommes dans la bataille contre les Huns présente un intérêt non seulement pour le Burgonde, mais pour tous ses voisins, au point de se répandre d'un bout à l'autre de la Germanie au fil des siècles. Huit cents ans après cette bataille, de l'Islande à l'Autriche, on se rappelle encore Gundahari. »

Mon père ne souscrivait pas entièrement à ce point de vue. Dans des notes préparatoires à des conférences portant essentiellement sur la connaissance qu'avaient les poètes vieil anglais de la légende des Völsung, il affirme : « L'histoire de Guðhere est l'histoire d'une chute après qu'il a connu la gloire – et d'une chute brutale, non d'un lent déclin – d'une catastrophe brutale et écrasante au cours d'une grande bataille. C'est aussi la chute d'un peuple qui avait déjà connu un parcours aventureux et perturbé la situation à l'Ouest par son invasion et la montée d'un pouvoir considérable à Worms. Il est facile de comprendre comment la défaite infligée par Aetius, seulement deux ans plus tôt, allait être réduite, selon le mode dramatique de la légende, à la défaite infligée par les Huns (pour peu qu'elle n'ait pas réellement été historiquement liée à elle, comme tel a pu être le cas).

« Dans *Widsith*, Guðhere, déjà vaillant et prodigue de son or en tant que mécène, devait jouir d'une *grande renommée*. La chute et elle seule, en l'absence de toute gloire antérieure, n'incitait pas les ménestrels à l'adoration ni à la pitié. Cependant, nous risquons probablement peu de nous tromper en supposant qu'il a dû y avoir – et assez tôt – dans ce récit un élément autre que l'infortune pure et simple pour lui donner la flamme et la vitalité dont il était manifestement doté, et lui permettre de vivre comme il l'a fait au fil des siècles. Nous pouvons difficilement deviner la nature de cet élément. De l'or ? Il est fort possible que de l'or, ou l'acquisition d'un trésor (associé par la suite à un or légendaire et renommé), ait été introduit pour expliquer l'assaut d'Attila. Quand la légende ou l'histoire ne lui sont pas favorables, Attila est représenté comme un personnage rapace et cupide. Voilà peut-être comment Guðhere a finalement été associé au trésor *le plus* renommé, le trésor du dragon de Sigemund [*en vieil anglais*], de Sigurd [*en vieux norrois*]. »

Mon père ne voulait pas dire par là qu'historiquement, Attila avait mené l'attaque des Burgondes en 437, ce dont il n'existe aucune preuve. Il voyait qu'« Attila n'apparaît dans le récit que par une simplification légendaire ou dramatique précoce et par une amplification de l'importance de la bataille durant laquelle Guðhere trouve la mort. Il lui est devenu indispensable. » Au VIIIe siècle, l'historien lombard Paul Diacre, moine du Mont-Cassin, connaissait Attila comme l'Ennemi ; son récit fait apparaître qu'à l'époque, la tradition voulait que Gundahari n'ait pas été assassiné dans sa propre ville de Worms, mais qu'il ait avancé vers l'est pour aller affronter Attila – ce qui constitue un trait immuable de la légende sous toutes ses formes.

Aussi profonde qu'ait été l'impression laissée par Attila dans la légende germanique, cet ouvrage n'a aucune raison d'esquisser l'histoire du plus célèbre de tous les rois barbares (ce qui implique forcément d'évoquer les détails politiques et militaires complexes, souvent obscurs, de ses rapports avec l'Empire éclaté) ; et pourtant, dans le développement de la légende norroise, on a pu dire que la façon dont il est mort comptait plus encore que sa vie. En même temps, je n'estime pas nécessaire de passer entièrement sous silence le portrait extraordinairement limpide de ce redoutable tyran destructeur, qui survit depuis plus de quinze siècles (en opposition totale, de ce point de vue, avec Gundahari, dont les caractéristiques personnelles nous sont absolument inconnues).

Ce portrait existe grâce à un historien accompli et bien informé, du nom de Priscus de Panium (cité de la Thrace), dont le vaste ouvrage rédigé en grec, *De Byzance et des événements concernant Attila*, ne subsiste, à notre grand regret, que sous forme de fragments ; mais l'un de ces fragments contient le récit de son voyage en Hongrie alors qu'il était membre d'une mission diplomatique restreinte dépêchée auprès d'Attila depuis Constantinople, capitale de l'Empire d'Orient, au cours de l'été 449. Attila reçut l'ambassade romaine dans le village de maisons en bois qui constituait son quartier général, édifié au milieu d'une vaste plaine sans arbres ni pierres. Non seulement Priscus observa attentivement le banquet auquel présidait Attila et bien d'autres choses, mais il le décrivit à l'aide de détails pointus, laissant supposer qu'il prenait des notes de tout, sur le vif. Dans ce récit unique d'un banquet barbare à l'âge héroïque, Priscus décrit la cérémonie complexe et interminable durant laquelle Attila boit à la santé de chaque convive tour à tour, ainsi que les mets raffinés, servis dans de la vaisselle d'argent volée à ses ennemis, et les coupes à boire, d'or et d'argent, volées de même – en opposition avec la simplicité sans ornement d'Attila, qui buvait dans une coupe en bois et ne mangeait que de la viande, dans une assiette en bois. Il décrit les divertissements présentés à la compagnie : il y a des chanteurs qui psalmodient des refrains à la gloire des exploits d'Attila ; un fou et un nain bouffon qui suscitent des rires retentissants, mais non de la part d'Attila, qui assiste à tout le spectacle dans un silence rigoureux et austère. Mais lorsque son plus jeune fils, Ernac, pénètre dans la grand'salle, Priscus voit qu'Attila le contemple « d'un œil adouci » et lui caresse le visage. Quand il demande au Hun assis à côté de lui expliquer la raison de ce changement, ce dernier lui répond ce que les devins ont prédit à Attila : le destin de sa famille sera funeste, mais retrouvera sa grandeur grâce à ce fils. Les réjouissances durent jusque tard dans la nuit mais les Romains, prudents, se retirent longtemps avant la fin.

On rencontre une description de l'apparence physique d'Attila dans l'ouvrage d'un dénommé Jordanes, historien des Goths, qui vécut au VIe siècle. Cette description s'inspire directement de celle de Priscus, bien que l'original ait disparu. Il était petit de taille et large de torse, avec de minuscules yeux de fouine sur un visage énorme, le nez épaté et la peau bistre, une barbe hirsute parsemée de gris. Il marchait d'un pas dédaigneux et avait une manière de décocher des regards çà et là, « si bien que le pouvoir de son grand esprit apparaissait dans les mouvements de son corps ».

Le grand événement de l'année 451, la bataille la plus célèbre de cette ère, fut un élément particulièrement important du vaste développement de la légende. Cette année-là, Attila, à la tête d'une armée gigantesque, se dirigea vers l'ouest, en direction du Rhin, montant une attaque contre la Gaule pour des motifs demeurés obscurs. Les Huns ayant anéanti le pouvoir ostrogoth à l'Est, au IVe siècle, Attila régnait sur un vaste empire disparate, tout comme les Goths du temps d'Ermanaric (cf. le commentaire sur le *Lai de Gudrún*, strophe 86, p. 315). Son empire, et par conséquent ses armées, comprenaient divers peuples germaniques de l'Est : voilà que ses troupes accueillaient les Ostrogoths, menés par leur roi Valamer ; les Gépides, par Ardaric ; des Rugiens, des Thuringiens et guerriers d'autres nations encore. Arrivaient face à eux, dans une coalition hétéroclite, les Visigoths (Goths de l'Ouest) de Tolosa (Toulouse), menés par leur vieux roi Théodoric ; Aetius, général romain ; des Burgondes venus des nouveaux territoires de Savoie ; des Francs et même un contingent de Saxons. Cette bataille est dite des champs Catalauniques (la plaine de Champagne) et de la plaine de Mauriac : elle eut lieu dans la région de Troyes (à cent cinquante kilomètres au sud-est de Paris).

On ne sait que très peu de choses du déroulement de cette bataille. Jordanes, qui écrit un siècle plus tard, dit que ce fut *bellum atrox, multiplex, immane, perti-*

nax (« une guerre féroce, confuse, monstrueuse, sans répit »). Théodoric, roi des Visigoths, compta parmi le grand nombre de victimes. Le combat se poursuivit dans la nuit et Attila se retira dans son camp, qu'il avait fortifié avec des chariots. Selon Jordanes, il fit entasser des selles de cheval en guise de grand bûcher funéraire sur lequel il avait l'intention d'être brûlé, avant d'être emporté par l'ultime défaite.

Mais l'ultime assaut ne fut jamais lancé. L'alliance réunie contre lui éclata. Toujours selon Jordanes, la perspective imminente de l'extermination des Huns inquiétait grandement Aetius. C'était le pouvoir du royaume des Visigoths, centré sur Toulouse, au sud de la France, qu'il redoutait le plus ; aussi, bien que Thurismund, le jeune roi des Visigoths, fût impatient de venger sur les Huns la mort de son père durant la bataille, Aetius lui conseilla de rentrer à Toulouse, de peur que son frère ne s'empare du trône pendant son absence. Thurismund accepta ce conseil (« sans en percevoir la fourberie »), les Visigoths quittèrent le champ de bataille et Attila fut autorisé à s'enfuir de Gaule.

En 452, suite à la grande bataille, Attila traversa les Alpes et descendit du nord-est en Italie. Les villes de la plaine de l'Italie du Nord furent non seulement ravagées par les Huns, mais aussi, dans certains cas, entièrement rasées. Aquileia (Aquilée), située au fond de l'Adriatique, l'une des plus éminentes villes de l'Italie du Nord, à la fois comme forteresse et plaque tournante du commerce, fut tant et si bien détruite qu'un siècle plus tard, au moment où Jordanes écrivait, il en subsistait à peine quelques traces. Patavium (Padoue) subit le même sort et bien que, contrairement à Aquileia, elle ait été reconstruite, il est frappant de constater que Padoue ne comporte aucun vestige romain.

Mais Attila ne franchit jamais les Apennins pour marcher sur Rome. Quelle qu'en ait été la raison, il regagna la Hongrie et mourut l'année suivante, en 453. L'histoire de sa mort est connue grâce aux écrits de Jordanes ; et comme Jordanes affirme expressément suivre Priscus, qui fait autorité, on peut considérer qu'il s'agit d'une histoire exacte.

Cette année-là, Attila ajouta encore une femme au nombre de ses épouses (*innumerabiles uxores*, selon les termes de Jordanes : les Huns étaient hautement polygames). Cette dernière était une très jolie fille du nom d'Ildico (on a généralement estimé probable, d'après ce nom, qu'elle était d'origine germanique – diminutif de *Hild* ou de tout nom finissant par *-hild* ; peut-être une Burgonde). Au cours de la noce, Attila s'enivra terriblement et alla se coucher, « lourd de vin et de sommeil » ; c'est là, allongé sur le dos, qu'il fut pris d'un violent saignement de nez et étouffé à mort par le sang qui s'écoulait dans sa gorge. Tard dans la journée du lendemain, ses serviteurs défoncèrent les portes et le découvrirent qui gisait mort, couvert de sang, « sans une blessure », en présence de sa jeune épouse en pleurs, un voile sur la tête.

Jordanes décrit les funérailles d'Attila en s'inspirant manifestement, une fois de plus, du récit perdu de Priscus. Son corps fut étendu sous une tente de soie, dehors, sur la plaine, et les meilleurs cavaliers parmi les Huns passèrent autour, en cercles, « à la façon des jeux du cirque », puis racontèrent ses exploits dans un chant funéraire. Après des démonstrations de joie et de chagrin extrêmes, son corps fut enseveli, la nuit, couvert d'or, d'argent et de métal, d'armes prises à ses ennemis et de nombreux trésors, et « afin que la curiosité humaine soit maintenue à l'écart de telles richesses », ceux qui avaient accompli les funérailles furent exécutés. De la même manière, après la mort d'Alaric, roi des Visigoths, en 410, on avait forcé les prisonniers à détourner de son lit le Busento, fleuve des montagnes de Calabre, puis, une fois que le roi avait été enterré et que le fleuve avait retrouvé son cours normal, tous avaient été mis à mort.

Mais le personnage d'Attila est sorti de sa tombe pour prendre différentes formes durant les siècles qui suivirent. Parmi les peuples qui parlaient le latin, il fut repris et intégré dans ce que l'on a appelé la « mythologie ecclésiastique » pour devenir *Flagellum Dei*, le « Fléau de Dieu », désigné par Dieu pour dévaster un monde sous l'emprise du mal. Sur les territoires de Germanie, il existait deux traditions radicalement distinctes à son propos : il apparaît sous un double jour, généreux mécène et monstrueux adversaire ; il n'est pas difficile de voir comment on en est arrivé là. Aux champs Catalauniques avait eu lieu un conflit colossal entre des hommes de différentes nations germaniques. Comme je l'ai dit, les armées d'Attila regroupaient des hommes appartenant à divers peuples germaniques de l'Est assujettis par les Huns, tout particulièrement les Ostrogoths, pour lesquels Attila était le grand roi et chef suprême, et à qui leurs propres rois prêtaient allégeance : d'ailleurs, son nom même, Attila, ressemble à un diminutif de la forme gotique *atta*, « père ». Dans la tradition germanique du Sud (haut allemande), Attila, devenu Etzel au fil du temps par mutation phonétique, est un roi bienveillant, hospitalier et inoffensif, bien éloigné de l'Attila historique.

Mais dans les pays situés plus au nord, son image légendaire fut inspirée par ses ennemis ; de là, quel que soit le chemin qu'elle ait emprunté, c'est à elle que les Scandinaves empruntèrent leur Atli, roi austère et cupide, meurtrier des Burgondes par amour du trésor des Nibelung.

L'histoire que raconte Jordanes, reprenant celle de Priscus quant à la façon dont mourut Attila, est incontestablement le fait historique ; en outre, plus de neuf cents ans plus tard, Chaucer avait connaissance du fait que c'est ainsi qu'il était mort. Son malicieux confesseur trouve dans la mort d'Attila une anecdote pour illustrer les maux de l'ivresse :

Looke, Attila, the gretë conqueróur,
Deyde in his sleepe, with shame and dishonóur,
Bledynge ay at his nose in dronkenesse
A capitayn sholde lyve in sobrenesse

Vois Attila, le grand conquérant,
Mort dans son sommeil, honteux et déshonoré,
Saignant du nez, oui, dans son ivresse
Un chef devrait vivre en toute sobriété.

Mais un chroniqueur du nom de Marcellinus Comes, qui écrit à Constantinople à peu près à la même époque que Jordanes, connaît une histoire différente : Attila fut poignardé la nuit par une femme. Cette histoire peut bien avoir pris naissance presque aussi tôt que le vrai récit : elle était là, à portée de main.

Dans de très brèves remarques à ce propos, mon père esquisse son opinion sur la suite de l'évolution de la légende burgonde, une fois enracinée l'histoire selon laquelle Attila avait été assassiné par sa jeune épouse. Un tel acte doit avoir un motif et aucun motif n'est plus vraisemblable que celui de la vengeance du meurtre du père ou de parents de la jeune mariée. Attila en était venu à être considéré comme le chef des Huns lors du massacre des Burgondes en 437 (voir pp. 331-332) ; désormais, le meurtre était accompli en guise de vengeance après la destruction de Gundahari et de son peuple. Qu'Ildico ait ou non été burgonde, étant donné son rôle dans le drame en pleine évolution, elle devait le devenir. De là, elle venge son frère, Gundahari.

Les principaux traits du récit burgonde sont alors mis en place. Gundahari-Gunnar, *vin Borgunda*, est tué par Attila-Atli, ce pour quoi il est assassiné *dans son lit* par une femme. Et cette femme, c'est Gudrún. Mais l'origine de *l'or*, bien entendu, est une autre histoire.

§ II Sigmund, Sigurd et les Nibelung

Tandis qu'évoluait le récit des Burgondes vint se mêler une légende (ou plusieurs) de nature et d'origine distinctes : le meurtrier du dragon, l'or de son trésor et les mystérieux Nibelung (Nibelungen en allemand, Niflungar en norrois). On ne saurait dire quand cette rencontre et cette association eurent lieu, mais il semble évident que ce fut en Germanie et non en Scandinavie.

Voilà un point qui soulève de nombreuses questions impossibles à résoudre de façon certaine et dont l'étude a été marquée par de sévères querelles. Mon père s'est profondément intéressé au sujet, mais lors de ses conférences à Oxford, il l'abordait essentiellement en partant de son désir de transmettre une conception de la poésie héroïque, largement disparue, de l'ancienne Angleterre. Puisque j'ai pour objectif, dans cet ouvrage, de présenter ses poèmes expressément sous l'angle de ses propres croyances et opinions, il semble préférable d'introduire cette esquisse du sujet de la même manière, en posant la même question : que peuvent nous en apprendre les bribes et références fragmentaires de la poésie en vieil anglais ?

En fait, il n'existe qu'un seul texte à partir duquel chercher une réponse à cette question, à savoir un passage de *Beowulf*. Je reproduis ici ce passage dans la traduction que mon père a faite de ce poème, à une période que je pense peu éloignée de celle durant laquelle il a rédigé le *Lai des Völsung* et le *Lai de Gudrún*.

En revenant de la grand'salle d'Heorot pour voir l'étang dans lequel Grendel, à l'agonie, avait plongé, les chevaliers furent divertis par un ménestrel du roi.

> Par moments, un serviteur du roi, homme chargé de fiers souvenirs, qui avait à l'esprit des lais et se rappelait grand nombre et multitude de contes de jadis – un mot suivait l'autre, chacun réellement lié à l'autre –, cet homme commença à son tour à évoquer habilement en poésie la quête de Beowulf et à prononcer en un flot de vers son vivant récit, liant les mots ensemble.
>
> Il raconta tout ce qu'il avait ouï dire des œuvres de prouesse de Sigemund, maint étrange récit, les rudes actions du Wælsing et ses aventures en terre lointaine, actes de vengeance et d'inimitié, choses dont les enfants des hommes n'avaient pleine connaissance,

hormis Fitela, qui était avec lui. À cette époque, il avait coutume de narrer quelques-uns de ces faits à l'enfant de sa sœur, alors même qu'ils étaient compagnons d'infortune dans chaque malheur désespéré – tant et combien de la race des géants avaient-ils abattus de leurs épées. Loin retentissait, de Sigemund, non piètre gloire après sa mort, puisque lui, ardent au combat, avait occis le dragon, gardien du Trésor. Oui, lui, fils de noble maison, seul sous le gris rocher avait osé cet exploit périlleux. Fitela n'était pas avec lui ; néanmoins, ce fut sa fortune que l'épée allât frapper à travers le dragon de forme étrange et restât fichée dans la paroi ; robuste lame de fer ; le dragon mourut d'une mort cruelle. Le féroce meurtrier avait mérité par sa bravoure de pouvoir jouir tout à loisir de ce trésor d'anneaux ; le bateau sur la mer il chargea et porta dans les entrailles de son navire ces rutilants trésors, enfant de Wæls il était. Le dragon fondit dans sa chaleur.

Il était, loin à la ronde, le plus renommé des aventuriers, parmi tout le peuple de l'humanité, pour ses hautes prouesses ; ce prince des guerriers – par quoi il avait prospéré jadis – après que le courage et la puissance d'Heremod, sa puissance et ses prouesses, eurent disparu…

Le reste de ce passage concerne Heremod, roi du Danemark, et ne se rapporte donc pas à la question en jeu ici. Dans une conférence sur le sujet, mon père a établi ce qu'il appelait des « points préliminaires » : des hypothèses résultant des seuls éléments de preuves disponibles en vieil anglais, sans chercher plus loin. Dans les paragraphes suivants, je les reproduis sous une forme abrégée, mais presque entièrement en ses propres termes.

On ne peut sérieusement douter du fait que *Beowulf* renvoie à un récit lié aux légendes des Völsung et des Nibelung dans d'autres pays. Pour des raisons tenant à la philologie et à la légende, les noms Sigemund, Wælsing, Fitela (et son lien de *nefa* à *eam* [*de neveu à oncle*] avec Sigemund), ainsi que le dragon et son trésor, doivent au bout du compte être les mêmes que Sigmundr, fils de Völsung, avec son neveu Sinfjötli, en vieux norrois. Cela demeure vrai, en dépit de sérieuses différences : c'est par exemple Sigemund (et non son fils, à l'existence duquel il n'est fait aucune allusion) qui tue le dragon ; ou bien c'est un bateau, et non un cheval, qui sert à transporter le trésor.

Les Burgondes ne sont nullement évoqués dans *Beowulf*. Pas plus que de nombreux personnages, certainement renommés, du récit germanique. Cet argument fondé sur le silence est particulièrement dangereux lorsque l'on traite de vestiges aussi désordonnés et altérés que ceux que nous possédons en matière de traditions héroïques issues du vieil anglais ; il pourrait en outre paraître absurde, appliqué à *Beowulf*, qui est un poème et non un catalogue. Cependant, il n'est pas dénué d'intérêt dans la situation présente : les noms burgondes étaient bel et bien connus en vieil anglais et faisaient l'objet de poèmes et de récits. Nous ne pouvons être certains qu'un lien semblable n'ait pas existé dans l'esprit de l'auteur de *Beowulf*. Mais tel ne semble pas être le cas.

Certes, les Burgondes sont connus. Mais là où nous les rencontrons en vieil anglais, nous trouvons exactement le cas inverse de celui de *Beowulf*. En tout cas, il n'est fait aucune référence à leur parenté avec Sigemund Wælsing. *Widsith*, poème très ancien, révèle un intérêt très vaste pour un fonds légendaire énorme – surtout consacré aux Goths ou aux peuples marins du Nord, il faut le reconnaître, mais qui ne passe pas sous silence des thèmes germaniques davantage développés au Sud. Il évoque Guðhere et Gifica. Il n'évoque jamais Sigemund, ni Wælsing, ni Fitela, ni le dragon. (*Widsith* a en effet une orientation historique particulière).

Dans la littérature en vieil anglais, la référence certaine aux « Wælsingas » ne dépasse certes pas le cadre de *Beowulf*. [*Mon père a ajouté « Dans la littérature » en raison du toponyme* Walsingham, *dans le Norfolk.*] Si nous ajoutons à cela l'absence de nomenclature des noms particuliers spécifiques à ce récit sous leur forme achevée (Guðrún, Grímhild, Brynhild), nous serons forcés, dès le départ, de conclure qu'il est probable :

— que Sigemund Wælsing n'ait pas occupé une place de premier ordre dans les traditions du vieil anglais ; en dépit des mots *wreccena mærost* qui le désignent dans *Beowulf* [*dans la traduction donnée plus haut : « le plus renommé des aventuriers »*], ce qui peut n'être rien d'autre qu'une expression poétique pour « célèbre aventurier » ;

— que son récit des tout premiers temps ait été du genre le plus mythico-légendaire, et non un récit issu des traditions historico-légendaires ;

— qu'il ne se soit pas intéressé aux Burgondes, certainement des personnages historiques originels, mais associés à l'arrière-plan du récit qui, en haut allemand, avait disparu de la mémoire – cette partie qui, en vieux norrois (bien que remodelée et radicalement modifiée), concerne les mystérieux Völsung odiniques, antérieurs à l'avènement de Sigurd. Les noms sont Sigemund, Fitela, Wælsing : de ceux-là, on peut trouver une trace (même en dehors de *Beowulf*). Ce n'est ni à l'époque ni dans les formes du vieil anglais que l'on peut découvrir les noms – surtout les noms de femmes – qui expriment la relation essentielle avec les Burgondes et leur chute.

Ces hypothèses sont seulement *probables*. Mais elles sont tout de même capitales : le ton, la manière et le détail des références en vieil anglais sont particulièrement importants. En général, nous risquons de trouver en vieil anglais des allusions à un état moins avancé du développement de la légende, antérieur à la confusion ou aux combinaisons tardives réalisées dans d'autres pays. Il est par conséquent essentiel de noter que l'interprétation la plus sensée du matériau vieil anglais consiste à dire que l'histoire de Sigemund relevait à l'origine d'un genre plus mythique et plus ancien ; qu'il coexistait avec la légende burgonde, *mais sans y être encore apparentée*.

Le problème majeur soulevé par ce passage de *Beowulf*, dans son rapport au récit scandinave tel qu'il apparaît dans la *Völsunga Saga*, est bien entendu le fait que dans *Beowulf*, Sigemund est célèbre pour avoir tué le dragon et conquis son trésor, alors que dans la *Saga*, Sigmund n'a rien à voir avec le dragon : c'est le fils de Sigmund, Sigurd, qui est le célèbre vainqueur du dragon. Certains érudits ont prétendu qu'à l'origine, dans *Beowulf*, le dragon de Sigemund appartenait à Sigurd, mais qu'il fut attribué à Sigemund lorsque les deux en vinrent à être rattachés comme père et fils. D'autres ont dit qu'il n'y avait aucune raison de supposer que l'auteur du poème vieil anglais ait jamais entendu parler de Sigurd. D'aucuns ont affirmé qu'à l'origine, Sigemund et Sigurd étaient des héros totalement indépendants ; d'autres, qu'un seul héros avait été divisé en deux.

Si mon père acceptait que son opinion reposât nécessairement sur des suppositions, il la privilégiait néanmoins fortement :

« Nous ne pouvons dire si le vieil anglais avait connaissance d'un fils célèbre de Sigemund. Mais les hypothèses suivantes en faveur d'un "non" sont hautement probables.

« Premièrement, les grands héros (*wreccena mærost*), surtout s'ils sont en dehors des limites de l'Histoire, sont aptes à engendrer des fils qui poursuivent ou reproduisent les actes de leur père, à satisfaire le désir de faire plus, à introduire des éléments nouveaux, ou encore à être reliés à d'autres récits.

« Deuxièmement, aucun fils de ce genre n'est mentionné nulle part en vieil anglais.

« Et troisièmement, lorsqu'un tel fils apparaît, il a pour unique fonction de se rattacher au récit burgonde afin d'en devenir un personnage essentiel – *en y introduisant l'or* –, et là où ce héros existe, l'or et le dragon de son père lui sont associés. Mais en vieil anglais, ces derniers ne sont pas encore détachés de Sigemund. »

Dans les notes relatives à ses conférences, mon père ne discute pas d'opinions autres et fortement divergentes sur la question, si l'on excepte quelques remarques concernant l'idée que dans *Beowulf*, le dragon de Sigemund est un dragon d'un genre tout à fait différent de celui de Sigurd et qu'en fait, ils n'étaient pas apparentés. « Mais c'est un dragon, écrit-il. Et les dragons ne sont pas communément les acteurs centraux des récits germaniques – malgré l'effet produit par la place qu'ils occupent dans les histoires des Völsung et dans *Beowulf*. Il est fort peu probable – quelles que soient leurs différences dans le détail – qu'il n'y ait aucune parenté entre le *wyrm* de Sigemund et Fáfnir.

« Cette hypothèse se trouve considérablement renforcée si nous croyons qu'afin d'être rattaché aux récits où apparaît Guðhere (Gundahari, Gunnar), Sigemund fut doté d'un fils (dont le nom commence bien sûr par *Sige-*), mais que cette étape, probablement atteinte tout d'abord en Basse ou en Haute Germanie, ne fut guère atteinte en vieil anglais (qui, s'inspirant probablement de sources archaïques, ne reflétait pas au même moment la forme qu'avait la légende en Scandinavie et en Germanie vers l'an 800 ou plus tard). »

Selon mon père, c'est aussi là que résidait l'origine de la *refonte* de la grande épée Gram (Gramr), portée à la fois par le père et par le fils. Le fait que le second élément du nom du fils ait varié semble révélateur. En vieux norrois, ce fils est Sigurðr, dérivé d'une forme antérieure déduite, Sigi-warð ; en vieil anglais, Sigeweard, plus tard Siward ; tandis que le nom germanique est bien différent : Siegfried (Sîfrit) correspond au vieil anglais Sigefriþ. Que l'élément *mund* dans le nom du père demeure constant, pensait-il, indique qu'il s'agit de la forme la plus ancienne.

Sa croyance que nous sommes en présence, comme il le dit, d'une *réplique* d'un héros et de son épée merveilleuse d'origine étrange – en opposition avec l'idée que père et fils étaient jadis des êtres entièrement distincts et sans lien aucun – mène à concevoir, selon ses termes, un héros légendaire d'un courage et d'une beauté suprêmes, dont le nom commence par l'élément *Sige-*, « victoire ». Les « lueurs » dans les yeux de Sigurd (*Lai des Völsung*, IX.26, p. 160, et 59, p. 170) sont probablement une caractéristique originelle. Selon toute probabilité, ses exploits les plus renommés concernaient un dragon et un trésor, ainsi (peut-être) qu'une épouse mystérieuse, à moitié surnaturelle.

La façon dont le « héros au Dragon » en vint à faire intrusion dans la légende d'Attila et des Burgondes, la raison pour laquelle le trésor de ce héros fut appelé « Trésor des Nibelung » et pour laquelle les Burgondes eux-mêmes en vinrent à s'appeler les Nibelung, sont des questions essentielles quant à la genèse de la légende. Dans les seules notes de ses conférences sur la question, ou du moins dans les seules à nous être parvenues, mon père indique très brièvement ses propres conceptions (et pas de manière facile à interpréter sur tous les points), sans doute parce qu'il s'intéressait avant tout au passage de *Beowulf* concernant Sigemund. Par conséquent, plutôt que de rentrer dans une analyse détaillée des nombreuses tentatives d'éclaircissement de ces questions fascinantes et déroutantes, je me contenterai d'en esquisser certains aspects essentiels. Par nécessité, j'ai aussi évité d'évoquer la tradition germanique, représentée essentiellement par le *Nibelungenlied*, sauf lorsque son témoignage est capital, même au sein de ces limites.

Une théorie largement soutenue mais nullement incontestée repose sur l'interprétation du nom Nibelung (Niflung), conçu comme étymologiquement apparenté à un ensemble de termes germaniques signifiant « obscurité » ou « brume » (l'allemand moderne a conservé le mot *Nebel*, « brume »). Cette notion est mise en rapport avec certaines remarques faites au sujet des Nibelung. Snorri Sturluson dit des petits-fils du roi Gjúki qu'ils étaient « noirs comme le corbeau, dans la couleur de leurs cheveux, comme Gunnar et Högni et les autres Niflungar » ; en outre, dans un poème bien antérieur (IXe siècle), ils sont *hrafnbláir*, « noir corbeau » : dans le *Lai des Völsung* (VII.10), il est dit : « Tels corbeaux étaient sombres / des corbeaux ces amis ».

Le personnage de Högni tel qu'il apparaît dans la tradition germanique est un élément essentiel de cette théorie. Dans le *Nibelungenlied*, son nom est Hagen, et il n'est pas le frère des Burgondes, mais un parent et vassal. Féroce et cruel, haïssant Siegfried, dont il est d'ailleurs le meurtrier, il ressemble fort peu au Högni scandinave. Dans la *Thiðrekssaga*, vaste compilation réalisée vers le milieu du XIIIe siècle à Bergen, en Norvège, mais fondée sur des récits alors répandus en Germanie du Nord, Högni, ainsi qu'il est nommé dans cette œuvre, est le demi-frère des Burgondes : un esprit ou un incube aurait connu sa mère et Högni est le fruit de cette union. Dans la *Thiðrekssaga*, son apparence est celle d'un troll et il est dit que son corps tout entier est foncé, qu'il a des cheveux noirs et une barbe noire. Ce qui est particulièrement frappant est le fait que le nom Hagen/Högni n'allitère pas en G, ce qui prouve qu'à l'origine, le personnage n'appartenait nullement au clan des Burgondes.

Une preuve importante apparaît au début du *Nibelungenlied*. Lorsque Siegfried arrive à Worms, à la cour des Burgondes, Hagen regarde depuis sa fenêtre ce chevalier resplendissant qui est entré accompagné d'une valeureuse suite ; devinant de qui il s'agit, il raconte au roi Gunther l'histoire d'un grand exploit de Sigurd. Le récit de Hagen, qui semble être un ajout fortuit, est brièvement rapporté dans le poème de façon très obscure ; je n'en mentionnerai donc ici que les traits essentiels à mon propos.

Un jour que Siegfried chevauchait seul au pied d'une montagne, il rencontra plusieurs hommes rassemblés autour d'un énorme trésor qu'ils avaient sorti d'une caverne. Pour des raisons qui ne sont pas clairement exposées, Siegfried entra en conflit avec « les hardis Nibelung », deux princes nommés Nibelung et Schilbung, et les tua, ainsi que leurs compagnons. Il combattit également un nain du nom d'Alberich, l'assujettit, mais lui laissa la vie sauve : il ordonna qu'on rapporte le trésor dans la caverne dont on l'avait sorti et fit d'Alberich son gardien. Il était à présent seigneur du « Nibelungeland », possesseur d'un grand trésor et jusqu'à la fin de la première partie du *Nibelungenlied*, il est soutenu par des guerriers du « Nibelungeland », appelés les Nibelung. Mais dans la seconde partie de ce poème germanique, dont on estime qu'il s'inspire de sources poétiques très diverses, le nom « Nibelung » est utilisé, de façon très étrange et, à première lecture, fort inquiétante, dans un sens totalement différent : il signifie désormais « Burgondes », exactement comme en norrois.

Hagen savait également, comme il le dit à Gunther, que Siegfried avait occis un dragon et s'était baigné dans son sang, ce qui avait rendu sa peau si calleuse qu'aucune arme ne pouvait le blesser. Mais ce fait n'est en aucun cas associé au trésor des Nibelung.

Dans le *Nibelungenlied*, le trésor est associé à un Nain et à une caverne dans une montagne. Quelle est la signification des Nains ?

En matière de mythologie scandinave, nous sommes

confrontés, tant dans les poèmes mythologiques de l'*Edda* que dans le traité de Snorri Sturluson, à un grand nombre d'allusions et d'observations éparses concernant les créatures mineures du monde surnaturel païen, immensément riche et largement peuplé. Tout bien considéré, ce monde est déroutant ; il y avait incontestablement jadis un monde tout entier de pensées et de croyances concernant ces êtres qui a presque entièrement disparu aujourd'hui. Cependant, si nous gardons à l'esprit que Snorri écrit au XIIIe siècle et que s'étendent derrière lui des siècles et des siècles de croyances diverses et fluctuantes dont n'existe nulle trace écrite, nous pouvons relever qu'il existe, selon lui, les Elfes Lumineux, Ljósálfar, et les Elfes Sombres, Dökkálfar. Les Elfes Lumineux demeurent dans un lieu splendide appelé Álfheimr (« patrie des Elfes », « monde des Elfes »), mais les Elfes Sombres « vivent en bas, dans la terre, et diffèrent des Elfes Lumineux par leur apparence, mais davantage encore par leur nature. Les Elfes Lumineux sont plus beaux à contempler que le soleil, mais les Elfes Sombres sont plus noirs que la suie ».

Pour autant que nous puissions l'affirmer aujourd'hui, il semble y avoir peu de différence entre les Elfes Sombres scandinaves, noirs comme de la suie et qui vivent sous terre, et les Dvergar, les Nains ; en fait, Snorri cite plus d'une fois les Nains, habitants du Svartálfaheimer, le Pays des Elfes Sombres. Selon Snorri, le nain Andvari, propriétaire originel du trésor de Fáfnir, réside au Pays des Elfes Sombres (voir le commentaire sur le *Lai des Völsung*, p. 186) : c'est là qu'il conserve son trésor, au creux d'un rocher, et que Loki l'attrape.

On peut mentionner brièvement certaines caractéristiques des Nains dans la littérature norroise. Ce sont avant tout des maîtres artisans, fabricants de merveilleux trésors et d'armes magiques. Dans les mythes scandinaves, les objets les plus renommés sont œuvres de Nains : Gungnir, la lance d'Ódin, Mjöllnir, le marteau de Thór et Skíðblaðnir, le navire du dieu Freyr, capable de transporter tous les dieux et cependant fabriqué de façon si élaborée qu'on peut le plier comme une serviette et le glisser dans une bourse.

Les Nains résident toujours sous la terre ou à l'intérieur des rochers (on appelait l'écho *dverg-mál*, « parler-du-nain ») ; ils possèdent en outre de vastes connaissances. S'ils sont surpris à l'extérieur après le lever du soleil, ils sont transformés en pierre. Il y a dans l'*Edda* un poème, l'*Alvíssmál*, dans lequel le dieu Thór pose de nombreuses questions à un Nain dénommé Allvíss (« all wise » [qui sait tout]). ; Thór le fait si longtemps répondre à ses questions que le soleil se lève. Le poème s'achève sur l'exclamation de Thór : « Nain, tu es *uppi dagaðr* », tu es « pris par le jour », le soleil t'a attrapé.

Le mode de pensée qui en découle est clair, tout comme la conclusion : les Elfes Sombres, noirs comme de la suie, et les Nains sont étroitement apparentés dans la mythologie scandinave, sinon identiques, gardiens de trésors dans les cavernes et les rochers ; Alberich est Andvari ; l'origine du nom Nibelung en relation avec des termes signifiant « obscurité » ; la naissance « elfique » de Hagen et son aspect sombre de troll dans la *Thiðrekssaga*. À propos de cette théorie, voici ce qu'étaient les Nibelung à l'origine : des êtres des ténèbres, des Elfes

Sombres ou des Nains, auxquels Siegfried/Sigurd vola leur grand trésor.

Cette théorie « mythologique », ou un certain aspect de cette théorie, est radicalement récusée par d'autres érudits. À partir des noms de personnes et de lieux présents dans la région colonisée par les Burgondes, il existe des preuves interprétées de telle sorte que le nom Nibelung est rapproché de celui… d'un puissant clan (ou d'une puissante famille) burgonde. Pour dire les choses le plus simplement possible, on suppose sur ce fondement que le clan (purement humain) Nibelung ou Burgonde soit possédait une très grande richesse dans la réalité historique, soit se l'était fait attribuer très tôt, le « trésor des Nibelung » étant alors le trésor familial des rois burgondes.

S'il est évident que mon père adhérait à la théorie « mythologique » sous une forme ou une autre, nulle part dans ses écrits n'est exprimée clairement ni entièrement sa conception du processus par lequel les Burgondes sont devenus des Nibelung. Il avait suggéré (voir cet appendice, p. 331) que le lien entre le « héros au Dragon » et le roi burgonde Gundahari commençait par « l'or », pris comme motif expliquant l'assaut d'Attila (une fois Attila devenu chef des Huns lors de la destruction du royaume burgonde de Worms). Tandis que Gundahari s'évanouissait dans le passé (écrit-il), de vieilles légendes de trésors féeriques localisées autour du Rhin furent naturellement associées au célèbre roi demeurant à Worms : « Ce trésor avait probablement déjà des démons ou Nains pour gardiens, mais sans pour autant être le même à l'origine que l'or de Sigemund, bien que cela ne fût pas impossible. »

« Il semblerait probable, poursuit-il, que le "héros au trésor" qui s'immisce chez les Burgondes ait déjà rassemblé autour de lui ses *ennemis Niflungar*, qui lui ravissent la vie, sa jeune femme et son trésor. Les Burgondes historiques se substituent partiellement à eux et bien qu'il n'y ait jamais fusion totale, ils deviennent de sombres personnages. » Il considérait aussi comme pratiquement certain le fait que le *Nibelungenlied* soit le plus authentique, « en faisant de Hagen, cruel et démoniaque, non un frère, mais un complice vaguement apparenté aux Burgondes. Il est fort probable que Hagen/Högni ait été un vestige de quelque ancienne figure mythique originellement associée à l'or ou, en tout cas, à la partie mythique, pré-burgonde, de l'histoire de "Sigurd" ».

À partir d'observations commes celles-là, formulées dans ses notes, on peut éventuellement supposer que telle était la manière dont mon père envisageait la genèse de la partie centrale de la légende. Le héros au Dragon étant déjà le voleur du trésor des Nibelung, sombres et démoniaques (et que mon père considérait expressément comme « les propriétaires originels »), il a intégré avec lui dans la légende burgonde l'histoire de la façon dont, pour se venger, les Nibelung le tuèrent et s'emparèrent du trésor.

Par la fusion des deux légendes, les princes burgondes devinrent nécessairement ses ennemis : comme il fallait tuer ce héros afin qu'ils prennent possession de l'or, ils absorbèrent, pour ainsi dire, quelque chose de la sombre nature des Nibelung. C'est du côté « Nibelung » de cette légende hétéroclite que finit par émerger le Hagen « cruel et démoniaque », qui (dans le *Nibelungenlied*) convoite l'or et le garde jusqu'à sa mort, sans jamais cesser de haïr Sigfried – ce qui le mène à le tuer. Hagen est plus ou moins assimilé aux Burgondes – entièrement, dans la tradition scandinave (sous le nom de Högni) ; mais de leur côté, les Burgondes deviennent les Nibelung, ou Niflungar.

Mon père supposait également que la jeune fiancée démoniaque faisait partie de l'ensemble légendaire introduit dans le récit burgonde en même temps que le héros au Dragon, et que quand il amena avec lui ses ennemis, les Nibelung, ceux-ci arrivèrent non seulement comme ravisseurs de sa vie et du trésor, mais aussi de sa promise. « Il paraît probable, dit-il, que le vol de la fiancée de Sigurd par les Niflungar ait fait partie de l'ancienne intrigue légendaire qui fut transmise aux Burgondes. Et la Valkyrie fiancée a gardé, tout du long, trop de son tempérament féroce et inhumain pour faire l'objet d'un traitement entièrement réussi. »

Voilà comment, pour finir, le trésor dont Sigurd est dépossédé devient (par une curieuse ironie) le trésor des Nibelung (ainsi qu'il l'a toujours été), les Burgondes étant désormais les Nibelung. Et c'est Gunnar qui remporte la Valkyrie.

Appendice B

LA PRÉDICTION DE LA PROPHÉTESSE

J'inclus ce poème que mon père a rédigé en couplets rimés en contrepoint de *Upphaf*, partie du *Lai des Völsung* très différente des autres, puisqu'il est également inspiré du poème eddique *Völuspá* (voir le commentaire sur le *Lai*, p. 180).

Il apparaît dans un seul manuscrit très finement décoré ; il n'existe aucune trace de travaux antérieurs. Il n'existe aucune sorte d'indice concernant sa date, mais d'une façon générale, je tendrais à le faire remonter aux années 1930.

La Prédiction de la Prophétesse

Depuis l'Est le géant d'autrefois viendra,
Devant soi bouclier de pierre il tiendra
Et le Serpent dont l'étreinte encercle le monde,
Il déroulera dans une rage profonde,
La Mer Extérieure il fera s'ébranler
Jusqu'à libérer tout ce qui était lié.

Enfin, non libéré, avancera alors
Le navire de l'ombre, provenant du Nord,
Et l'armée des Enfers traversera la mer

Loki se trouvera dégagé de ses fers,
Tous les monstres alors, du loup accompagnés,
Le monde envahiront, tels corbeaux affamés.

Alors, partant du Sud, Surtur cheminera
Et flamme dévorant les arbres brandira :
Claire comme soleil, éclairera épées
En bataille livrée par divines armées ;
Des collines de pierre sommets pencheront ;
De la mort les chemins tous hommes fouleront.

Alors s'assombrira du soleil la lumière
Et la Terre s'enfoncera dessous la mer,
Par les cieux pourfendus, en pluie s'échapperont
Scintillantes étoiles, puis elles tomberont.
Vapeur s'élévera en pointes rugissantes,
Le toit du ciel lécheront des flammes ardentes.

*

Il est une maison qui soleil ne peut voir,
Sombrement édifiée sur sable presque noir,
Où froides vagues vont vers la Rive des Morts,
Sa ténébreuse porte s'ouvre vers le nord ;
Par sa lucarne entre une pluie empoisonnée,
S'abattant sur les murs aux serpents emmêlés.

Là, pataugent parmi les flots apesantis
Des hommes parjurés, hommes qui ont trahi
La confiance d'amis ; là, le couard apeuré,
Le meurtrier cupide est bientôt dévoré :
Le dragon qui déjà d'Yggdrasil, arbre immense,
Ronge ici les racines, trouve là abondance.

Dans son lugubre vol passera ce dragon
Dessus plages sombres et terre à l'abandon,
Des fanges de l'Enfer soudain il bondira

Et ces cadavres sous son aile emportera,
Puis plongera ; sur lui, mer sera refermée
Pour toujours, sur les morts comme sur les damnés.

*

De nouveau surgira enfin de l'Océan
La Terre, se couvrant de vert, très lentement,
De ses hautes épaules, jusqu'en bas sur la rive,
S'écouleront de brillantes chutes d'eau vive ;
Là-haut perché, l'aigle au puissant cri solitaire
Pêchera des poissons sur des cimes altières.

Lors se retrouveront les dieux d'un plus jeune âge
À Idavellir, dont doux sont les pâturages,
Feront récit d'anciennes malédictions,
Du Serpent et du feu, et de destruction
Et ce vieux roi des Dieux garderont en mémoire,
Son pouvoir, sa sagesse, avant son dernier soir.

C'est là que, merveilleux, sera redécouvert
Éparpillé dans l'herbe, sur le sol de la Terre
L'échiquier d'or avec lequel ils ont joué
Quand il y a bien longtemps, l'Ásgard fut édifié
Et quand toutes leurs cours étaient d'or bien remplies,
Dans la première réjouissance de jadis.

Je vois une maison dans le lointain dressée,
Au-dessus de Gimlé luisent tuiles dorées ;
Édifiée splendide, plus belle que Soleil,
Ses halles ni chagrin, ni malheur ne recèlent
Et là, hommes loyaux et de grande valeur
Tous les jours de leur vie connaîtront le bonheur.

Champs de blé non semés se couvriront de blanc
Lorsque Baldur viendra, après le jour tombant ;
Halles en ruine d'Ódin et son armée,

Sur la côte du ciel, tours par le vent frôlées,
Tout sera de nouveau tout d'or reconstruit
Quand régnera Baldur, tous maux seront guéris.

The Prophecy of the Sibyl

From the East shall come the Giant of old
and shield of stone before him hold ;
the Serpent that the world doth bind
in towering wrath shall him unwind
and move the Outer Sea profound,
till all is loosed that once was bound.

Unloosed at last shall then set forth
the ship of shadow from the North ;
the host of Hel shall cross the sea
and Loki shall from chain be free,
and with the wolf shall monsters all
upon the world then ravening fall.

Then Surtur from the South shall fare
and tree-devouring fire shall bear
that bright as sun on swords shall shine
in battle of the hosts divine ;
the hills of stone shall bend their head ;
all men the paths of death shall tread.

Then darkened shall the sunlight be,
and Earth shall founder under sea,
and from the cloven heavens all
the gleaming stars shall flee and fall ;
the steam shall rise in roaring spires
and heaven's roof be licked with fires.

*

A house there is that sees no sun,
dark-builded on the beaches dun
where cold waves wash the Deadly Shore,
and northward looks its shadowy door ;
the louver poisoned rain lets fall,
of woven serpents in the wall.

Laden in heavy streams there wade
men perjured, men who have betrayed
the trust of friend ; and there the coward
and wolvish murderer is devoured :
the dragon who yet Yggdrasil
gnaws at the roots there takes his fill.

Dim-flying shall that dragon haste
over the beaches dark and waste,
up from the Nether-fells shall spring
bearing those corpses under wing,
then plunge, and sea close o'er his head
for ever, o'er the doomed and dead.

*

At last once more uprising slow
the Earth from Ocean green shall grow,
and falls of water shimmering pour
from her high shoulders to the shore ;
the eagle there with lonely cry
shall hunt the fish on mountains high.

The younger gods again shall meet
in Idavellir's pastures sweet,
and tales shall tell of ancient doom,
the Serpent and the fire and gloom,
and that old king of Gods recall
his might and wisdom ere the fall.

There marvellous shall again be found
cast in the grass upon the ground
the golden chess wherewith they played
when Ásgard long ago was made,
when all their courts were filled with gold
in the first merriment of old.

A house I see that standeth there
bright-builded, than the Sun more fair :
o'er Gimlé shine its tiles of gold,
its halls no grief nor evil hold,
and there shall worthy men and true
in living days delight pursue.

Unsown shall fields of wheat grow white
when Baldur cometh after night ;
the ruined halls of Ódin's host,
the windy towers on heaven's coast,
shall golden be rebuilt again,
all ills be healed in Baldur's reign.

Appendice C

FRAGMENTS D'UN POÈME HÉROÏQUE SUR ATTILA EN VIEIL ANGLAIS

Ces vers en mètre vieil anglais allitéré ont été composés à une date inconnue, mais je crois pour le moins fort probable qu'ils appartiennent à la même période que tous les autres écrits figurant dans cet ouvrage : celle des premières années de mon père à Oxford, après son départ de Leeds.

Dans leur contenu et leur déroulement interne, ces deux textes sont étroitement inspirés de l'*Atlakviða* norrois. Chacun existe en plus d'un exemplaire, avec, au fur et à mesure, des améliorations mineures. Dans chaque cas, j'ai ajouté une traduction et quelques notes explicatives.

I

Ce texte correspond aux huit premières strophes de l'*Atlakviða*. Il fait partie d'un poème norrois qui soulève de nombreuses difficultés et de nombreux doutes, et l'on peut concevoir que mon père l'a choisi justement parce qu'il s'agit du début du poème, comme s'il avait à un moment envisagé de le transformer de la sorte dans son intégralité. Pour le passage du *Lai de Gudrún* correspondant, voir pp. 263-265, strophes 37-44.

« Ætla Guðhere   ar onsende
cenne ridend –   Cneofrið hatte – :
com to geardum Gifecan,   Guðheres healle ;
beornas ymb heorðe   beore gefægon.
Druncon dryhtguman   on dreorsele,
mod miðende   meldan sæton ;
Secg suðlendisc   sliþan reorde,
Cneofrið ciegde   cuma on healle :
« Hider on ærende   Ætla mec sende
geond Wistlawudu   wegas uncuðe
mearh ridendne   midlbætedne ;
het inc gretan wel,   Guðhere, beodan
þæt git helmum þeahte   to his ham cwomen.
Þær git sceld sculon agan   ond sceaft smeðne,
helm goldhrodene,   Huna mænigo,
sadol seolforweredne,   serc scynestan,
blancan betstan   bitolhæbbendne,
wæde wealhbeaswe,   ond wacne gar.
Cwæþ þæt he giefan wolde   inc Gnitanhæðe,
weald þone widan   on geweald sellan,
ofer giellendne gar   ond gylden stefn,
maðmas micle,   mearce Dænepes,
ond þæt mære holt – Myrcwudu hatte. »

Ða heafod hylde   helm Burgenda,
Hagenan sægde :   « Þa wit hyraþ swelc,
hwæt rædeþ unc se rinc,   runbora geonga ?
On Gnitanhæðe   ic gold ne gefrægn
þæt wit oþres ne ahten   efnmicle sped.
Wit seld agon seofon   sweordum gefylled,
þára sint hiltu gehwilces   heawen of golde ;
mearh is mín mærest,   mece betsta,

helm hwitesta   ond hilderand
ahyþed of horde   hean Caseres –
þonne ealra Huna   an is min betera. »

Hagena « Hwæt biecnede seo bryd   þa heo unc beag sende,
weargloccum wand ?   wearnunge geteah !
Þy ic wriðen fæste   þær wulfes hær
hares hæþstapan   on hringe fand,
wylfen, þæs ic wene,   bið uncer waþ heonan. »

Ætla envoya à Guðhere un messager hardi
à cheval – Cnéofrið était son nom :
il vint aux cours de Gifica, à la halle de Guðhere ;
autour de l'âtre les guerriers prenaient plaisir à la bière.
Les hommes de cette assemblée buvaient dans
[la sombre halle ;
les *meldan* étaient assis, cachant leurs pensées ;
les guerriers redoutaient la haine des Huns.
L'homme venu du Sud s'écria d'une voix féroce,
Cneofrið, l'étranger dans la halle :
« Jusqu'ici en mission Ætla m'a envoyé
sur des chemins inconnus à travers la forêt de la Vistule
chevauchant un coursier la bride au mors ;
il m'a ordonné de vous bien saluer tous deux, Guðhere,
[et de vous demander
de venir couverts de vos heaumes jusqu'à sa demeure.
Là vous aurez écus et lances à pointe bien effilée
casques adornés d'or, une grande assemblée de Huns,
selles argentées, cottes de mailles fort luisantes,
le plus beau cheval qui porte bride,
habits de pourpre étranger, et minces lances.
Il a dit qu'il vous donnerait le Gnitanheath,
confierait à votre pouvoir les vastes bois,
lance qui siffle et proue d'or,
grands trésors, les demeures du Dniepr,
et ce bois renommé qui s'appelle Mirkwood. »

Alors le seigneur des Burgondes tourna la tête,
à Hagena il parla : « Quand nous entendons de telles
[choses,
que nous recommande-t-il, le jeune conseiller ?
Je n'ai pas ouï de l'or d'un trésor sur le Gnitanheath,
que nous deux n'en possédions pas un autre d'aussi
[grande abondance.
Nous avons vu sept halles remplies d'épées,
la garde de chacune taillée dans de l'or ;
mon cheval est le plus renommé, mon épée la meilleure,
mon heaume le plus luisant, mon écu de combat
pillé au trésor du haut empereur –
mes biens seuls sont meilleurs que [ceux] des Huns. »

Hagena « Que signifiait la mariée quand elle nous a
[envoyé un anneau,
a enroulé un poil de loup autour ? Elle nous a offert une
[mise en garde !
Noué étroitement autour sur l'anneau j'ai trouvé le poil
[d'un loup,
du grand vagabond de la lande :
comme loup, je crois, sera votre voyage là-bas. »

Notes

1 Ætla, Guðhere : les formes en vieil anglais des noms norrois Atli et Gunnar.

2 Cnéofrið : dans l'*Atlakviða*, le messager d'Atli s'appelle Knefrröðr : voir le commentaire au *Lai de Gudrún*, strophes 37-48.

3 Gifica : la forme en vieil anglais du nom norrois Gjúki, père de Gunnar : voir appendice A, p. 330.

5-6 Dans une conférence sur le texte de l'*Atlakviða*, mon père considère que le sens du vers indique qu'à ce stade, la gaieté règne dans la halle parmi les hôtes de Gunnar, mais que les messagers des Huns restent assis en silence, dissimulant leurs pensées. Toutefois, ses vers en vieil anglais peuvent ne pas résulter de cette interprétation.

Le terme du vieil anglais *melda* désigne celui qui déclare, annonce, informe ou trahit. Dans *Beowulf*, l'homme qui dérobe la coupe du trésor du dragon et mène Beowulf et ses compagnons au repaire est appelé *melda*. J'ignore quel sens mon père a donné au terme, employé ici au pluriel, dans ce poème.

10 Wistlawudu. Ce nom apparaît dans le poème *Widsith*

ful oft þær wig ne alæg,
þonne Hræde here   heardum sweordum
ymb Wistlawudu   wergan sceoldon
ealdne eþelstol   Ætlan leodum.

« Rarement fut guerre apaisée, quand l'armée des Hrædes [*Goths*] répartie dans la forêt de Vistule durent avec leurs épées protéger du peuple d'Attila le lieu ancien où ils demeuraient. »

La référence à Wistlawudu est le vestige d'une tradition très ancienne : c'est vers la fin du IIe siècle que les Goths entamèrent leur vaste migration depuis la côte balte et la vallée de la Vistule, en direction du sud-est, pour largement s'établir dans les plaines situées au nord de la mer Noire. Mais dans *Widsith*, « la forêt de la Vistule » est envisagée comme la forêt primitive séparant le territoire des Goths de celui des Huns et doit être entendue comme Myrkviðr (voir le commentaire sur le *Lai des Völsung*, VII.14, (p. 228) ; dans l'*Atlakviða*, Knefröðr dit qu'il avait chevauché à travers *Myrkvið inn ókunna*, « la Forêt Noire [*Mirkwood*] inexplorée ».

19 Le fait qu'Ætla offre (selon l'*Atlakviða*) le Gnitanheath, où Fáfnir a son repaire, comme si cela faisait partie de son royaume, constitue un problème auquel un certain

nombre de solutions ont été proposées. Mon père estimait probable que Gnitaheiðr ait jadis été associé à l'or d'un trésor dont nous ignorons tout et que c'est ce qui l'aurait rapproché de Fáfnir ; autrement dit, c'est devenu ensuite le nom de l'endroit où il avait son repaire et son trésor. Je ne saurais expliciter la forme *Gnitanheath*.

26 Le terme *runbora* semble ne pas être attesté en vieil anglais, mais je considère qu'il signifie « celui qui porte rune » (one who bears *run*) au sens de « conseil (secret) », d'où « conseiller », équivalent du terme attesté *rædbora*, de sens identique.

35 Hagena : Högni.

36 *weargloccum* : « poil de loup ». Si, en vieil anglais, le terme *wearg* s'applique exclusivement à un hors-la-loi ou à un criminel pourchassé, le norrois *vargr* conserve en plus le sens de « loup ». C'est de là que dérive le nom des Wargs de la Terre du Milieu.

38 Le terme *hæðstapa*, « vagabond de la lande », apparaît dans *Beowulf*, où il renvoie à un cerf. Dans l'*Atlakviða*, le terme utilisé est *heiðingi*, de sens identique : voir le commentaire sur le *Lai de Gudrún*, strophes 37-48, où est citée la strophe du poème scandinave.

II

Ce second texte correspond à des vers de l'*Atlakviða* survenant bien plus tard, au début de la strophe 24 : *Hló þá Högni…* : « Puis Högni rit… » Dans le *Lai de Gudrún* le passage correspondant se trouve aux strophes 127-130.

Après le vers 19, mon père a manifestement écarté un passage de son poème, puisqu'il n'est pas conservé dans l'exemplaire définitif. Le poème en vieil anglais reprend, et conclut en s'inspirant de l'*Atlakviða*, strophe 32 : *Lifanda gram*… « le prince vivant… »

Þa hlog Hagena   þe man heortan scear
of cwican cumbolwigan – cwanode lyt ;
blodge on beode   to his breðer gæf.
Þa se gar-niflung   Guðhere spræc :
« He ris me heorte   Hagenan frecnan,
ungelic heortan   eargan Hellan ;
bifaþ heo lythwon   nu on beode liþ,
efne swa lyt bifode   þa on breoste læg.
Swa scealtu, Ætla,   ealdum maðmum,
leohte life samod   beloren weorðan !
Her æt anum me   is eal gelang
hord Niflunga,   nu Hagena ne leofað :
a me twegra wæs   tweo on mode ;
untweo is me,   nu ic ana beom.
Rin sceal rædan   readum golde
wrohtweccendum,   wealcende flod
entiscum yrfe   Ealdniflunga ;
blican on burnan   beagas wundene,
nealles on handum   Huna bearna ! »

*

Leod lifigendne   on locan setton
Huna mænigo.   Hringbogan snicon,
wyrmas gewriðene   wagum on innan.
Slog þa Guðhere   gramhycgende
hearpan on heolstre.   Hringde, dynede,
streng wið fingre.   Stefn ut becwom
heaðotorht hlynnan   þurh harne stan
feondum on andan.   Swa sceal folccyning
gold guðfrea   wið gramum healdan.

Alors Hagena rit quand ils tranchèrent le cœur
du guerrier vivant – il gémit peu ;

sur un plat, saignant, à son frère ils le donnèrent.
Alors parla Guðhere, le Niflung à la lance :
« Ici j'ai le cœur de Hagena le brave,
différent du cœur du couard Hella ;
il tremble à peine maintenant qu'il est sur le plat,
il tremblait même si peu quand il était dans sa poitrine.
Ainsi seras-tu, Ætla, privé
des vieux trésors, de vie et de lumière ensemble ;
à moi seul appartient
tout le trésor des Niflung, maintenant que Hagena ne vit
[plus.
Lorsque j'étais l'un des deux, toujours doute était en mon
[esprit ;
que je n'ai plus, maintenant que je suis seul.
Le Rhin gouvernera l'or rouge
qui incite les hommes au combat, le courant qui ondule
[gouvernera
l'héritage des anciens Niflung, venus des géants.
Les anneaux entortillés luiront dans le fleuve
et en aucune manière n'orneront les mains
des enfants des Huns. »

*

Le roi vivant ils mirent dans un endroit clôturé,
l'hôte des Huns. Des vipères rampaient,
serpents sinueux au sein des murs,
mais Guðhere au cœur courroucé frappa
la harpe dans sa cachette. Joua, retentit
la corde contre son doigt. Sa voix sortait
claire comme un cri de guerre à travers la roche grise
dans sa rage contre ses ennemis. Ainsi doit un roi du
[peuple,
un seigneur belliqueux, protéger son or de ses ennemis.

Notes

2 L'élément *cumbol*, dans le composé *cumbolwiga*, signifie « drapeau », « bannière ».

4 *gar-niflung* : dans de précédentes versions de ce passage, mon père a écrit ici *gimneoflung*, *hord Neoflunga* au vers 12 et *Ealdneoflunga* au vers 17. Je ne saurais expliquer les formes de ce nom, mais en tout cas, dans le texte définitif, il est revenu à Niflung, Niflunga. Dans les formes précédentes (seulement), il a écrit le terme *gar*, « lance », en face de *gim*, « joyau » (dans *gimneoflung*) ; mais puisqu'on lit dans le vers de l'*Atlakviða* : *Mærr kvað þat Gunnarr, geir-Niflungr* (« Le glorieux Gunnar parla, Niflung à la lance »), c'est ce mot que j'ai adopté.

6 Hella : dans l'*Atlakviða* et dans le *Lai de Gudrún*, le nom de l'esclave est Hjalli.

17 *entiscum yrfe* : ce curieux vers s'inspire d'une strophe fort discutable de l'*Atlakviða*, dans lequel le terme *áskunna*, « de race divine », précède *arfi Niflunga*, « l'héritage des Niflung ». Dans ses commentaires sur le sujet, mon père semblait préférer *áskunna Niflunga*, « les Niflung de race divine », tout en admettant que le sens de ces termes ne soit pas clair, plutôt que de l'associer à *arfi* : « il est fort douteux que l'on puisse parler d'un trésor comme d'un être "de race divine". »

Dans sa version en vieil anglais, il écrit d'abord ici *óscund yrfe* (où *óscund* signifie « de race divine, divin », le terme *ós* étant l'équivalent étymologique du norrois *áss*, pluriel *æsir*), puis le remplace par l'adjectif *entisc* (et, conséquemment, *entiscum*) : « géant, de géants », à partir du nom *ent* (dont dérive le nom des Ents de la Terre du Milieu). Dans un exemplaire postérieur, il écrit *óscund* dans la marge, en face de *entisc*, comme s'il hésitait encore.

25-26 Il est frappant de constater qu'apparaissent presque exactement les mêmes mots

stefn in becom
heaðotorht hlynnan under harne stan

dans *Beowulf*, aux vers 2552-2553, où ils décrivent le grand cri de défi que lance Beowulf à l'approche du dragon.

Note de la traductrice

En s'adonnant ici à un genre poétique qui lui était cher, J.R.R.Tolkien s'est exercé à rédiger une version de sagas islandaises selon les règles, fort contraignantes, de la poésie en vieil anglais.

Ces règles, déjà exposées dans *Les Monstres et les critiques*, sont de nouveau citées par Christopher Tolkien et doivent bien évidemment être respectées en traduction, dans la mesure du possible, sans quoi l'ouvrage perdrait toute cohérence.

Dans une langue comme le français, où la poésie repose sur un nombre défini de syllabes et sur l'agencement des rimes, et non sur la fréquence de syllabes accentuées ou l'obligation de créer allitérations et assonances, la seule application de ces règles est vouée à produire un effet forcément moins puissant que dans la langue d'origine.

Afin de respecter la démarche de l'auteur et l'effet poétique attendu par le lecteur français, nous avons prêté une attention particulière aux sonorités des mots que nous avons dû choisir, afin de rendre ces allitérations et assonances autant que faire se peut (dans l'ordre où elles doivent apparaître à chaque fois que nous le pouvions, ce qui nous a parfois amenée à intervertir l'ordre de certains vers) et dans les cas où cela n'était guère possible, nous avons tenté de limiter la gamme de sonorités présente dans chaque couple de vers. Mais nous avons en outre risqué l'introduction d'un élément faisant ressortir la nature poétique de l'œuvre en français : un nombre limité de syllabes par vers, six au maximum.

Cette contrainte supplémentaire permet, par compensation, de rétablir un effet poétique auquel le lecteur français devrait être sensible, tout en nous imposant de traduire de manière plus condensée (en omettant des articles ou des pronoms personnels sujets, ou en recourant au sujet inversé – avec pour avantage une nuance archaïsante). Étant donné que la force des textes dont s'inspire J.R.R. Tolkien réside aussi dans leur concentration et leur concision, ce choix est sans nul doute conforme à leur esprit et à leur esthétique. Ce n'est donc pas parce que, à de très rares endroits, la traduction s'avère peu littérale qu'elle n'en est pas moins fidèle – *a contrario*, une traduction parfois plus littérale s'écarterait davantage de l'effet obtenu à l'origine et une fois encore, il s'agit bien de reproduire ici un effet précisément déterminé.

Ainsi, respecter *la lettre* ne signifie pas moins que respecter *les lettres*, ces répétitions de consonnes et de voyelles, visant à l'élégance et propres à impressionner avant tout non pas un lectorat mais un auditoire, dans la mémoire duquel elles ont vocation à s'inscrire afin qu'y survive plus facilement la légende. La seule littéralité possible en traduction signifie donc ici une réconciliation de l'esprit et *des* lettres, dans une langue où jamais les genres poétiques anciens et si élaborés tant de la saga que de la poésie en vieil anglais n'auraient pu naître.

Ch. L.

TABLE

Cet ouvrage a été composé et mis en page
par Nord Compo

Imprimé en France par Laballery

N° d'impression : 109557
Dépôt légal : avril 2013
Suite du premier tirage : octobre 2021
S21437/06
POCKET, 92 avenue de France, 75013 Paris